SINOS PARA OS SUICIDAS

SINOS PARA OS SUICIDAS

FERNANDO CESÁRIO

FARIA E SILVA EDITORA

Rio de Janeiro, 2024

Sinos para os suicidas

Faria e Silva é uma empresa do Grupo Editorial Alta Books (STARLIN ALTA EDITORA E CONSULTORIA LTDA).

ISBN:978-65-6025-119-9

Impresso no Brasil – 1ª Edição, 2024 – Edição revisada conforme o Acordo Ortográfico da Língua Portuguesa de 2009.

Dados Internacionais de Catalogação na Publicação (CIP)
(Câmara Brasileira do Livro, SP, Brasil)

Cesario, Fernando
Sinos para os suicidas / Fernando Cesario. -- Rio de Janeiro : Faria e Silva Editora, 2024.

ISBN 978-65-6025-119-9

1. Ditadura - Brasil - Ficção 2. Ficção brasileira I. Título.

24-203683 CDD-B869.3

Índices para catálogo sistemático:

1. Ficção : Literatura brasileira B869.3

Eliane de Freitas Leite - Bibliotecária - CRB 8/8415

Faria e Silva é uma Editora do Grupo Editorial Alta Books

Produção Editorial: Grupo Editorial Alta Books
Diretor Editorial: Anderson Vieira
Editor da Obra: Rodrigo Faria e Silva
Vendas Governamentais: Cristiane Mutüs
Gerência Comercial: Claudio Lima
Gerência Marketing: Andréa Guatiello

Produtora Editorial: Milena Soares
Revisão: Alessandro Thomé; Wendy Campos
Projeto Gráfico e Diagramação: Junior Santos
Capa: Marcelli Ferreira

ALTA BOOKS
GRUPO EDITORIAL

Rua Viúva Cláudio, 291 – Bairro Industrial do Jacaré
CEP: 20.970-031 – Rio de Janeiro (RJ)
Tels.: (21) 3278-8069 / 3278-8419
www.altabooks.com.br – altabooks@altabooks.com.br
Ouvidoria: ouvidoria@altabooks.com.br

Editora **afiliada à:**

ASSOCIADO CBL Câmara Brasileira do Livro

Para Luana, Fernando, Helena e Iara;
(e quem mais chegar).

Em memória do meu amigo, o poeta e cronista
José Antônio Pereira, cuja barca partiu antes
do combinado.

“Parece que, desde então, compreendi que o enredo
é o pretexto; e o essencial, a atmosfera.”
Mário Quintana, *A vaca e o hipogrifo*

“O amor sobrevive.
E seremos talvez amor e morte ao mesmo tempo.”
Hilda Hilst

VERÁS QUE O GRANDE MONSTRO SE APRESENTA[1]

Agonia, o baque no coração; parou-lhe o sangue nas veias, bambearam-lhe as pernas. No entroncamento das ruas Direita, Paraná e da Praça Reinaldo Alves de Brito, aquele homem à sua frente, risinho de quem não fazia a menor questão de disfarçar a insolência e o cinismo. Gelada, saliva ressequida, negava-se a enxergar a mão estendida em sua direção, agitando-lhe o envelope. As coisas, de súbito, perderam a conformação. Sons se apagaram, um silêncio de chumbo no infinito do mundo. À surdez, seguiu-se um zumbido agudo e penetrante; a voragem, a intermitência de brumas e névoas — névoas dos gêiseres —, não obstante também o suor, em bicas, anunciar-se pelo rosto e crânio. Os incidentes da vida circunjacente passaram a transcorrer numa espécie de atmosfera onírica. Círculos no campo perceptivo se expandiam e se contraíam, velozmente, enormes manchas de contornos não nítidos circungiravam num sentido e, a seguir, em direção contrária, uma bolha mexediça, tremulante.

[1] Os títulos dos capítulos foram extraídos dos poemas "Marília", de Tomás Antônio Gonzaga, e "Vila Rica", de Cláudio Manoel da Costa.

Ele retirou os óculos — o olhar perspicaz e penetrante, globos oculares imensos e ágeis, quais os de um falcão — e os prendeu entre as arcadas dentárias. Ela — é seguro supor — encontrava-se diante de alguém cujas lucubrações mais abismais e soturnas remetiam-na ao mesmo pavor de bom par de anos antes. *(Não é real, não está acontecendo.)*

Ao fim de algum tempo, ele dobrou a espinha numa espécie de gingado e, não imediatamente, não rapidamente, desceu a rua Paraná. Não se voltou para trás uma única vez; simplesmente se pôs em marcha.

Entregue ao seu ciclone interior, enquanto ia ganhando cor, Marília permaneceu imóvel no mesmíssimo ponto, sem lograr mover sequer os dedos dos pés. Seu sangue, no entanto, já circulava em velocidade vertiginosa, tanto quanto o ar, que lhe entrava no peito. Fitou, cheia de horror, a sobrecarta transferida às suas mãos. Deveria tê-lo rechaçado, gesticular uma recusa; não ter sido tão... tão passiva. Num instante, viu-se impelida a ir ao seu encalço e devolver-lhe aquilo, contudo, algo indizível e surpreendente a mantinha pregada ao solo. Um erro grave, um passo em falso! Aquilo fazia parte de um ardil qualquer e... Nenhuma dúvida acerca do que se achava lá dentro; o simples deslizar das polpas digitais denunciava o conteúdo: novas fotografias!

Quase sem piscar, perscrutava-o em meio aos claros-escuros dos espaços vagos e ao ardor, assistiu-o distanciar-se qual um desbotamento e uma frialdade, qual as manhãs de inverno que encerram o pico do Itacolomi, o sinuoso das ruas da outrora Vila Rica. *Isso acontecer justamente comigo!?*, disse seu coração.

O veneno está sobre a mesa, foi a suposição que lhe atravessou o pensamento, uma fração de segundo após emergir do hipnotismo. Sacudiu, como num tique, os ombros, ou como se atravessada por extraordinário calafrio. *Armado?*

Tomás, balbuciou, passado o primeiro instante de estupor. Numa composição mental, Tomás viria e, ternamente, acolhedoramente, envolvê-la-ia em seus braços, e avizinharia seu rosto terno; ela repousaria o queixo em seu ombro, ele lhe afagaria os cabelos, encostaria o rosto ao dela, transmitindo-lhe, mesmo que inconscientemente, mesmo que se recusasse a admitir, a terna sensação de fortaleza e resguardo. Abraçava-a uma simultaneidade de emoções quase diametralmente opostas: a vaga maciez e a dor, a aceitação e a rejeição, o sim e o não. Até a corrida do tempo se encontrava distinta.

Não!, o coração contraiu-se. Não devia cutucar as feridas. Recusava-se a trazer de volta lembranças que, achava, encontravam-se sepultadas.

Lá estava ele, sobre uma das pernas, a outra apoiada na quina do meio-fio, impassível, enganoso. Lá estava ele, cem passos adiante, sobre uma boca de lobo, um bueiro, fingindo que nada de sinistro se passara. Esmiuçava-o com as vistas, arrasada pelo grande redemoinho interno, aflitivamente aguardando que a comoção se dispersasse.

Marília, entreouviu. **Marília!** Em meio à náusea, os zumbidos contínuos, pouco a pouco, foram sendo redescobertos. Girou, com ânsia — buscava retomar o fôlego, enquanto o burburinho das ruas reacendia. Ao derredor, nenhuma fisionomia que lhe fosse familiar, nenhum colega de escola, por exemplo, que lhe pudesse vir em socorro, um aluno ao menos. Podia ser — parte de si pensou — que esgoelassem em seu favor, a fim de chamar a atenção dos circundantes acerca do que sucedia a ela.

Esbaforida, soltou um gemido, um soluço. Arriou os braços. Aquele, em definitivo, não era um espaço em que se considerava segura e confortável, malgrado transcorrido acima de um ano desde que para ali se mudara, um período de subidas e descidas, de contagem de luas e sóis, de testemunhar noites e noites de neblina e friagem, e dias assiduamente indistintos. Treze para catorze meses em que ansiava por apagar as labaredas, dissipar as dores. Ainda não conseguira estabelecer laços, laços humanos, queria dizer, e tinha suficientes razões para crer que isso jamais aconteceria. Ou se enganara, e as confissões e promessas se encontravam, dentro dela, tão somente silenciadas, antes de se prorromperem em gritos?

Sinos repicaram, e repicaram, longe, perto, agudamente, doridamente, e se afiguravam reverberar dentro dos miolos, na substância entre os dois ouvidos. Ouvia-os, incansáveis e sonantes (nas torres do Rosário, Pilar, que sabia?). Sinos que oscilavam havia séculos, seus códigos pairando sobre o vale, enchendo as longes léguas com fluxos alternados de ecos e zunidos, repiques e subsilêncios.

Então, e inopinado, algo a libertou, a fim de que precipitasse uma espécie de fuga. O sol reluzia no calçamento de pés de moleque; reluzia com mais força que o de costume, quase a cegava: a sinuosidade mareada dos velhos sobrados, os beirais de valadio, calçadinhas seculares estreitíssimas, num trecho borrifadas pelo chafariz de pedra-sabão, a Casa dos Contos, a pontezinha que atravessa o Tripuí. *Ele cuidaria de mim*. Seus sentidos, porém, ainda se debatiam por sobre fronteiras errantes. Vibrações perduravam no ar, os abalos, qual meras imagens residuais de um filme projetado por velho cinematógrafo; perduravam, tão somente, desenrolavam-se em sua memória sem, no entanto, parecer pertencer à existência real. (Não se preocupe. *Não se preocupe comigo. Eu me responsabilizarei por tudo.)* Um acontecimento que não havia se perdido — as evocações são cinzas que a brisa arrasta e espalha os grúmulos pelas margens ermas.

Arfante e aterrorizada, empernou pela rua São José, o Largo da Alegria; a Dr. Getúlio Vargas abria-se à sua vista. De uma loja de discos, caixas de som dispostas de frente para a rua, vinha uma música.

...Quero ser a cicatriz
Risonha e corrosiva
Marcada a frio
Ferro e fogo
Em carne viva...

As cicatrizes! Cicatrizes são as marcas que *as vicissitudes todas deixam impregnadas na alma*.

Seria num lance conforme aquele em que o reencontraria — a Tomás? Um dia, depararia com ele descendo uma daquelas ladeiras, ou vagueando pela Praça Tiradentes?! Ou ainda, como frequentemente seu espírito criava, subindo os ruidosos degraus da escadinha comprida e bastante inclinada de madeira envernizada, e logo se jogaria sobre o largo sofá-canapé ou se esparramaria sobre a sua cama?

VÊ AGORA ESTES RETRATOS

Arquejante, descobriu-se diante da casa assobradada. Abriu a porta, sofregamente, fechou-a em seguida e trancou-se assim que conseguiu introduzir a chave na fechadura e correr o trinco. Refugiou-se lá dentro.

Sentia-se agitada, indócil, o suor lhe banhava a testa, empapava a nuca. Aguardou, inquietamente, a vista adaptar-se à penumbra e, saltando degraus, precipitou-se escada acima. Alcançado o segundo patamar, apressou-se no rumo da janela e, em surdina, esquadrinhou a rua, a fim de verificar se fora seguida. Nada. Coisa alguma lhe atraiu a atenção; nenhum transeunte, nenhum turbilhão, nenhuma camisa vermelho-alaranjada. Não buscava por um traço característico de silhueta; não os tinha armazenados na mente. Apenas uma sinuosidade, um vulto. Não havia nada.

Retrocedeu para o meio do cômodo. A mulher de olhos cinza-claros — ou azuis-cinza —, brilhantes, atirou para longe a bolsa a tiracolo com fivelas prateadas, depositou, cautelosa, o relógio de pulso sobre a arca, como se procurasse não despertar o menor ruído, e abriu, com a mesma aplicação, a gaveta do meio: lá estava — havia reunido todas as fotografias num único envelope. Deslizou pelo recinto, pé ante pé, os dois envelopes flexíveis de igual papel pardo, o recente e o antigo, adiante do peito.

Longo, longo momento transcorre. Repousou-os sobre a mesinha de centro, reticente e tremelicante. Na sequência, desabotoou e descerrou o fecho do blue-jeans, soltou a barriga para inspirações mais fundas, desfez-se dos tênis, atirando-os para longe — foram parar na entrada do corredor — e, pernas ainda trêmulas, deixou-se arriar sobre o canapé, voltada sobre o lado esquerdo. Encolheu as pernas; não apenas com medo, que reverberava em todos os seus fluidos, não apenas exausta, mas fragilizada, sumamente fragilizada, a respiração ofegante — não sentia o ar fazer a volta dentro dos pulmões.

Inclinou a toda pressa o tronco para diante e arrancou a blusa, permanecendo, da cintura para cima, somente de sutiã. Sacolejou, agoniada, os cabelos volumosos, agitou-os, juntou-os atrás. Enrolou-os em coque, atou-os com a presilha e segurou de novo os envelopes; abriu-os, não imediatamente, não rapidamente, como se ainda se visse tomada do mesmo e de novo assombro, e extraiu de lá o maço de fotos, as duas mais recentes por cima. Arrumou-as em leque, a seguir, ao jeito de cartas abertas de baralho, passando-as, repassando-as, voltando à anterior...

Por quê? O que haveria por trás de tudo? Definitivamente, não compreendia: de saia e uniforme do Arquidiocesano, aninhando livros e diários de classe contra o peito... Flagrada em posição posterior, numa tomada de muito,

muito perto, no máximo dois ou três metros... De vestido de elastex, presente da mãe no Natal, na Trilha do Horto... Provincianamente enfiada em agasalhos, ao fundo, a Escola de Minas — essa certamente tirada na metade de março, após um período de muitas chuvas... De saia indiana, cruzando a rua São José, o chão empedrado, a fiada do casario e o céu emoldurando-a — fazia parte da última entrega e, com segurança, recentíssima, pois tal peça de roupa havia adquirido no sábado atrasado, numa lojinha da rua das Mercês.

Procurava se recordar das circunstâncias todas, do momento e do local; datá-las, estabelecer uma espécie de cronologia que lhe trouxesse uma sombra de intenções. Por qual razão, nas vezes todas, não se dera conta?! Ergue o cenho e encontra, irrefletida, o branco da parede. Hipnotizada e maquinalmente, repõe-nas dentro de um único envelope e o larga sobre o assento do canapé.

UMA ALMA, QUAL EU TENHO, NÃO SE RECEIA A NADA

Às vezes é difícil compreender. *O meu moço era um brilho; luminescência de astros! E um desfecho no qual não se teve nem o direito de sepultar o cadáver; assim sendo, a dor não foi vencida. O que é preferível? Que saibamos de tudo e padeçamos as consequências da verdade plena ou que determinadas passagens permaneçam abafadas, sem um ponto-final? Uma vala comum, onde uma carcaça é lançada, ou, ao invés, um túmulo erguido em mármore, ornamentos de bronze (e, talvez, até mesmo de pedra-sabão), um relevo para jazigo contendo o nome e as inscrições das datas extremas de cada um de nós!? A ossada acamada em endereço certo e sabido ou, por outro lado, manter-se acesa a chama da esperança de que um dia...?*

Ela podia esperar, decerto podia; a paixão não se esvai com as alternâncias das estações, nem com as metamorfoses das madrugadas em alvoreceres.

O que há com você, Marília? Por que não se recordar do entreato que se seguiu à revelação, da longa pausa de hesitação? Da relutância entre a partida em definitivo e a razão justificada? **Estou grávida, Tomás**, ela soltou, quase separando sílabas dentro das palavras. Como não se recordar de sua inércia, da rigidez? Ele contraiu o cenho; seus lábios se abriram milímetros, bem no meio. Torceu o corpo, tal qual tivesse sido varado pelo propósito de evasão (a despeito de os pés permanecerem na mesmíssima régua), ou os músculos todos apanhados por irresistível espasmo. Ela o observava, procurando interpretar cada de suas reações. **Um filho? Você... grávida?**, com lábios trêmulos, sobrecenho franzido; em resposta, fez que sim com a cabeça. Ele correu a mão pela barba e desceu-a varrendo a mandíbula, escorando-a, ao final, sobre o pomo-de-adão.

Houve longo momento de desconcertante contemplação que, de tão rígido, não se poderia interpretar seu significado: o sim, o não? Quais cartas embaralhavam-se dentro dele e que poderiam, a qualquer momento, ser lançadas sobre a mesa?

Minha gravidez... Dc quanto tempo?, interrompeu-a (ia justamente avisá-lo de que isso não o obrigaria a nada). **Quase dois meses**. **Dois meses!**, ele pigarreou, abandonando, agora sim, ao mesmo tempo sua posição, rodando sobre os pés. Deixou os bíceps caírem. Nunca o vira tão... tão perturbado, tão contrafeito. Seus olhos, naturalmente vivos e agudos, se fizeram apagar. Entrelaçava nervosamente os dedos, vincos sulcavam a pele de sua testa. Fechou e descerrou as pálpebras, ao passo que as mãos prosseguiam com a mesma gesticulação obsessiva. Como não se recordar de suas reticências, sua taciturnidade, dos momentos em que, imerso nos tenebrosos conflitos, se desnudava de sua solidez?

Sei que não é a condição adequada para te comunicar, o momento ideal. Eu também me encontro mal e supo-

nho que seja fácil compreender minha situação. Ele simulou recuar passos. **Dois meses?**, repetiu, após instantes de hesitação. **Sim, dois. Já deve ter...** Ele a deteve com um aceno indefinido e, procurando os termos para o que ia ponderar, justificou-se, muito desajeitadamente, que não podia, não se via em condições... Disse frases assim, proferiu exclamações que não faziam muito sentido, revelando-se desesperadamente assustado. *Você também padece destes males, Tomás?*

Não se preocupe. Não te não exijo nada, não cobro providências de sua parte. Só te comunico a fim de que saiba. Ele evidenciava não havê-la ouvido; mencionou qualquer coisa de que existiam entraves, que talvez até necessitasse viajar, algo assim. O tom de perplexidade em sua voz mudou para outro, tomado de uma gentileza artificial e confusa.

Não tenho como explicar tudo, Marília, enquanto se mantinha numa gesticulação em que o flagrara dezenas de vezes: o polegar direito erguido contornando a boca. **Quanto menos você souber, melhor**, numa murmuração contida e fria. Aí fez uma pausa, rompida ao fim de um momento: **É a lei da guerra!** Jogou, elétrico, a franja para trás com os dedos entreabertos, sem buscar se aperceber de quais efeitos tal declaração provocou no arco dramático daquela mulher.

Você é muito misterioso! Sua expressão se fechou. **Talvez eu tenha as minhas razões, Marília**, desabafou. **Talvez...** E calou-se. **É. Talvez.** E, titubeante, inteiramente fechado em si, em meia dúzia de segundos principia a afastar-se, numa marcha reticente, lentíssima. "Não se preocupe comigo", ela ia realçar, contudo algo a reteve, algo sustou a voz na altura da garganta.

Lá ia o seu "estudante de família pobre", conforme ouvira dele próprio numa espécie de advertência ou confissão, a quem entregara seu destino e seus desejos, sua substância e seus segredos. Lá ia ele, enquanto ela, em suspensão, ficava a ver desabarem os sonhos.

* * *

As recordações fragmentadas, rasgadas aos pedaços: Tomás a esperava, próximo à cantina, ao termo de sua aula. Sua mandíbula, a dela, abriu-se numa expressão de estuporação, quando alcançou o vão externo. Fitaram-se; ele fez-lhe um aceno amigável: com seu melhor sorriso, o todo de sua silhueta tomou-se de uma expressão delicada. Marília não tardaria a sentir-se cheia de esperanças; de imprevisto, ousou adiantar-se um tanto. Qual um passo de coreografia, ele também se moveu, no outro extremo *(Ele não me deixou!)*, a distância infinita sendo encurtada, até se postarem bem diante dos olhos um do outro. **Veio me ver?**, sondou. **Sim, isso. Para te ver**, respondeu.

Passa-se tudo num intervalo escasso: antes mesmo de ele proferir a terceira frase, ela já o havia perdoado; afinal, Tomás regressara e isso bastava. Diante de si, havia um "Ser Humano", pensou, lá, naquele dia. Ao final de um instante, Tomás reteve-lhe os pulsos, enlaçando seus dedos nos dela. Contemplaram-se da pequena distância. Miravam-se dentro das íris trêmulas, insensíveis aos alaridos que escapavam na atmosfera. E se absorveram, e se transportaram... Mãos úmidas se cingiram. Ele tremia, porém Marília, igual a em milhares de outras vezes, sentiu-se em segurança, protegida. **Estão geladas**, fez ela. **O quê? Suas mãos**. Ele se limitou a sorrir de um jeito encabulado. **Muitas vezes ouvi isso; que são frias**. E se recolheu; franziu a boca, cerrou-a e abaixou a fronte.

Segundos, segundos, segundos foram dispensados até conseguirem se recompor. Marília, quase sem piscar, esperava quieta. Tomás levantou um pouco os braços; seus pulsos rígidos rodearam sua cintura, contendo-a, com suavidade e doçura. **Tive medo**, ela contraiu-se, junto ao seu ouvido. **De quê?**, ele perquiriu. **De que você não voltasse; de que não voltasse a te ver**.

Viu-se apossada por vibrações de euforia jamais vividas. **Desculpe-me! Perdoe-me!** Ele fez uma pausa. **Nem sei como te pedir perdão. Eu fiquei meio chocado, sabe. Não sei o que se passou comigo. Tive medo. Incrível!** E deixou pender a cabeça. Ela esperava, contida e fenomenalmente imóvel.

Temos um ao outro, Marília, e podemos levar adiante a tarefa de criar esse filho. Um volume de névoas e odores se imiscuiu entre eles e dissolveu o ar abafadiço, os abismos. Ele, os dentes bonitos, tirou do bolso da camisa uma caneta, um bloquinho de notas e, secretamente, escreveu, em letras de forma grandes: "Você é maravilhosa!" E logo depois estendeu para ela.

Marília recobrou a certeza de que Tomás estabelecia um halo perpétuo de aconchego ao seu redor, de que cobri-la-ia de cuidados em todos os momentos em que se sentisse frágil (o que se revelaria, com nitidez e plenitude, quando do nascimento de Maria Ifigênia). E se jogaram, num movimento veloz, um ao encontro do outro. Ele beijou suas madeixas. Sorriram, lacrimejaram (*Eu chorei, ele chorou; as lágrimas caíram pela face daquele homem*), e se envolveram num abraço fremente e cálido, o toque carnal, o enlaçar de corpos! Ele se confessou arrependido pela conduta do dia anterior: **Nem imagina como passei esta noite!** Marília voltou-lhe o rosto, enquanto seu moço prosseguia com suas mímicas e confissões: **Vou ficar contigo pelo resto de minha existência**, prendendo-a, terna e vigorosamente. **Vamos continuar juntos, nós três**, ela devolveu. Olharam para fora, para longe, para a vastidão...

São lindos teus cabelos!, ele retomou, acariciando-os, procurando talvez redimir-se, reerguer-se. Deram-se as mãos e saíram seguindo as rampas. **Fiquei assustada. É, presumo. Eu próprio me vi assim. Ou melhor, me senti covarde. Mais que assustado; um covarde**. Estancaram de novo, um diante do outro, mirando-se, uma pulsação lenta, contudo, sólida interpondo-se entre eles. **Perdoe-me**, ele repetiu, acariciando-lhe o ventre. Depois, puseram-se em movimento, em silêncio, cada qual tecendo, dentro de si, as tramas de uma felicidade, a qual deixava antever no horizonte a possibilidade de ser resgatada a toda e qualquer ocasião; um contentamento gestado por dias serenos, de esplendores florescentes e que não se deixassem jamais ser contaminados pela aridez, pelas crises, jamais, jamais! Um mundo concebido a partir de sonhos, imune a todo tipo de padecimentos e abandono. Sim, ela sabia ser possível.

Agora posso ver teu sorriso? Ela arredondou as maçãs do rosto. **Será um belo garoto**, ele decretou, num tom que denotava singeleza e sobriedade. **Ou uma menina**, Marília contrapôs, em meio a ascendimentos de espírito recém-descobertos e a resquícios de lágrimas. **Você o fará lindo! Lindo, tal qual a mãe!** (Marília suspirou). **E você, inteligente, culta, pois insisto que será uma menininha**, com ar desprendido; seus olhinhos brilharam e ampliaram a imagem da felicidade transbordante do rosto. Afrouxou o semblante ao perceber a expressão livre de cuidados de Tomás, a fronte alisada transmitindo-lhe inefável sentido de naturalidade e esperança. **Adoro te ver feliz, Marília**, no momento em que ela se adiantou e lhe fez face; e se envolveram com os braços mais uma vez, durante um intervalo de tempo que não se poderia calcular.

Sumariaram planos, alinhavaram, ela, sobretudo, enquanto ele, pensativo e silencioso, ia acedendo com meras flexuras, sem ensaiar desaprovação alguma. Eis o mais autêntico instantâneo de Tomás: o recolhimento, a reserva. Talvez, por essa razão, sabia tão pouco acerca dele, tão-pouco-quase-nada, visto que Tomás, a sete chaves, conservava seus elementos oníricos e de esperanças: "Preferiria que você não soubesse." E se fechava em suas estradas e viagens, em suas evocações ásperas. Mirava as montanhas, o dorso das cordilheiras azuis, mirava o "sobre-o-mar", e fugia... Depois, retornava, acendia-se. Fitava as pontas dos dedos, um sorriso meigo e aquiescente. Ele, discernível, ele e a cidade, a qual retomara o viço, o mundo que reacendia as luzes, reavia o brilho. Pois Tomás sabia ser vulcões e planícies, rosas e rochas; o Masculino e o Feminino, a virilidade coexistindo com o suave, a polidez; o dócil conversando com energias sólidas e ermas; apto para as grandes ousadias, porém, também, para pequenos comedimentos no trato da vida diária. Arrebatado, porém tímido; impetuoso e, por vezes, fechado; rebelde e selvagem em contraposição à moderação e à docilidade; "guevarista" e budista a um só tempo — e era tanto! Seus mistérios tão bem guardados.

Marília a tudo assistia, sem procurar modificá-lo uma unha sequer. Ela descompreendia; no entanto, aquiescia. **Estandartes, hinos, bandeiras importam para apartar a humanidade e dispô-la em campos opostos de batalha**, apregoava. **Sempre que se entoa um hino ou se iça um pavilhão, está-se repartindo em dois o gênero humano**.

Na vida íntima, até se podia surpreendê-lo, vez ou outra, expansivo e dócil; nas ditas relações sociais, no entanto, fechava-se em seu casulo; era como se uma parte dele se desligasse do grande mundo. E, de certo modo, podia-se dizer que, sob esse ponto de vista, ele a contaminou com alguns de seus traços: preveniu-a de imiscuir sempre dúvidas, colocar tudo em questão, interrogar até o que ele próprio lhe afirmava.

Há segredos, Marília, que pertencerão a nós dois, e somente a nós dois; outros, no entanto, infelizmente, terão de permanecer guardados em mim. Histórias que, em tempo algum, foram ou serão contadas. Falou sem respirar e, ao fim, calou-se.

Eu gostaria de saber o que há por detrás desta fronte, ela juntou, roçando sua testa com a borda do polegar; ele retrocedia milímetros e se trancava. Em flashes de pensamentos, ela se indagara e se indagava se o futuro deles poderia ter sido diverso, sobrevindo outros rumos. Biografias são passíveis de serem redesenhadas a partir de atitudes conscientes, de tomadas de decisões lúcidas e voluntárias? É difícil afirmar com segurança. Tomás tinha camadas e camadas concêntricas de recatos, firmemente aderidas entre si, e que não davam mostras de se desprenderem. Uma muralha, que se reflete na lâmina de um lago; pássaro canoro solitário oculto na copa densa e distante da mata.

Bem podia ser que se dissessem adeus, que virassem as páginas no momento seguinte em que seu ventre se visse esvaziado, o indicador na vertical, demais dedos dispostos em arco, em torno do queixo. **Não! Isso, jamais,** objetou com altivez, um vinco entre as sobrancelhas. Ela, decididamente, não aceitaria, e essa foi, em relação a ele, das raríssimas situações em que suportou uma mistura de inquietação com repugnância (houve outra, contudo não gostaria de refletir acerca, naquele momento). Se "aquilo" determinaria outro destino e, em consequência, seu Tomás ainda andaria por aí, não havia como prever. E desarmou as arguições, abortou o exercício de inteligência. Não acreditava, sinceramente, que poderia tê-lo salvado. Não, mil vezes não! Não fazia sentido. Tratava-se de raciocínio ilógico, estabelecido de maneira involuntária. Isso! As ideias nem sempre são guiadas pelo querer, pela voluntariedade, mas, sim, por pulsões humanas, que jorram feito lavas incandescentes que se precipitam por encostas de vulcões.

NAS FRIAS TARDES, EM QUE NEGRA NUVEM

Seus sentidos retornavam, a consciência irrompia. Reconhecia-se terrivelmente chocada, terrivelmente transida. A voragem, os vaus cegos; seus demônios interiores, o vazio do universo. O primeiro respiro profundo, a primeira brisa evaporando o suor! Necessitava pôr em ordem o estado de espírito. Num surto, o "Homem das Ruas" retorna ao espírito, não obstante as particularidades do seu rosto haverem se esfumado. Quanto durou tudo aquilo? Dois minutos? Cinco? Um? Ele teria lhe dirigido a palavra, no curto espaço em que permaneceram um diante do outro, ou se mantivera calado? Por seu turno, havia conseguido se conter, não se trair, ou expusera o tanto de pavor que se apossara dela? Julgava que o ouvira dizer que se tratava de "um presente", algo assim, enquanto lhe apresentava o envelope, o que, obviamente, consistia num comportamento cínico. Então, aquela expressão facial se apagou, tornou-se tão somente uma mancha granulosa e disforme: o risco da boca, o sítio dos olhos... Não havia um nariz, um desenho de queixo, uma compleição definida; pelo menos ela não conseguia delinear. Sobrevivia apenas a vítrea e dura escultura, o relevo de uma armação amorfa da qual se perderam pcças.

Apertava as pálpebras e esperava. Quando as reabriu, viu o dia claro. Mesmo com o pouco tempo em que ali se encontrava, era o suficiente para saber que aquela seria a época do ano em que as cores da natureza adquiriam mais vivacidade, matizes definidos; talvez o sol que se deita, a umidade do ar, o que restou da temporada das chuvas; líquens nas cascas das árvores, a cobertura de musgos que escalava as encostas e rochas ferruginosas. Apesar disso, tudo estava ruim. Instantaneamente, nova visão acendeu: ele trajava calça Lee e camisa de gola polo cor de fogo.

Será que a notaram, nas ruas, falando sozinha? Revolvia as imagens, o caos das recordações (como seria reconfortante se, naquele momento, alguém lhe viesse em socorro e a cingisse pelos braços). Elena, a doce expressão do rosto de sua mãe, se interpõe: a criatura silenciosa e de passadas sutis pelos cômodos, religiosamente enfiada em seus trajes caseiros, a quase imutável máscara da melancolia, cuidando de enfiar, para debaixo dos tapetes, as imperiosas desavenças de família... Talvez, para sobreviver às circunstâncias todas, a pobre mulher desenvolvera a habilidade em conduzir o seu particular existir, exilando-se numa espécie de redoma que ela própria construíra à sua volta. O papel, que atribuíra a si própria, de manter de pé a casa, a marca da domesticidade e da indulgência, atributos contra os quais tantas vezes Marília se rebelara (em que pese que, com os anos, ela própria tenha feito esforços para relevar). O real é tão... estranho!

Como um sinistro, um golpe pujante, sobrevinha-lhe também a figura lúgubre e austera do senhor Geraldo de Resende Mattos, grande, imponente, cabelos grossos, duros, na sala de paredes elevadas, o alto relógio de pêndulo dourado, em cima de um pedestal, e a tela de moldura de madeira trabalhada, encimando a inativa lareira. Não se recordava de, em qualquer época, guardar por aquele homem sentimentos de afeição; ao contrário, temia-o e talvez o odiasse. **Teu pai toma remédios para dormir**, Elena lhe dizia, em sigilo, numa inflexão de voz que fazia supor a confissão do mais temível dos segredos. **Em quantidades cada vez maiores**, acrescentava, com atitude de quem não tencionava prosseguir com tal assunto. Assim, fantasiava-o com aqueles óculos tartaruga, aquele costado largo, a presença pesada enchendo a mão com pílulas, drágeas, as quais deglutia qual um faminto.

A casa é túrbida, os vastos compartimentos de pés-direitos elevados, os três degraus da entrada, a espaçosa sala de estar conjugada com a de jantar, o gabinete amplo, o qual conservava a suntuosidade do restante, no térreo, a escada interna, de um só lance, acesso ao andar de cima, a pequena saleta íntima, o oratório com o Cristo, o quarto de casal, os de visita... Os candelabros, as cortinas de brocado, sofás imensos, cristaleiras de madeira escura e vidros grossos, trancadas a chaves, guardando pratarias maciças, porcelanas chinesas azuis e brancas, talheres com cabos de marfins... As peças de mobília de carvalho, a mesona enorme, as grandes cadeiras esculpidas... A grandeza dos espaços de papel de parede cor de café, as altas janelas, espessas, imensas, o longínquo forro de giz, espelhos por todos os lados... E quadros a óleo, o sobre as adagas, fundo escuro e raso, tendo como tema um homem entrado em anos, calvo, bronzeado, curtido, fronte coberta de rugas e rala barba grisalha, sob espessa camada de verniz espelhante. Traja uma larga capa verde-alga, dobras volteadas, e sustém uma pena sobre uma folha em branco. Um monge? Inquisidor-mor? Alquimista? Um esquadro de luminosidade penetra de cima a baixo, da esquerda para a direita, desde indistinguível claraboia. (Quando pequenina, deitava-se no chão, perpendicularmente ao relógio de peso, fixa no mostrador, no salto dos ponteiros e das engrenagens. O pêndulo oscilava, ia de um extremo a outro, moroso, soporífero, deslocado por estranhas forças... A obra do tempo, a gangorra hipnótica das horas.) As duas visões, a daquele homem, fechado em si diante dos janelões, a partir de certa época sempiternamente cerrados, e o tenebrismo da pintura, fundiam-se no tempestuoso oceano de suas mais desconfortáveis reminiscências. Deixava-o lá, imerso em seus silêncios; não o silêncio da placidez, da contemplação repousante e serena, mas o dos angustiantes e aterradores pesadelos.

Numa espécie de embriaguez, sente-se erguida em voo sobre as montanhas, o granito, o ferro, a bauxita deixando chagas abertas. Taboas em brejos, sítios áridos, casebres em ruínas, vendinhas abandonadas... a solidão de igrejinhas e cemitérios pálidos... A amplidão de hectares sem fim, cortados por estradas de poeira que rodeavam abas de morros, como veias e artérias rabiscadas por mãos de crianças num imenso mapa de solidão. Outras serras, penedos, estuários... Tão longe o mar! O mar, enfim, o desenho do contorno do mar, a cidade e seus objetos, casario e praças, grades e pilastras... O tabuleiro de prédios, o Corcovado, a brisa que vem do mar e ascende pelas encostas da Floresta da Tijuca debatendo-se contra os montes, e depois se perde, e depois se abraça, rumo ao interior, trocando as nuvens de lugar, levando umidade para as chuvas. Sonhadoramente, principia a descer das alturas; a insaciada espera lhe abre o abismo das águas abertas da Baía de Guanabara. Aquele dia, ali. Não é de se encantar?! Não é de se encantar, Marília?! *O mundo é vasto!*, pensou seu cérebro.

Apreciava quando a vida não passava com celeridade, quando podia sentir transcorrerem os dias; de gente nas ladeiras de Santa Teresa. De estender a vista à distância, até onde se anunciava a costa da África; de sentir a maresia, a luz durável e intensa do sol apontando sobre o mar aberto, a imensidão do Atlântico. Experimentava a nítida sensação de aniquilar seu ânimo, despir-se de energia, ao afastar-se além de poucas léguas do litoral. Ali, onde se encontrava, a claridade, coada pela neblina e pelo frio, é um tanto quanto difusa e pálida e nasce tardiamente por detrás daquelas serras. Talvez — talvez! — tanta ânsia, tanto desejo de luminosidade lhe fosse ditado até pelas circunstâncias em que se via de há muito mergulhada, a debilidade em meio aos escombros. *Queria... queria ser invisível!*

Marília!, ouviu de uma voz partida das reentrâncias do mundo. O exato timbre de voz de seu homem! (Incrível.) Um jato deixava um rastro no céu, de oeste a leste, a pontinha brilhante da aeronave fugindo na imensidão, enquanto o arremate da trilha já se desvanecia no céu azul, azul de safira, azul de abril. *O Rio de Janeiro é para lá*, com longo mirar.

E se ela tocasse a linha do horizonte? Se se agarrasse à concepção de imensidão, de infinitude? Talvez aí encontrasse pouso, um refúgio ameno em que pudesse despender os instantes, as horas, e permitir que se dissipassem todos, absolutamente todos, os abismos que habitam a noite e a alma.

Uma mulher forte! **Forte e corajosa**, Tomás lhe repetia. **Obstinada**, por vezes completava. **Jamais conheci outra pessoa assim.** Ela o ouvia com atenção sem se deixar convencer, aceitando tudo como mera manifestação de carinho. Afinal, a força nela residia em qual de seus tecidos, qual de seus nervos? Erguia os pulsos até certa altura, girava-os e os examinava, e reexaminava; fletia os finos dedos, exibia e encobria o esmalte das unhas... De onde ele teria extraído tais apreciações, se, não raras vezes, ela se via acometida por terríveis e infundados assombros? Ele, sim, ele, Tomás, de ordinário tão resiliente, tão seguro de si, ele caberia em tais sentenças. Quanto de firmeza e determinação conhecera ao seu lado. Era o porto onde podia ancorar em segurança.

Isso desde quando, embevecida, descobrira-o, inundado de luz, a barba por fazer — conforme costumavam se apresentar todos os que queriam fazer a revolução —, na assembleia da universidade. Um príncipe ao sol, punho erguido, tez rosada juvenil, e que se cobria de misteriosa aragem. Um lume, um incêndio de labaredas, a luz do dia mais brilhante! Ele a fitara, luminosamente, num magnetismo absurdo e abissal! *Éramos tão jovens!* Descobriu-o e sentiu-se presa na miragem: os cabelões revoltos, por onde provavelmente escassas vezes penetravam pentes, mas tão só as pontas dos dedos, numa arrumação expressa e simples. A forma majestosa e lépida, ereta, o que, combinado com o porte físico sólido, transmitia-lhe desmedidos ares de virilidade, enquanto, por outro lado, as maçãs do rosto — e era extraordinário! — não conseguiam ocultar certa graciosidade quase feminina. Ele enfeitiçava!

Ela, os braços diante da parede do tórax — naquele dia, lembrava-se, estava sem sutiã —, se perdeu naquele maravilhamento, naquele deleite aliciante e mágico. Um encontro fortuito! Sim, pois não se conceberia que ela, tão apartada das grandes preocupações que abalavam o mundo, tão dispersa em suas inconsciências (seu pai, a figura alta e solene, autoridade suprema do lar, era quem ditava os princípios a serem observados, os quais serviriam para "preservar os costumes e a unidade familiar"). Não se esperaria que se visse ali, naquela hora; a burguesinha, que aprendera a sentar-se à mesa, fazer razão a um brinde e já ensaiava abrir os seus salões, não poderia, nem minimamente, abrigar a intenção de palmilhar por aquele território, de deixar seus tímpanos se magoarem com a grita;

acima de tudo, não poderia se sentir tocada pelas alucinantes e inesgotáveis palavras de ordens que bramava, em uníssono, a massa apertada da estudantada.

Tomás, de pé sobre o estrado elevado, deslumbrante feito um deus, espraiava o olhar sobre a massa humana — aos milhares. O rapaz com ares de Baudelaire! Sim, havia nele, nas longas mechas e nas inquietas pupilas, algo do poeta boêmio na mocidade. De forma que ele se voltava sempre e sempre na direção onde ela se encontrava, e até afigurava se desconcentrar, por breves frações de segundo, ao focalizá-la; ele hesitava, visivelmente, refreava um tanto os gestos, os voejos de sua longa, fina cabeleira, os cachos dourados de menino...

Vendo-o da distância, suspenso em meio ao mundaréu de gente, sua escultura agitando os punhos no ar, nela, na hora, sem que soubesse o motivo, colou-se o conceito de ousadia: tudo naquela figura, na maneira frenética de se exprimir, remetia à impressão de bravura e rijeza de têmpera. Havia encanto em sua expressividade, exuberância de seivas; a firme representação do vigor, do enérgico, da rebeldia; o homem maduro e a tenra mocidade. Lá estava ele, março de 1968 (nas vésperas, a polícia havia matado um estudante secundarista, no Rio).

No minuto mágico em que, ao final de tudo, ele começou a mover-se em sua direção, Marília sentiu-se tal qual saísse de si. Ele adejava em meio a um espaço de miragem e fantasia, do qual nem o agito nem a vozearia infernal fora capaz de arrancá-la. No limbo de sua vulnerável imobilidade, a cegueira ameaçava engoli-la; a palpitação, o ofego, os quais, curiosamente, não se faziam acompanhar nem do mínimo padecimento. Nada, nada, nada. Alguém, em qualquer época, teria passado por emoções tais, ou seria esse primeiro ensejo, em toda a história da humanidade? Hum? Instintivamente, ela também deu passos cambaleantes em sua direção. Uma força magnética soberana e indomável os aproximou.

O que firmemente ficou registrado: frente a frente, ele indagar-lhe se estava sozinha. Ainda contaminada pelo mesmo arrebatamento de instantes antes, ela acedeu e, daí por diante... Viu-o acender um cigarro, tragar profundamente e, em dois segundos, soprar a fumaça no ar, como se houvesse alguma premência para a próxima inspiração... Outro par de segundos e, num movimento açodado, o moço roçou a mão irrequieta pela fronte; correu os dedos pela franja, jogando-a para trás (o tempo guarda em gavetas), e saíram juntinhos por ali, ela sem praticamente sentir os próprios passos no piso de lajotas.

SERÁ DELÍRIO! NÃO, NÃO É DELÍRIO

Mirava para longe, para o nada. O céu nu, o rumor público indistinto de um enxame de abelhas. A silhueta das montanhas, as casinhas minúsculas galgando, os hectares dilacerados de solo pela exploração do ouro, duzentos anos atrás... Numa quase experiência extracorpórea, sentiu-se feito alguém que vislumbrava extensa praia desértica na baixa maré. Ou que se põe a seguir as circunvoluções das brumas navegando pelos prados.

As reminiscências nem sempre são rígidas, de minério, e meditar sobre a existência vale tão somente para expor os cajados das eras de antes (surpreendeu-se quando concluiu tal pensamento). Tomás também criava belas passagens. Ele sabia surpreender e o fazia sem esforço; naturalmente. Às vezes, repetia trechos inteiros de aberturas ou remates de romances. Bastavam as suas leituras, as deles dois, os romances e poesias, os filmes e peças de teatro a que assistiram juntos... Sim, haviam acumulado momentos. Brindaram Neruda, "Dois amantes felizes não têm fim nem morte, nascem e morrem tanta vez enquanto vivem, são eternos como é a natureza". O silêncio convocando Guillén, "Como vai serena a água! Unifica silêncios". O poeta e suas taciturnidades. O poeta encanta os silêncios. Pega uma caneta e uma folha de papel: "Quando a noite cai, quando detrás da cordilheira deita o sol, a brisa recendendo a algas e sal, o cristal do horizonte, o vidrilho da baía, do mar, miríade de ondas, as ondas lantejoulas."

Ela fantasiava, ela urdia: as aflições, no preciso instante em que se desenrolam, são ferros por demais pesados para serem arrastados pela gente vazia. Parou um instante. Sim, era sobre isso que queria se deter: acerca da carga do amargor. Por qual razão um único golpe de amargura é capaz de anular acontecimentos exitosos e pujantes da vida? Dez, vinte outros momentos de felicidade praticamente perdem a significação ao se defrontarem com apenas uma única tragédia. O prazer e a fortuna não encontram fáceis glebas onde deitar suas sementes; já as tormentas, ah, essas abalam desde quando se anunciam diante das retinas e ao retornarem, a cada vez, à lembrança. E se arrastam, prolongam-se em demasia, e transformam um átimo num manancial de desesperanças e dores. (Abraçou-se, apertou-se). Mesmo que o tempo, a memória do tempo, a memória afetiva do tempo cuide de, com os anos, tentar pôr em arcas o padecimento, o presente é um quase permanente quadro de desfortúnio. Uma frágil exilada... Hor-rí-vel! O que restou? Uma figura, uma figura idílica, que se distinguia em meio ao mundo brumoso e se apagava às luzes.

O que eu dizia? Ah, sim, Antonioni. Michelangelo Antonioni. Blow-Up. No Roxy. É a história de um fotógrafo que, ao registrar um casal num parque, descobre, durante a revelação, e após sucessivas ampliações, um corpo estirado por entre arbustos. Ele ameaçou girar o tronco; levou a mão à garganta, alisando-a, simulando meditar em algo: **Amanhã, na Cinelândia, faremos um grande ato. Apareça.**

VERÁS QUANTO INDA DEVE ACONTECER CONTIGO

Que foi isso? O coração lhe subiu à garganta. *Que barulho foi esse?* Fez menção de levantar-se, porém, pernas frouxas, acabou desabando sobre o canapé. Mudou um pouco de lado e esticou o pescoço; o denso véu do vestíbulo. Pressentia a calçada pelos vultos que cortavam o friso sob a porta, de um lado a outro. O rumor público fervilhava por detrás da espessura dos umbrais. Ventava. Venta em demasia, nesta época do ano, um assobio penetra por entre as lâminas das gelosias, corta-se nas treliças.

Em madrugadas frias e solitárias, subindo ou descendo ladeiras ermas, lâmpadas dos postes reluzindo na solidez do calçamento de pés de moleque, era tomado pela fantasia de que podia perceber o arfar, os suspiros dos árcades. Anos atrás, Tomás passara uma temporada sob as escarpas do Itacolomi. Como, com quais meios, que energias o levaram até lá? Seus olhos doces — os dele — brilhavam quando aludia àquele pedaço de mundo; os lábios se abriam num sorriso lapidar e retraído, e seu espírito se tomava de irremovível placidez.

Podia até calhar, pensou, que, em circunstâncias acidentais, pisasse exatamente sobre as pegadas que Tomás Rodrigues Vianetto deixara naquelas plagas. Sim. Está aí uma aspiração que lhe agradava. Mirava, enquanto um passo adiantava-se ao outro, as pontas do tênis e buscava por rastros dele deixados na poeira das ruas. **O lugar mais maravilhoso do mundo**, ele sustentava, com uma ponta de hedonismo e inebriamento.

Num esforço em nada árduo, qual célere moviola em longuíssimo plano-sequência, percorria séculos para trás: os librés, conduzidos sobre arqueados e luzidios ombros negros, lampiões ardendo azeite de baleia, nas trevas da noite... Mais o quê? Abaixava a fronte e compenetrava-se em reminiscências além de arredias. Uma voluntária, uma diligente da solidão! Ele a libertou para as agendas lúdicas, para o pensamento livre. *E para o amor*, disse consigo mesma; *para o vivenciar da paixão*. Simplesmente é assim: milhões de mortais comuns passam toda a sua existência sem serem despertados, sem verem remexidas as suas próprias fantasias, o que nos torna distintos de meros bichos e "nos protege de nos jogarmos numa religiosidade extrema alienante". **Arte é o ofício de produzir encantos, Marília**, ele encorajava. E completava: **De tecer espantos! É a força da beleza, o amparo contra a aspereza!** Ela mirava ao redor, e ia escavando, dando lustro à sua existência.

A criatura lôbrega e opaca de seu pai então emergiu, com seus resmungos, seus acessos de fúria, sempre acompanhados por indisfarçável expressão de ferocidade: grande, metro e oitenta, pesado, cento e tantos quilos, dedos das mãos grossos e cobertos de pelos negros, no anular esquerdo a esparramada aliança de casamento. Sua cara redonda de gorduras e carnes, os traços cruéis, expressão ríspida e inquietadora, imerso na atmosfera nebulosa de quadros pelas paredonas, estatuetas de bronze e móveis vastos e de estilo, armados de grossas fechaduras.

De primeiro, julgava que talvez ele pudesse ser considerado um homem sem alma! Era no que acreditava, estudando suas falas, seus julgamentos e valores. As pessoas sem alma assistem aos infortúnios com a impassibilidade de meros espectadores sentados numa plateia, sem se verem tocados. Um dia, entanto, à mesa de jantar, aquele homenzarrão hostil, as bochechas mexediças, deu a conhecer que ele, no seu dia a dia, procurava se ajustar às situações da vida. Não se recordava das circunstâncias; apenas da confissão, que ficou gravada em sua mente: de que ele se acomodava ao meio.

Camaleão! Foi como, de forma subitânea, seu cérebro reagiu. *Fantoche!* Entretanto, não disse; só formou, só prefigurou. Não é admirável que, tão jovem, tenha sido capaz de estabelecer tão precisa analogia com os répteis que tomam a cor do meio para não se mostrarem? Isso muito, muito antes de Tomás surgir, de sua — a dela — "consciência humanitária" eclodir.

O passar dos anos, contudo, acabou por mostrar-lhe que, de fato, seu pai não personificava os que aceitam as coisas como são. Não era disso que se tratava; afinal, um homem sem alma não é exatamente o mesmo que um homem desalmado.

"Você consegue dormir?", gostaria de lançar-lhe à cara. Sim, pois, sabe-se, o acesso ao sono exige o desligar-se do ritmo da existência, o apagar-se das evocações, a fim de possibilitar o progressivo e imperceptível embotamento dos sentidos. O que se passaria em suas emoções e em sua alma, ao despertar com as cenas de horror, em seus regressos ao inferno, ao qual voluntariamente se apresentara para testemunhar (e, quem o sabe, ele próprio enfiara as suas mãos)?

Marília, instintivamente, ergueu-se, num arranco; sentou-se no canapé, cruzou inquieta as pernas. Havia um estupor, uma fadiga. Roeu as unhas. Ao redor, a mobília densa, rígida, inerte; a arca com oratório e a mesinha de centro, as quais deixavam no espaço a sempiterna sensação de se encontrarem atarraxadas ao pavimento (valeriam uma fortuna em antiquários). Uma cristaleira e dois armários de canto, que exigiram restauro, fechavam, quando para ali se mudara, o ângulo oposto onde se encontrava, porém foram levados pelo senhorio e nunca retornaram. Não os escolhera; pertenciam à casa, estavam ali não sabia havia quantos invernos, exceto a eletrola, trazida do Rio, a caixa com os vinis e um ou outro objeto de decoração, adquiridos na feira do Largo do Coimbra.

Toma o envelope com as fotos e se põe de pé; parada no vão do cômodo, a mirada perdida num ponto indistinto do chão. Percute com cadência as fotografias nas costas da mão esquerda; de um momento a outro, faz delas um leque e se abana; logo, lança-as na gaveta da arca e a fecha. Atira um olhar na direção da rua.

Ouro Preto é branca. Branca e azul. Ou verde, nos marcos das portas e janelas, as rótulas. Branca, quais as paredes da maternidade onde Maria Ifigênia veio ao mundo, que remetia a louças antigas. Também a vapores farmacêuticos, dobradiças e fechaduras brutais, paredes geladas e janelões, armários metálicos e de vidros antiguíssimos, cheios de medicamentos, o elevador de porta pantográfica arrastando gemidos nas intermináveis madrugadas. Ouro Preto é ferrugem, é cor do anticrepúsculo, o esperar. É onde não se surpreende jamais o que há de matizes cambiáveis e iridescentes; o umbroso. Talvez seja mesmo o território que se preste para os, iguais a ela, solitários, os em agonia.

FAZEM GUERRA CRUEL DENTRO EM MEU PEITO

Podia jurar que ouvira ruídos lá embaixo, feito forçassem a porta da rua, testando se estava fechada. Em sua imaginação, em três tempos, a lingueta cederia numa ação antinatural, ou, então, a rígida madeira se deixaria atravessar pelo vulto, e este, numa fantasmática visão, materializar-se-ia na "Criatura". Sim, sim, o "Desconhecido" se deixaria mostrar, muito embora se comportando feito se estivesse perdido, na obscuridade do saguão. Tremendamente pálido, a tez coberta por um tom apergaminhado, a cabeleira emaranhada, grudenta, suja. Corria as juntas dos dedos em toda a circunferência da cabeça, comprimia nervosamente o crânio, erguia e abaixava os ombros, sem, no entanto, esboçar que, de fato, tencionasse subir.

Nesse entretanto, suas próprias pisadas — as de Marília — também faziam parte da crescente surdez, não obstante repicarem sinos, compassados, fúnebres, lastimosos; sinos graves... Batiam, batiam, enchendo os ares como enxames, como as grandes vertigens. Os mesmos teriam soado no 4 de julho de 1789 pelo cadáver de Cláudio Manuel da Costa, que pendeu do armário na Casa do Real Contrato de Entradas?

Ela suspirou profundamente e ensaiou passos pela sala. Ano passado, numa tarde de abril, ou maio, ou ainda com o inverno já entrado, chegara a ter para si que... Uma noite, uma manhã, às horas tantas: **Sou eu, Marília. Querido!**

É tudo feito um filme, em que o roteiro poderia ser reescrito. Bastaria dar ocasião a que a tormenta debelasse. Nenhum flagelo dura a eternidade, a história se refaz, tudo voltaria a ser como outrora. Via-o escalando os degraus, sorriso ameno de quem nem minimamente se sentiu marcado por tão dolorosa ausência, a carne incólume de quem não se submeteu a atrocidades; vigoroso, esguio, ereto (nada poderia ser mais tátil que pensar na prisão corpórea de um alguém que se dissolveu sob açoites). Seus lábios mestiços se abriram, seus braços e peito acolheram. Tomás erguia o mento; sentia aqueles dedos sobre o couro cabeludo, discernia as córneas rastreando o afago... *O cetim, o vestido de cetim!* E a abraçaria, e a tracionaria para junto de si. *Ele é muito bonito! A luminosidade, o brilho de suas pupilas, seu perfume natural! Meu corpo não esquece!* Tomás regressava, determinado e seguro quanto antes.

Ouro Preto tem significados, Marília: a Conjuração! Sim, Conjuração, jamais Inconfidência! No entanto, na brusquidão, a imagem se volatizava, a ilusão se desfazia em meio à espessura da sala.

Lá embaixo, a escuridão do saguão se ampliara e ameaçava ascender até ela feito ondas revolutas, as quais se acercavam como incognoscível ameaça. Sua energia, seu estado de alma também se elevavam, ascendiam em verdadeiros redemoinhos. Vezes sem conta, ele lhe repetira que ela não precisava temer. *(Não é preciso temer?)* E logo se descobria rodeada de fisionomias ameaçadoras, que a encaravam furiosas e, em seguida, desapareciam no ar! Suas convicções, as dela, interrompiam-se. *Não é possível viver assim tão só!*

Está escuro, disse para si, ao fim de quase um minuto. Esperou, fôlego em suspenso. Moveu-se, vagarosamente, pelo espaço, segurando o queixo. *Que horas são?* Suspendeu as passadas, esticou os ouvidos: nada. Nenhum alarde. A porta, no pequeno vestíbulo, pesadamente cerrada. Havia rumores nas ruas; lá fora, a luz da cidade. Em tudo, um hálito, uma exalação: de limo, de poeira de minério, ou algo rígido e volátil. Clamores de rezas chegavam a ela, em tudo iguais a exéquias, enquanto a leve cortina esvoaçava. A névoa, como fumaça gelada, repousava sobre a cidade. O horizonte era cinzento, mais que azul — os céus mudaram!

O amor conta as horas? O medo se exaure, escoa, dissipa-se sob a ação de aragens? *Se ele retornasse… Porém, ele não virá.* **Não virá para me lançar cordas**, murmurou.

Agachou-se diante da fileira de discos e pinçou, aleatoriamente, um, em meio a tantos: *Solitude*, Billie Holliday; a estampa de uma mulher debruçada sobre o nó dos dedos, uma peça de pano branca, translúcida, drapeada (no rodapé, a rubrica de Tomás).

Blue moon... You saw me standing alone
without a dream in my heart...

O amor que não perdia força, não se desfazia. O amor só finda quando o traço da mágoa se apaga; sem iludir-se, sem enganar-se, sem restarem dores. Um esquecimento sincero e natural, como as águas que correm em leitos de rios. Esquecimento de águas novas e límpidas, luas e luas e luas depois da tempestade. *Without a dream in my heart. Sem um sonho no coração!* Os soluços que a vida traz. O sol claro e ardente das manhãs ou as noites gélidas de invernos? Nada mais deprimente que o lento arrastar das horas de ócio e sensaboria, a folha em branco, a superfície dos guardados... *Without a dream in the heart.*

"And then there suddenly appeared before me the only one my arms will hold", cantarola, com voz melíflua e de maneira arrastada, acompanhando a canção. Manuseia o elepê; vira para a contracapa, desvira, apalpa com ambas as mãos o envoltório de plástico, repetindo mentalmente a linguagem dos sons.

Ao longe, nuvens ameaçadoras desdobravam cobertas por sobre os grandes morros. Em pouco, ventanias de temporais silenciariam a cidade; ou melhor, fundir-se-iam ao seu rumor banal e regular. O dia chegando ao termo, tornado subitamente escuro, o espaço entreparedes denso e sufocante.

Onde os girassóis, onde o arco-íris? Ser, numa mesma existência, girassol e violeta! Uma vez, Tomás deixou escapar, num tom de ternura infinda, que ela alternava circunstâncias em que se vestia de sol com outras em que se cobria de miraculosa fragilidade; um tenro ramo de ervas de canteiros. **O girassol e a violeta**, Tomás brincou. A sua própria dualidade, a dela, ascendeu-lhe, no preciso momento, à consciência. *Quem é você, Tomás, além de sua vacuidade de soberba, de sua espantosa discrição?* Recordar-se dele apenas com o fito de adoecer de amargura, precipitar a consternação... Isso a despeito de, em outras circunstâncias, tê-lo diante de si, pueril e devasso, para reviver as alegrias, sacudi-las. *Sorrir ou sofrer, o amor ou a paz?* O pensamento é andorinha em revoada! *Dois anos! Há pouco mais de dois anos!*

O cheiro de mofo não se dispersou. Não se dispersará jamais. Exala dos umbrais, das telhas-vãs, das tábuas rígidas do soalho... das gramíneas espontâneas que cobrem as vertentes úmidas, dos blocos de granito mergulhados na terra firme. As casas baixas, paredes-meias, vestidas de branco. E o ocre no varal dos telhados encardidos, salpicados de musgos, e líquenes, e bolores.

Alisou os lados do abdome. Adiante de si, o escuro corredor de paredes nuas, que, dessa vez, se afigurou mais longo e estreito (minutos atrás, a sequência de lances da escada íngreme lhe causara a mesmíssima impressão), os cômodos alinhados à esquerda, os dois quartos, o banheiro e a cozinha. Os paus do madeiramento, a cumeeira, as esquadrias azuladas. Os pés se moveram para diante, um arrastando o que vinha depois. Refreou em frente ao primeiro quarto: há livros espalhados sobre a escrivaninha, sobre a mesinha de cabeceira, nas prateleiras da estante. No segundo quarto, menor que o primeiro, uma vez que cedia parte de sua área para o quintalzinho, aos fundos, a sua cama, o guarda-roupa, a mesa de cabeceira e o aquecedor. Tal visão lhe traz certa mansidão; o sangue se acalma, doma sua natureza. A um sopro de distância, o banheiro.

Por cima do ombro, reviu o vazio que ficara para trás. Com andar vacilante, penetrou no banheiro e, mesmo sem nada em mente, dirigiu-se ao lavatório. Mirou-se no espelho de corpo inteiro, cheio de manchas; aquietou-se diante daquele reflexo; um tom de areia, que se tornava fosco com a luminosidade dúbia vinda pelo basculante. Suas córneas cintilavam; os lábios túmidos, fios de cabelo grudados na testa...

Toda uma existência contida na superfície metalizada e polida do vidro. Longo momento decorreu, ao final do qual, tomada por um lastro misterioso, pôs-se a despir-se: o sutiã deixado na borda da pia, o jeans, no piso encerado de ardósia. Soltou os cabelos e os sacodiu, as mãos lentas. Retrocedeu um tanto e torceu, ligeiramente, o tronco nu até os pelos do púbis se ocultarem por detrás das curvas do quadril. *Meus seios! Gosta deles? E dos meus joelhos? E das minhas coxas?* Girou devagar no sentido inverso e, quieta feito mar sereno, expôs a sinuosidade de sua nudez sob a luz dourada. *Vê minhas nádegas no espelho?*

Um sobressalto: e se o "Tal" possuísse outros instantâneos, furtivamente tirados durante os seus banhos ou enquanto ela se trocava? Se se ocultasse em meio aos feixes de vegetação e, em sua psicose, usando de poderosíssimas lentes, sabia lá, devassasse seus momentos de intimidade? Ergueu-se na ponta dos pés e fitou por entre os batentes de vidro fosco. Não. No retalho de quintal, de tão escarpado e escorregadiço, tão tomado de matagal, seria impossível um ser humano meter-se, equilibrar-se. Esticou as pernas. Por curto período, permaneceu imobilizada pelo espanto (isso também não deixava de ser outra psicose, assentou, aquela sua instantaneidade, aquela sua guerra de pernas).

Tempo; longo tempo. Até tudo, lentamente, desaparecer de seu sobrecenho. Reaproximou-se da superfície polida, escrutou o rosto, o risco da boca... Reconhecia a própria beleza, identificava-a, estava lá, patente, apesar de dispensável e infértil. Ou, melhor dizendo, num dia se achava bonita, noutro, desajeitada e seca; desajeitado, em especial, seu modo de sorrir, o qual considerava escancarado em demasia e muitíssimo similar ao do ranzinza de seu pai, ao de toda a família Matos — os Resendes eram uma "raça louca, zureta", ele próprio reconhecia. Apertou os lábios feito os marcasse com batom.

Pequeninas manchas acastanhadas na cútis avançavam pelo pescoço, até comporem, no peito, um triângulo cujo vértice morria no sulco entre seus seios. Os cílios longos, ágeis, a íris cristalina. Depois ela se fechou; cerrou as pálpebras, com suavidade; seus traços oscilavam e navegavam num espaço artificial e vago.

Bardot em circunvoluções no mar de Capri, o golfo de Nápoles abrindo-se à imensidão do azul. Tomás tocava-lhe com a ponta do indicador, impulsionava, delicadamente, seu penteado — à época, tinha os cabelos longos, abaixo das espáduas. **São lindos**, ele exclamou, enquanto os lançava delicadamente para o alto com as costas das mãos. E sorria meigo, sensual. Sensações ferventes lhe varavam a pele eriçada, despertadas de grutas raramente visitadas pela sua fantasia. Isso significava que seu amor clandestino ainda se encontrava vivo.

Algo dentro dela, no entanto, ameaçava fraquejar, arrancá-la de sua estesia, entregando-lhe a roupagem de uma experiência tangível e dura, que tão bem conhecia. Algo, um silvo, um frêmito, alertava-a acerca dos dissabores que representava ver-se reerguida da catarse. As pálpebras... as pálpebras foram se apertando, para, ao fim de meio minuto, se abrirem: lá dentro, na profundeza do espelho, olhos ariscos deram com a fixidez e a tensão do outro interrogativo olhar.

LEVOU-ME AONDE ESTAVA A MINHA HISTÓRIA

A *nudez é o germe da liberdade* (o silencioso fio da memória). *A aurora dos desejos! Tudo se encontra guardado, qual um filme que se reprisa à retina. No pátio da universidade, onde, por miraculosa coincidência, nossas estradas se cruzaram. Perguntou meu nome e respondi. Depois, qual curso eu fazia... das coisas que eu gostava... o dia de meu aniversário... quem eram os meus pais... Aí mudei de assunto, interrompi o instante com outro tema qualquer, como se não o houvesse escutado. Ele me inquiriu se podíamos tomar algo, o sol escancarado sobre o esplendor de sua presença. A beleza luminosa e magnética — havia uma aura —, a excitação diante da mais fascinante criatura já posta neste mundo. "Você é feliz?" Bom, bom... Se Maria Ifigênia não existisse, não fossem aqueles olhinhos, que são verdes e, no momento seguinte, se acinzentam, aqueles bracinhos estendidos implorando colo, eu poderia afirmar que sou feliz? Ainda o sentia tão por perto...! Sobreviviam uma silhueta, o timbre de voz; o cheiro... Incrível como certas recordações não se desfazem; são como as constelações. Ele entoava cantigas de ninar para nossa filha, contava historinhas: era uma vez um menininho e seu canário. Deu-se lá o acaso de o passarinho ir tornando-se jururu, olhinhos apertados, asinhas caídas; deixou de cantar e sobrava alpiste no comedouro. O menino então lhe perguntou se ele estava doente. A avezinha engaiolada respondeu que não, que a razão de se sentir abatida era porque vivia daquele jeito, presa. O menino, surpreso e, ao mesmo tempo, desapontado, argumentou que ele ali tinha seu sustento... Nada! Não houve jeito. Os dias transcorreram, e o canário, inconsolável e, a cada vez, mais desalentado. Sucedeu que, numa vez em que o garoto trocava-lhe a água da vasilha, esqueceu-se de trancar a portinhola, e o canarinho, zapt, fugiu. Fugiu para as árvores do quintal; sem o hábito de voar pelo espaço infinito, sem a força nas asinhas, e ainda assustado com a nova situação, permaneceu por ali, sem muito se afastar. Não passou muito e soluços foram percebidos: o choro partia da criança. Uma cena triste! A avezinha, confusa e abalada, depois de muito refletir, acabou encontrando a solução: prometeu-lhe que, em ocasião alguma, voaria para longe; que viveria ali para sempre e viria, ao raiar do dia, à janela para despertá-lo. E que a criança não se preocupasse, pois ele beberia as águas dos rios, comeria as sementinhas e frutas que encontrasse na natureza. Tudo ia bem até por lá surgir um desconhecido, carregando, nos ombros, machados e motosserras... Meu coração é de alegrias ou de lágrimas, de chuvas ou sol. As auroras, a visão evanescente de clarões dos arrebóis, semelhantes chamas, por detrás dos morros; uma canção plangente. Quando vier outra noite, na cidade branca e com molduras azuis e verdes... a querida noite, quando se acenderão as luzes nos postes. Tomás declamava poemas, cantarolava canções, repetia diálogos de filmes... De versos em versos, canções em canções, os sopros inspiravam o amor entre eles. As artes, opinava, foram edificadas para suplantar o que o real possa ofertar. Na cúpula da igreja de*

São Francisco de Assis, o anjinho no forro alvíssimo, acima e à esquerda da Virgem de Mestre Ataíde, as vestes azuis-pálidas, as cores claras e amenas. A mansão arejada de Santa Teresa e seu labirinto de compartimentos, os quais, no primeiro piso, conformavam, nos fundos, um quadrado interno, onde o sol, de seis às seis, ia desenhando retângulos de luz e escuridade sobre canteiros de lírios, magnólias, gérberas. Enormes as dependências, os janelões coloniais, que davam para a rua, e por onde penetraram sua visão de mundo, os ventos de sua infância. Há muitos e muitos anos, um soberano enviou emissários a todos os cantos de seu reino à procura de uma linda jovem, a quem pudesse desposar e que pudesse ajudá-lo a espantar o pesar de sua alma. Uma bela camponesa, de longínquo povoado, chamada Violeta... Girassóis ou violetas? Ainda estou viva; uma violeta, cujas hastes, no entanto, emurcheceram.

Foi uma história de amor!

DE UM BREVE BEM NASCE IMORTAL SAUDADE

Ele dizia coisas belíssimas! E de maneira amável. E não há muito. Ou as ruas, que ela percorreu, o marchar dos dias e das horas, foram marcadas pela desrazão e pelas nebulosidades? Sim, pois havia um tempo, maquinal e regular, que tangia nos carrilhões, soava nos pêndulos de relógios... todavia, havia também outra espécie de medição, inconstante, fria, que se arrastava nos refúgios do coração e fazia com que as impressões se subvertessem, as experiências de mundo prorrompessem de um plano ilusório e fantasioso.

Não, não fui abandonada. Fez uma pausa em seus pensamentos. *Mas por que você não volta pra mim?* Ainda o via com todas as suas particularidades, todos os traços essenciais, todos os jeitos. *Éramos... encantados.* Nunca esteve em questão a possibilidade, nunca, nunca, de que as abandonara, a ela e a Maria Ifigênia. Maria, com suas roupagens de anjo, passinhos curtos sobre o piso de ladrilhos frios, as tábuas corridas. Tão lindinha! Um anjinho de Mestre Ataíde na abóbada da Igreja de São Francisco. **Tem os olhos do pai. E a sua boca**, ele contrapunha.

Não, Tomás não o faria. Sobretudo, não daquele modo, sem ao menos um adeus, sem sequer um bilhete: "Estou indo embora." Sem que, posteriormente, enviasse um cartão-postal (com nome falso no remetente, acaso julgasse relevante ou vital). Ou, devido às circunstâncias todas, incumbido um emissário de trazer-lhes notícias. Inexistia tal possibilidade — a da orfandade —, pois, a cada dia, mais e mais estreitava seus laços com a filha. Ele que, quando ausente, telefonava da rua a fim de saber notícias, que, no trato direto, repetia exclamações e expressões cheias de carinho e derretimento. Cedo regressava, saltando do bonde ainda em movimento, e até já se permitia abrir, cautelosamente, a porta da rua sem acionar a campainha. Pois não deixou nem uma linha sequer.

Até que — ela estremeceu, ela se arrepiou —, naquela ocasião horrenda, não mais retornou. Da noite para o dia. E um imenso vazio a cobriu, a inanidade monumental, o aniquilamento. Dali por diante, o mundo insensível e surdo continuou se estirando, se esgueirando nas praias, nos estádios de futebol, nos meios públicos de locomoção... E as pessoas, que troteavam impassíveis, as que cuidavam unicamente de seus negócios, as que, enfiadas em seus ternos e casacos, adquiriam, estéreis, jornais nas bancas de rua, nenhuma delas levantando uma pontinha de dúvida acerca do que lhes caía nos olhos, a cidade inacessível fundindo-se no mapa da imensa nação mergulhada em sombras e torpor, este Reino da Apatia e do Desdém. Justiça? Liberdade? Que isso importava àqueles que cochilavam nos bancos dos ônibus, acotovelavam-se nos trens de subúrbios, qual lotes de animais aguardando o momento do abate? *Ele estava fazendo por vocês!* Como compreender? Como compreender a tarefa a que ele se impunha, aquele "lance de homem"? Aliás, por qual razão a parcela masculina do gênero humano prioriza a dimensão do "heroico"? Por que não enxergar também que os percalços deles três, Maria inclusa, poderiam ser tão importantes quanto os da "humanidade"? Ou toda grande paixão conduz, irreversivelmente, a uma grande tragédia?

Aí, um corte seco e direto. Ao redor, uma mudez enorme e gélida, feito um látego, um açoite de cordas.

O avesso do amor não é o ódio, sim a separação.

NA VOLUMOSA CARTA EM QUE TE CONTO

Ouro Preto, 12 de abril de 1974

Nina, querida; atente só para o que acaba de me acontecer: na volta das férias de verão, passei a dar, vez ou outra, com uns envelopes, desses comuns, de carta, por debaixo da porta aqui de casa, contendo fotografias minhas; uma meia dúzia de vezes, calculo. Isso ao longo dos meses de março e abril. No princípio, não me alarmei. Minha impressão era a de que se tratasse tão só de mero galanteio por parte de alguém, um vizinho ou um aluno mais atrevido, por exemplo. Foi a única coisa que me veio à cabeça. Na primeira ocasião, duas imagens iguais, praticamente o mesmo instantâneo: eu, vindo da escola, tiradas do outro lado da rua... É muito perto, aqui tudo é tão estreito, você sabe.

Como os acontecimentos passaram a se repetir, mil perguntas logo brotaram. Você sabe, com tudo o que se passou comigo e, de certo modo, com Maria Ifigênia também... Mesmo que ela ainda não tenha compreensão e se sinta protegida por minha mãe (e, por que não, pelo avô também). Sim, pois, não obstante soar contraditório, ele, pelo menos hoje em dia, dedica à neta um carinho que jamais demonstrou para com nenhum outro ser. Você o conhece, sabe de ciência própria muito acerca dele, ainda que eu própria receie não saber de toda a verdade.

Esse é o começo da história. Pois acredita que hoje, sem mais nem menos, um indivíduo, que eu nunca havia visto, parou de repente à minha frente, na rua, estendeu-me a mão e me entregou um outro envelope, tal e qual os anteriores, contendo duas novas fotos minhas!? Claro, entrei em pânico, Nina, a terra sumiu embaixo dos meus pés. Há cerca de uma hora. Até agora, não consigo compreender perfeitamente o que está se passando, avaliar os riscos todos a que me encontro exposta. Estou sendo seguida.

Saí dali logo que consegui reunir minhas forças e me tranquei em casa. Tive medo, muito medo. Fiquei tão atordoada que cheguei a pensar em socorrer-me com ninguém menos que o avô de Maria Ifigênia (confesso que encontro resistência em chamar aquele homem de "pai"). Meu desespero foi tal que enxerguei nele minha tábua de salvação. Não é uma loucura? Imagine, depois de tudo!

A natureza humana, acho, tem dessas coisas: quando soam as trombetas, até os grandes espíritos devem deparar com situações em que se sintam fracos das pernas. Eu me pergunto se existiu, em toda a face da Terra, em qualquer época, um único ser que tenha se revelado firme e destemido, em todas as circunstâncias. Não creio. Mesmo os grandes da História, os mártires, devem deparar com situações em que se sintam fragilizados. Ou não?

Tomás, por exemplo. Lembrei-me dele, enquanto fugia, enquanto escalava estes degraus. Imaginei, em meio ao intenso caos, situações pelas quais possa ter passado, Nina. Não foram poucas as vezes em que cruzaram pela minha imaginação apavorantes exercícios mentais acerca do seu termo. Pensei muito nele, conforme disse, enquanto me via sob o efeito das terríveis emoções advindas do sinistro encontro. Afinal, eles sabem matar, Nina, e depois tudo desaparece, sem deixar evidências. Eles são assim.

Não tenho esperanças de rever Tomás subir estes degraus, a pequeninha nos braços, e a gente voltar a ser feliz. Nenhuma! Isso acabou para mim. Doravante, só me caresta levar a minha vida, cumprir as tarefas que me cabem e traçar, sozinha, o futuro de nossa filha. Não pense que é pouco, nem que tem sido fácil existir sob permanentes pesadelos, dos quais tenho a sensação de que jamais despertarei.

SOU UMA VOZ, QUE NESTA SELVA HABITO

A *matilha enviou a criatura!* Sentiu as pálpebras repuxarem, seus músculos crisparem-se. O "Estranho", o Sem Nome e compleição indefinida, ameaçou, na altura, corporificar-se; todavia, por mais que se esforçasse — e se esforçava, deveras —, não conseguia evocar suas feições; apenas fragmentos: a cabeleira cheia e em desalinho, um inconfundível ar selvagem e inquisitorial. Nada, afora isso, era capaz de retornar, além de brumosa mancha ogival de contornos difusos, uma anatomia espectral.

Da mesma laia que seu pai, metido em tudo aquilo, as mesmas garras afiadas. Entrevia um e o outro, incerto, aflorava à mente, volúvel, a forma esfumaçada e repulsiva. *Também este sabia matar, ele próprio, com suas mãos graves, ou sua tarefa se resumia a arreganhar os dentes? Armava ciladas, era capaz de trucidar ou agia feito cães que se limitavam a tanger o gado ao matadouro?*

Seu pai, rosto vermelhusco, narinas abertas, um vulto árido e opaco, aquela presença imensa no prolongamento da grande sala de jantar, por onde a comprida mesa de pernas taludas avançava. Quando aguardava por visitas, metia-se na melhor roupa e se punha na extremidade oposta da mesa, em seu ritual de tragar charutos, encher cinzeiros e respirar pesada e ruidosamente. Lia jornais, examinava papéis, conferia uma espécie de livro comercial de capa preta grossa, estofada... Gastava horas tomando notas e, ao final, encerrava tudo numa valise de cromo, que era levada consigo para todo lado por onde ia, ou guardada na gaveta fechada à chave da escrivaninha. Às quintas-feiras, quase religiosamente, tomava o voo para São Paulo: "viagens de negócio", relatos de uns almoços, e, uma vez ao ano, à Europa, na sede da multinacional da qual era um dos executivos, no Brasil.

Depois dos seus episódios de derrame, quase não saía de casa. Aquela grande massa humana arrastava chinelos, jogava paciência, quebra-cabeças de quinze pastilhas... No máximo do tédio, separava as peças de dominó e, cofiando o bigode preto, participava de jogos solitários, ou as enfileirava, a prumo, e, a um leve toque, assistia a cada uma desabar sobre a seguinte, até o final da fileira.

Às tantas, cerrava as pálpebras e passava por cochilos; era a oportunidade em que se podia observar certa quietude no ambiente, em que todos dispunham de pulsações menos aceleradas, respirações profundas e descontraídas. Dali a minutos, no entanto, ele desamodorrava e se erguia, e a nuvem lúgubre voltava a esfervilhar como um bicho revolto.

Independentemente de sua vontade — ou até mesmo contra ela —, Marília reconstituía sempre aquele homem em seu reinozinho, à cabeceira da mesa, girando e regirando cubos de gelo no copo de uísque, chacoalhando seus guizos. Vezes sem conta, em especial depois de certa idade, viu-se diante de assombrosas narrativas que o envolviam — a seu pai —, as quais seu subconsciente relutava em deixar completamente submersas e, a espasmos, forçava-a a rever, para seu martírio e sufocação. E, assim, visões desconfortabilíssimas e febris explodiam ao jeito de magmas, de matéria de pântanos, e numa abalada tanto maior quanto mais ardente a necessidade de olvidar. Em resfôlegos, assistia à tragédia, ao espectro movediço; tudo dentro dela sobrevivia como se alguma engenhoca sonhadora insistisse em repetir, moto-contínuo, noite após noite, trechos de películas de terror, criadas por um misto de Hitchcock com Fritz Lang.

Debruçou-se sobre a escrivaninha a fim de terminar a carta para Nina.

MONSTRO ESFAIMADO JAMAIS DESCANSA

O "velho" sofria com pesadelos, Nina. Durante a noite, soltava verdadeiros urros; volta e meia, eu acordava com os seus gritos. Mamãe evitava tocar no assunto, e, quando a inquiria acerca dessa questão, eu recebia em resposta tão somente uma gesticulação grave, uma meia palavra, um tamborilar de dedos... Nos amanheceres, eu procurava adivinhar, no semblante dela, nas olheiras, o que se passara durante a madrugada; contudo, ela sabia dissimular. Havia ali, nos gritos noturnos, nos longos silêncios de suas ausências, algo que me deixava cada vez mais desconfiada.

Você bem sabe: o avô de Maria Ifigênia manteve-se absolutamente insensível quando do desaparecimento de Tomás; não se perturbou, não manifestou o menor sinal de abatimento, nem sequer demonstrou curiosidade, nada. Sua reação foi fria, feito nada houvesse se passado. Fingiu ignorar por completo um ser que frequentara o íntimo daquela casa, sentara-se à mesa — foram raras tais oportunidades, porém existiram. Quer dizer, não se tratava de alguém que saíra de detrás das cortinas e ali penetrara sem autorização, de um Montecchio no solar de Capuletos.

Nos dias que se seguiram, tacitamente, aquilo se tornou uma espécie de assunto a ser evitado em nossa casa. Se o nome Tomás, por uma razão qualquer, vinha à tona, o patife, em meio aos seus azedumes, fechava a cara, cerrava os dentes, as arcadas, e fazia com que todos se calassem. Tenho certeza de que ele poderia ter feito algo, Nina; ligar para seus contatos, pedir para que vissem alguma coisa, indagar o paradeiro... Afinal, ninguém some sem deixar rastros.

Minha mãe, no seu modo de conduzir sua subsistência, cuidava de, em público, não assumir posições. Com sutileza, disfarçava sua dor e provação, engolia em seco, imaginando que, em assim agindo, preservava da ruína o império familiar. É o que posso compreender. Privadamente, no entanto, não podia esconder sua angústia. Longe do marido, amiúde sondava se Tomás enviara notícias, se... E depois caía em seu mundo. A pobrezinha refugiou-se ainda mais em sua religiosidade, sua catolicidade secular. Falava em indulgência, falava no perdão dos pecadores, em compaixão, essas coisas. As pessoas todas têm suas maneiras de escape, suas válvulas de segurança, acredito, sob o risco até de se verem arrastadas para a enfermidade.

Sua maior pretensão (de mamãe): ver-me casada de branco, com padre e pompa. Sinceramente, Nina, você me vê entrando na Candelária, arrastando véu e grinalda, nas mãos, um buquê, sob o reparo da nata da sociedade carioca, e depois recepcionando os convidados no Jockey Club? Tem a nossa cara, a minha e a de Tomás, a dele, em especial? Mamãe é toda de modos e práticas domésticas, você bem o sabe, toda de comportamentos conformistas.

É evidente que houve situações de exceção, em que ela agiu com brio: por exemplo, quando engravidei. Armou-se — lembra-se? — um escândalo sem tamanho. "A maior vergonha da família", disse o tipo rude, à queima-roupa. "Um bastardo"... Enfaticamente, diante da ameaça de expulsar-me de casa, mamãe, desenrodilhando-se, saindo de debaixo do tampo da submissão — e com que segurança intrépida —, partiu em minha defesa, prevenindo-o de que jamais permitiria tal situação. Falou de um jeito que até em mim causou assombro, pois eu não conhecia esse seu lado. Enfureceu-se; girava a larga garupa, jogava os braços e as mãos para o alto, riscava os ares. Fez das tripas coração para me proteger; que eu ficaria, e ele, se quisesse, que saísse. Incrível, não?

Recordo-me, Nina, da primeira vez em que meu benzinho deu o ar de sua graça: vestia uma jaquetazinha, uma camiseta vermelho-vivo, uma calça de algodão discretíssima. Pois o filisteu fez questão de praticamente desconsiderá-lo! Formal, severo, carrancudo, as fartas sobrancelhas pretas e o cabelo untuoso receberam-no com absurda indiferença. Permaneceu, constrangedoramente, de pé durante todo o tempo, fez cara de nojo, desdenhou... Deu cordas ao relógio de pesos, mexeu e remexeu, para lá e para cá, com as caixas de charutos, como se aguardasse que Tomás se retirasse dali sem tardar.

Mais tarde, sentado na borda da sua cadeira, enumerou ofensas, salpicou de lama. "Um cabeludo", rosnou, a voz dura e arrogante, numa mímica violenta de ódio e ojeriza, batendo com o punho na mesa e fulminando com o olhar. "É uma palhaçada! Uma palhaçada", explodiu, brusco, por debaixo do grosso bigode, os olhos que deitavam chispas. O senhor inquisidor...!

Você bem sabe o modo como se comporta diante de tudo que diz respeito às novas gerações: Beatles, guitarras, minissaias, tudo é objeto do seu desprezo e hostilidade. A própria MPB. Odeia jovens, abomina o movimento estudantil — "os baderneiros", tal o refrão que sai de sua boca. Imagine, condenava até mesmo a pílula anticoncepcional, a qual acusava de ser a porta de entrada para a libertinagem.

Aquele homem, diante de visitas que não fossem as dele, via de regra enfurnava-se no seu canto, recusando-se a dirigir a mínima cortesia a quem quer que fosse. Quando, ao contrário, eram os de sua roda, uns tais que brotavam por lá, transformava-se no ser mais polido do mundo: com ar desprendido e todo solícito, apontava caminhos e poltronas, dava palminhas nas costas, sorria, multiplicava-se em gentilezas. Pois assim não agiu com Tomás.

Em todos ou em muitos dos ambientes domésticos, penso eu, coexistem pessoas cujos únicos vínculos se resumem à matriz sanguínea e ao fato de assinarem idêntico sobrenome; nada além. Sei que não se pode negar a ancestralidade, refutar o berço através do qual se veio ao mundo; nascemos naquele meio e não há o que se possa fazer em contrário. As histórias familiares, via de regra, encontram-se traçadas muito antes de nascermos e independem da vontade individual. No meu caso, posso dizer que tenho motivos de sobra para não me vangloriar de, ao menos, um dos braços de minha árvore genealógica. Não me orgulho. Aliás, nós duas já conversamos sobre isso dezenas de vezes, não é verdade?

Por sorte, naquela oportunidade — em sua primeira visita à minha casa —, Tomás soube manter a fleuma, apesar da atmosfera pesada; após o convencional aperto de mãos entre os dois, e diante do descaso que veio em seguida, Tomás não se deixou constranger. De modo pensado, acredito, passados minutos, pacatamente, estabilizou na nossa frente, de mim e de mamãe, deixando o outro numa situação em diagonal, quase às costas. O mal-educado, o tosco, ficou lá, quase enfiado na lareira, charuto preso nas arcadas dentárias, espremendo os olhos por detrás da fumaça. Dissimulado, cabisbaixo, a cara dura, com suas roliças mãos peludas, e permanentemente de pé, abria e fechava o fichário portátil, fingindo repassar folhas; depois, folheou o Globo, correu os olhos pelas colunas. Logo, ajeitou a sua massa física e escondeu os grandes braços nas costas. Manteve-se assim, hostil, durante todo o tempo.

Meu querido, por seu lado, conservou-se discreto. A cada instante, atento e cordial, demonstrava curiosidade para tudo quanto mamãe lhe apontava; deixava-a conduzir os temas, acompanhava-a, altivo, sociável. A espaços, voltava-se na minha direção e, com discretas piscadelas, dava a entender que tudo estava bem e que não havia razões para preocupar-me. Esplêndido! Cheia de mesuras, contudo, frenética, mamãe, amavelmente, lhe explicava as porcelanas, as faianças, os jogos de chá ingleses, os cristais... E isso é o de menos: no gabinete — sim, chegaram a penetrar naquele ambiente —, alguns parcos e empoeirados livros, enciclopédias, meia dúzia de anuários de não sei quantos anos, devorados por brocas, tomos com a biografia de santos católicos entregues às traças, duas ou três bíblias, uma delas ricamente encadernada, aberta sobre um porta-bíblia. O busto de gesso em cima do console, o qual, com suas mechas revoltas, remetia-me a Beethoven. E caixas sob a primeira prateleira, em quase todo o contorno, recheadas de papéis e frequentadas por baratas. Diante de mim, a mitologia e a mística, meu amor e mamãe, exatamente como, instantes antes, quando meu pai o esperou em seu posto, defrontaram-se o rio da vida com a estampa da morte.

Mamãe, acostumada já com o temperamento áspero e incivilizado do marido, vira e mexe lançava-lhe espiadelas, buscando desvendar o que lhe ia por dentro. Ela se curvava, enrijecia, porém, logo em seguida, misteriosamente, se reerguia, refazia o ânimo e retomava: desculpava-se por pequeninas falhas, por besteiras, alegando, por exemplo, que não haviam se preparado para recebê-lo, que a governanta, que não era mais jovem, se encontrava com problemas de saúde, e as demais serviçais não conseguiam, sozinhas, pôr em ordem a casa. Pobre mamãe! Proferiu o termo “serviçais”; evitou usar “criadas”, expressão a que se via quase forçada a empregar na presença do marido. E ele lá, aquela cara quadrada e inumana, recolhido à sua indiferença e ao seu menosprezo.

Passado esse caso, Nina, Tomás permaneceu um tempão sem dar as caras. Creio que só mesmo quando da proximidade do nascimento de nossa filha retornou. Ele e mamãe — você também, é claro — não arredaram do meu lado, tanto no período final da gravidez, mas, principalmente, durante o resguardo; em nenhum momento me vi sozinha. Pelo contrário. Fui cercada de muito carinho, justamente num período em que a gente se sente fragilizada.

Jamais, Nina, me abandonou a imagem de uma madrugada em que acordei com os choramingos de Maria Ifigênia e deparei com ele, nossa filhinha nos braços, ninando-a e cantarolando, bem baixinho, imagino que para eu não acordar. Fiquei quieta, sem me mexer. Senti-me, em meio à mansidão e à placidez, o ser mais feliz do mundo. A mais feliz! Quando Tomás se deu conta de que os observava, sorriu-me de um modo todo paternal. Repetiu que, quando Maria crescesse, iria lhe ensinar Filosofia, deixando a meu cargo a Literatura, na opinião dele, dois dos alicerces na formação humana; a primeira, defendia, ensina a pensar, a segunda, a registrar o pensamento.

Bom, querida, esta carta acabou ficando longa em demasia. Preciso encerrá-la. Antes, porém, devo assinalar que tenho razões de sobra para suspeitar que, naquele momento, no primeiro dia, Tomás já soubesse de algo acerca de meu pai que eu ignorava; ou também que, devido à sua aguçada percepção acerca das pessoas, ele logo depreendeu com quem estava lidando. Sei lá. Tomás tinha muita sensibilidade: a uma mera observação de desconhecidos, podia adivinhar-lhes o interior e a índole. É isso.

Beijos, beijos, beijos.

ENCHE DE ASSOMBRO A TERRA!

Sinos repicaram, longamente, intervaladamente, a acústica dos morros, vertentes que confinavam o vale entre as montanhas, reverberando as batidas dentro do sobrado. Doze vezes, sabia, malgrado não haver se detido em contar. E as vibrações se estendiam, alongavam-se no tempo; estendiam em seu imaginário, em sua sensibilidade. Depois se calaram, e um remanso oco se suspendeu da textura de granitos para outra, de fluidez e volatilidade.

Sentia-se longe; divagações erradias se entrecruzavam, escuras formas humanas, instantâneos que pulularam, e se fundiam, e se sobrepunham graças à magia de ensandecida e frenética moviola. Os registros lhe chegavam, com clareiras e lacunas; a sensação de que muito daquilo não era real e escapava de vacuidades tecidas pelo torpor; como se espectros se incorporassem ao seu grande céu da fantasia e se fundissem à realidade, compondo, com a juntura disso, uma história de cinema projetada no brilho da tela. (Um sonho é tudo o que não cabe na intensidade dos desejos.)

Do outro lado da parede, o pedragal coberto de musgos, o cheiro úmido de mato, que havia invernos não via a cara do sol, o fiozinho de água procurando trilhas. A cidade, os telhados, as naves das abissais igrejas. Arrasta-se na direção dos janelões: a luz forte do mundo desenhava sombras sobre o piso da rua calçada de pedras, em frente. Nuvens brancas, baixas e enormes coalhavam o céu. Deitou a visão sobre o casario, o arruamento subindo as encostas das montanhas. Perseguia os sons, os quais lhe chegavam ao jeito de uma trepidação.

"ZYJ453, ZYG680, Rádio Jornal do Brasil, 940 e 4875 quilohertz. Rio de Janeiro", no rádio portátil sobre a mesinha de cabeceira.

Por vezes, tinha a sensação de que não discernia o que houvera ou não acontecido, o que fora mero fruto de desassossegos, o que resultava de trama enredada pelos mistérios de uma mente atormentada. Como sepultar tudo no esquecimento, despejar as reminiscências, desfazer as urdiduras?, ela se perguntava.

Tomás, se aqui estivesse, talvez fitasse, com serena incompreensão, a multidão penitente arrastando-se de um templo a outro, um campanário a outro, sob sons agônicos e plangentes. Os hinos, as rezas... os sinos, as mulheres com véus de renda, os homens contritos como se a crucificação do Filho de Deus fosse coisa de um par de horas.

Por que tudo tem de ser tão sofrido, tão doloroso?! Os longos dias, as noites intermináveis... Quantas vezes atravessara a noite desperta, aguardando por algo? Quantas suas retinas filmaram os transpasses das telhas, as ripas e vigas? Tantos os desalentos que não poderia distinguir qual deles o maior. Sim. Isso. O destino, com suas garras trêmulas, a havia conduzido até ali; o senhor destino, esse ente misterioso capaz de fazer com que a tropelia dos anos e séculos se intercruzasse, e se alinhavasse e, finalmente, tratasse de atar seus nós. As marcas das épocas deveriam ser entregues às ações das aragens... Areias, dunas enchendo-se, poalhas leves dançando na atmosfera, ela espreitando a imensidade da solidão preencher a morada com a friagem.

Havia ocasiões em que se convencia de que o que se passou entre eles fosse algo inédito e inaudito, que os demais seres humanos, em todas as eras e continentes, simplesmente ignoravam; apenas eles dois sorveram tais emoções e sentimentos. Após meio minuto, no entanto, a consciência, incrédula, pulsava e evocava grandes paixões espiritualizadas por folhetins, dramas e canções de desencontros.

Se era feliz? Não sabia a resposta. A única certeza: não o havia apagado, nem passavelmente, da memória. Seu amor perdurava, não obstante o lento gotejar dos relógios e das estações. Seu amor estava vivo, pois aquilo de que se recorda, com suavidade e agrado, é porque jamais deixou de existir. Daquilo que se recorda; o que emerge de profundezas túrbidas e silentes.

Podem existir mil razões para eu não te procurar; nenhuma para te esquecer. O que ele quis dar a entender com tal declaração? "Para eu não te procurar"...! Soergue o tronco, chupa o lábio superior para conter a ameaça do pranto. Poderia-se suspeitar, em meio a tantas conjecturas, que Tomás se refugiara num ponto qualquer, no meio do mundo, e, por essa ou aquela razão, optara por — ou fora obrigado a — não enviar notícias? Ele não se considerava em condições de cercá-las de cuidado? A que tipo de perigo achavam-se expostas, Maria inclusa?

Move-se pela sala, indicador em riste circundando a comissura labial. O redemoinho das presunções... (A realidade se desfazia em meio a passagens urdidas por uma espécie de espaço corrosivo, de mácula estanhada em atividade). Descompreendia, abancava. *Não, não,* pensou; o espírito, quando exposto aos infortúnios, procura traçar seus próprios rumos. Os labirintos da mente tomados pelo vazio, pela ausência...

A buzina estridente de um carro vem lhe arrancar do longo devaneio. Àquela hora da Sexta-feira Santa, sobre andores, as pesadas imagens estariam recolhidas às sacristias, os círios, consumidos, a âmbula, agasalhada dentro do sacrário, os turíbulos, com seus hálitos de incenso, esvaziados de suas cinzas.

Novamente, soavam sinos, fúnebres, remansados. O dia ia a meio.

PENDAM LARGAS CORTINAS, PENDA O LUSTRE DO TETO APAINELADO

Açoitada pelas recordações — reviu praticamente uma vida inteira! —, e passada a tempestade, meteu a carta dentro do envelope, sobrescritou-o, fechou-o e selou-o. No final da tarde, espírito serenado, enfiou-se numa muda de roupa limpa, calçou o tênis, penteou-se meio estouvadamente, pendurou a bolsa de um lado a outro do tronco e deslizou escada abaixo; já no patamar, tomada de estranho e brusco pressentimento, interceptou o movimento: *E se... se, por detrás da...?* Inclinou-se levemente na direção da porta, grudou nela o ouvido, a fim de captar os sons do exterior. Nada. Retrocedeu pequena distância e sondou pela fresta da fechadura. Ato contínuo, deu meia-volta e subiu em flecha os degraus rangentes. Cruzou a sala a galope, entreabriu, cheia de cuidados, a cortina, prevenindo-se de não fazer o menor ruído. Outra vez pôs a cabeça à janela e esquadrinhou o exterior. A vista primeiro incidiu no rumo do Largo da Alegria. O trecho da rua em frente, mais vazio do que supunha. Alteou-se na ponta dos pés. Na direção oposta — a que a conduzia ao Diocesano —, um homem levava o seu cachorro na coleira. Projetou-se mais, ponto por ponto, debruçou-se um tudo-nada no peitoril, buscando, em primeiro lugar, por algo que remetesse à cor de labaredas. Estudou, sumária e afobadamente, uma a uma das feições: ninguém em atitude suspeita, nenhum veículo Veraneio... Desceu a visão: no passeio fronteiro ao sobrado, apenas o mendigo de todos os dias, que ali exibe suas chagas, coitado!, o que, bem pensado, até lhe poderia ser de valia, pois sua presença se constituía num constrangimento a um qualquer que se aproximasse, sorrateiro e hostil. Ao fim de um momento, tomada por súbita determinação, dobra-se inteira para fora. "Ele" não se encontrava nas imediações.

Soltou a cortina, desceu de novo os estreitos degraus e saiu para a rua.

MAS QUEM ANDA, COMO EU, ASSIM PENANDO

O sol já fraco deitando raios sobre a serra do Espinhaço, a luz derradeira do dia incidindo sobre a frieza dos seixos, sobre minérios, o quartzo, o xisto, as cristas rochosas e os vales encaixados; os pastos queimados, os feixes de vegetação que resistem à estiagem, touceiras de sapés e matos raquíticos, as árvores retorcidas e baixas... A Casa dos Contos, as paredonas, a fachada frontal, os grandes arcos do saguão de entrada; a fieira de janelões todos iguais, equipados com maçanetas de bronze e rígidas gradarias de ferro; a portada principal alta e imponente, maciça, de mogno, o pórtico de pedra, o imenso ferrolho, os umbrais, o mirante; as vergas das janelas, peitoris no pavimento ao rés do chão. Rua São José, número 12. Nunca mais ali adentrara, desde um ano e pouco atrás, a mãe e Maria Ifigênia como companhias. No piso térreo, postou-se, num mutismo quase lutuoso e reverencial, diante da enorme porta sob a escadaria nobre de dois lances. Contrita, fitou aquelas tábuas quase como se estivesse diante de um objeto hierático, o pasmo solene ao conjeturar o que ali se passara, no distante julho de 1789, a Casa da Ponte, onde Cláudio Manoel da Costa teria sido assassinado (dois séculos depois, no já um pouco distante março de 1968, outro jovem seria assassinado no Rio de Janeiro). **Por qual razão, durante todo o ano passado...?** Retraiu-se, sentindo-se constrangida com a possibilidade de que alguém a percebera falando sozinha.

O chafariz a jorrar água muito fria, brotada das entranhas da montanha, e que descia às pressas para o Tripuí; daí até o rio das Velhas, daí o São Francisco e, finalmente, a foz, mil quilômetros distante, na divisa de Sergipe com Alagoas. Desenhava mentalmente o imenso mapa da viuvez, ao tempo em que fitava a miniatura de arco-íris que se preparava adiante da rosácea em pedra-sabão da fonte.

Notas altas, ainda não percebidas, escapuliam de um piano nas redondezas. Escruta a fachada dos sobrados, uma após outra, até deter-se em uma delas, de onde, era seguro supor, vinha a canção alegre. Então os acordes cessam: uma garotinha passando a lição, desenhou em imaginação, em traje rodado, alças e babados, franjinha e tranças, mãozinhas infantis dedilhando teclas brancas e pretas, arrancando tons e semitons.

* * *

Claro, deixou escapar. *Claro feito água!* Tudo perfeitamente planejado; seguiam-na por toda parte... (um longo hiato em que se rompe o fluxo de seu raciocínio). Havia podido disfarçar sua estupefação diante dele, não se deixara trair, não expusera toda a sua perplexidade? Marília ia pendurando indagações em suas regiões da consciência, feito alguém que suspende cabides com roupas em meio a cômodos em desordem. Quais posturas — ela se consultava — adotaria acaso deparasse com aquele indivíduo uma segunda vez? Quais reações são de se esperar de um animalzinho qualquer, ao ver-se cercado por matilha faminta e violenta?

E com ele, a Criatura, em seu cotidiano, o que se passaria? Também urrava, via-se perseguido por intermináveis pesadelos, tão ou mais terríveis até que os dela, ou podia deitar-se no travesseiro e despegar-se do "trabalho"?

* * *

Na Praça Tiradentes, existia uma caixa de coleta de cartas (contrariava-a monstruosamente a ideia de fazer uso da que ficava diante da sede dos Correios, na esquina da Conde de Bobadela, onde, mais cedo, se dera o encontro com o desconhecido — por ser feriado, a repartição se encontraria fechada). Solitária e anônima, da distância ia lançando miradas na direção das pessoas, estudava, encobertamente, seus semblantes. Seria capaz de reconhecê-lo entre as silhuetas que, àquela hora, tomavam os caminhos? Em seu íntimo, buscava extrair uma expressão fisionômica, por breve que fosse.

Um desenho vago e indistinto principia a assomar em sua mente. Sustava os passos, na presunção de que pequenas oscilações com o corpo e a caixa craniana poderiam perturbar a perspectiva, os traços. Dito e feito: a imagem incipiente logo tratava de extinguir-se. Aí concentrava forças para, pouco a pouco, refazê-la. Chegado, contudo, novamente ao estágio anterior, todo o fenômeno se repetia: a sombra se volatizava e se perdia, por inteiro. Com efeito, era uma tarefa estafante e, ao mesmo tempo, sem resultado. Ao menos naquele momento.

Do nada, uma pipa, possivelmente soltada no adro da Igreja de São Francisco de Paula — a direção da linha o indicava —, subiu no velho céu cobalto e amarelo; oscilava, empinava… Um homem de uns cinquenta e tantos anos, à paisana, estatura mediana, bem conservado, cabelos grisalhos aparados, braços e pernas vigorosos, camisa, bermuda, meias curtas e tênis de caminhada, também fitava a pipa. Ligeiro tremor percorreu a coluna vertebral de Marília: *E se um outro, aquele ali, por exemplo, também fizesse parte do grupamento encarregado de me espionar!? Se, usando de artifícios, eles se revezassem na tarefa, a fim de dissimularem que estou sendo rastreada?*

Recolheu-se, instintivamente, para trás de um poste de luz, arrastando consigo o forte pressentimento de que o indivíduo perfeitamente escanhoado se encontrava ali por sua causa. Vieram-lhe particularidades que concebia comuns a todas as classes de feras: a sagacidade, o artificialismo, os caninos lacerantes… E olhos meticulosos, violentos. Deitou mirada circundante em busca de outro alguém em quem pudesse lançar suspeitas. Em vão. Ninguém para lhe dilatar os pressentimentos lúgubres, a esperança morta.

Perdida em meio a certo alvoroço, ocorreu-lhe a ideia de atravessar para o lado oposto e, de lá, analisar as mudanças, as reações. Examinou todas as possibilidades, examinou o porvir e, sem mais, cruzou a rua, esgueirando-se por entre carros, e misturando-se aos que, abrigados sob um toldo, tomavam refeição na parte externa de um bistrô. Serpenteou por entre as mesas, as quais se encontravam todas ocupadas, e foi sentar-se num banco alto, provavelmente usado para o descanso dos garçons, quando não se viam ocupados.

O aflitivo desenrolar dos minutos... O rumor das conversas, o vozerio, o tilintar de pratos... Nada lhe escapava: um par de namorados, pouco afastados... em não diverso raio de visão, uma mulher, à janela de um sobrado, repousava uma mão sobre a outra no parapeito. Uma nuvem espessa passeava sobre a cidade. Suas íris cinza sumiram por detrás das pálpebras fechando-se. Quando as abriu, seus olhos procuraram novamente o homem de bermuda, o qual, completamente indiferente à movimentação de Marília, não se arredara. Interessava-se pela pipa, interessavam-se pela pipa, que despencava acrobaticamente do alto e, logo a seguir, voltava a ascender, soberana, valente.

Mediu-o, de alto a baixo. *Entre o lobo e o cão! Este aí também sabe matar?*, perguntou-se. Lembrava, pela estatura e pelo porte físico, o oficial da Marinha que, sanguíneo e musculoso, insinuara-se, a revezes, na sala grande de Santa Teresa, guardando na cara um sorriso especioso e remoto. Sim, assemelhavam-se em demasia, desde a calvície, o rosto formalizado e até mesmo o tom da pele... *(Como se organizam, hierarquicamente, distribuem entre si as tarefas, como?)*

Por outro lado, podia ser que se enganara, não ser de propósito que aquele homem se encontrasse ali. Durante todo o tempo, o mulato permaneceu de costas para ela, numa condição aparentemente desinteressada; agiu com naturalidade e não deu mostras de amoitar algo. Lançou-lhe derradeira mirada.

Momentos depois, em atitude particular de um sonhar, Marília, uma das pernas apoiada na trava dos pés do banco, a outra esticada e tocando o pavimento com o bico do tênis, projetou os olhos ao longe. Na instantaneidade, ocorreu-lhe a hipótese de haver esquecido em casa a carta; abriu, sofregamente, a bolsa e remexeu o seu conteúdo: lá estava, dentro da agenda. Deixou cair a aba, fechando-a, em seguida. Feito isso, ergue-se do banco e retoma a caminhada.

Não tinha nada em que pensar; o cérebro se esvaziara; dois copos de cerveja ou uma taça de vinho produziam nela a mesma sensação, a mesma ebriedade extática. As pernas pesavam; o punho direito apertava a aba da bolsa de encontro à cintura.

Ia assistindo aos quadros que, às soltas, projetavam-se em sua visão: vezes sem conta fantasiara a possibilidade de que, na rudeza do arruamento, colocava seus pés sobre os caminhos repisados pelos poetas árcades, pelos conjurados. **Conjurados, Marília; não inconfidentes.** (Tomás também irrompia à tona.) Sim, obcecada pela concepção de que cada quadrado daquele solo havia sido calcado por grandes vultos; de que outros corações pulsaram sobre aquele mesmo torrão. Bem entendido, não ignorava que se tratava de um enredo imaginário, que servia, unicamente, para manter aceso seu alumbramento, o feitiço, o seu tempo mágico encomendando os víveres da desagonia.

A introspecção ligava e se apagava, fugia e retrocedia. À parte isso, as camadas de sua consciência se abriam: *seriam o amor e a morte trilhos paralelos de uma mesma via correndo ao infinito?*, perguntou-se, ao tempo em que inesperada corrente de ar soprou-lhe gotículas de suor do pescoço e couro cabeludo. Levou uma das mãos até a boca, o polegar escorado sob o queixo, o indicador na vertical, até a asa do nariz. *Por qual razão, por vezes, geravam-se ruminações tão desconfortáveis? E quanto aos trilhos? Ah, sim: amor e morte; o amor e a morte. Os trilhos...* Sacudiu, quase imperceptivelmente, as espáduas, percorrida por súbito calafrio.

Soergue-se. Vem-lhe, inopinadas, lembranças dos bondes da infância, recordações alegres e soltas. Uma assopradela, um respiro, enfim. E fartura! Sim, viviam bem e folgadamente, ela, Marília, o "Benfeitor", a "Religiosa" e a legião de serviçais da casa. Tudo tão natural, tudo fluía sem aparentes tribulações, os contratempos domésticos dissolvendo-se feito fagulhas que se apagavam no ar. Para as crianças, os adultos que as cercam carregam consigo particulares virtudes morais, nobreza de caráter; nessa fase, nada se encontra acessível à desconfiança, às incredulidades. Inexistia, quase, o restante da humanidade, ela não pertencia ao mundo, o universo é o entreparedes, o espaço percorrido pelos gatos da casa. Até que, em anos, uma por uma, caem as máscaras, despem-se os figurinos e o viso natural termina por ser desnudado. É assim que se dá.

Retrocede, reflui, mergulhando num desalento pueril: o bonde vinha, assobiando, chichiando, as bacadas das rodas nas juntas de dilatação dos trilhos, toc-toc... toc-toc... Ela corria seus passinhos trôpegos, arrastava cadeiras, debruçava-se à vasta janela envidraçada: era um navio imenso, que estacionava no princípio da rua; dentro dele, figuras tórpidas, qual bonecos de pano ou louça, tesos nos bancos de madeira, o motorneiro pançudo e de mau humor. Dali a pouco, partia, as batidas do sininho... os zunidos... Tiiimm... Isso era tudo, todo o seu cosmo, toda a sua disposição e renúncia.

* * *

A duas quadras dali teria se dado o encontro: de repente, diante dela, o "Desconhecido". Reproduz-se outra vez quase a mesmíssima aflição, a mesmíssima abalada do terror... O relance em sua direção, perscrutando as suas reações ao lhe estender o envelope. Foi tudo tão rápido, tão... lancinante! Refaz — dessa vez com um pouco mais de precisão — a representação daquele homem, as sobrancelhas arqueando-se, um sulco na testa... Seus longos braços e suas mãos, queimados de sol, caíram ao longo da cintura, indo repousar sobre uma máquina fotográfica trazida adiante do abdome; os dedos roçaram a armação da câmera, as reentrâncias, o maquinismo, que sabia ela? Pupilas agudas, ferais, ressaltaram-se e violentaram as dela. Aí, uma dúzia de segundos depois, ele girou sobre os calcanhares, numa atuação quase teatral, ela diria, e, sem se apressar, friamente, desceu a Paraná, tão misterioso quanto se mostrou.

BREVE MASMORRA ESCURA

4 de julho de 1789, Vila Rica, Minas Gerais. Dez dias antes de a população parisiense tomar de assalto a Bastilha e depor a dinastia dos Luíses, o poeta Cláudio Manoel da Costa é achado morto em sua cela de prisão, após haver delatado, sob tortura, os demais membros da Conjuração Mineira.

A História registra suicídio por enforcamento, o cadáver pendendo do baraço, na Casa do Real Contrato das Entradas.

Filipe dos Santos, Manuel Faustino, Lucas Dantas... Em todo o sempre, os que se opuseram às tiranias encerraram seus dias sob tantos modelos de martírios e agonias.

Naquele, e nos dias que se seguiram, a memória de Cláudio Manoel foi sufragada com trinta missas pela Irmandade de São Miguel e Almas e pela de Santo Antônio. Enquanto seus restos mortais eram carregados, sinos badalaram; soaram num ritmo tardo, funesto, num "ostinato" plangente, repetindo séries de dobres simples, o sino menor... depois o médio... o grave. Toques e repiques de finados, o som fúnebre do homem morto, os signos dos túmulos. Não soariam, decerto, acaso houvesse ele tirado a própria vida.

TRAZE-ME AS TINTAS DO CÉU

O imaginário então varrido para longe: o mar, a Baía de Guanabara. Desde menininha, alinhava a vista com os ásperos tons do oceano, a água espumosa singrada pelas barcas, os navios altos, ao largo, outros atracados nos armazéns... cargueiros, barcaças, rebocadores, petroleiros fundeados aguardando o misteriosíssimo momento de se porem em movimento. As ilhas, as docas, o cais... O risco da malha urbana, os edifícios, caixinhas dispostas tal qual misteriosas maquetes. O planar dos pássaros, as estampas e circunvoluções das nuvens no céu, a verdura da floresta galgando as encostas empinadas, a brisa calma que vinha do Atlântico, a luz que cegava... Os sinos dos bondes, os automóveis, os que vivem sobre a Terra transformados em meros soldadinhos de chumbo, personagens comuns de dramas existenciais. Ou então, nos dias chuvosos, as enxurradas afoitas morro abaixo, o hálito e o frescor que vêm da mata, as nuvens convertidas em lençóis cor de chumbo fechando o mundo. Dentro em pouco, alguém viria arrancá-la de seu território de sonhos "perigosos", **Desça daí, menina**, uma das empregadas, metida em seu uniforme, avental e touca branca, ou, mais raramente, sua sempre enfermiça e débil mãe...

Recordava de tudo: das passagens, das feições dela. Nenhum traço se embaçara, nenhuma névoa; como se a tivesse diante de si há questão de minutos: Elena, comedida, desencantada, em sua resignação neurastênica. Uma espécie de Nora Helmer, em *Casa de bonecas*, de Ibsen, vivendo, apagadamente, seus solilóquios — e isso a deixava indignada, a um tempo que perplexa —, esperando a chegada das festas de fins de ano a fim de armar a árvore de Natal. Elena, o imorredouro contrapeso no frágil equilíbrio dos laços de família, o anteparo contra o poço de desfaçatez. Como envelhecera!

Quando, em dezembro passado, deu com ela na plataforma de desembarque da rodoviária, necessitou fazer enorme esforço para conter o seu espanto: sobremaneira magra, pele adelgaçada e amarrotada por infinitas rugas, raízes dos cabelos brancas... E algo indefinível no tom de voz, que acentuava tal impressão. Ela definhava. Oxalá um dia se insurgiria contra aquele estado de coisas, e se lançaria, também ela, na vastidão do mundo, dando corda às próprias pernas e à própria libertação! Entretanto, enquanto tal milagre não se anunciava, Elena ia enchendo o vácuo do domicílio com suas moléstias, suas lamúrias e rezas.

Elena se calava ante as explosões do marido, largado sobre os altos cadeirões estofados, munhecas sobre o tampo da mesa, sobre a finíssima toalha de renda, deslocando, cheio de enfado, a caixa de charutos, as peças de dominós, as pedras brancas e pretas do jogo de dama, ou soltando cartas de baralho... A longa e pesada mesa de carvalho, a garrafa de uísque, as antiquarias, o dunquerque, os janelões cerrados feito temessem por algo vindo das ruas. A clausura, o asfixiante e inacabável laconismo. Com efeito, também silenciavam Flora, a governanta, que estava sempre bem vestida, e o turno, para ela, se encerrava pouco após o almoço, a mesa desfeita, José, uma espécie de faz-tudo — incumbia-se com o serviço caseiro, office boy, jardineiro, ajudava nas tarefas de limpeza e, quando urgia, em pequenos reparos na casa —, Giselda e a filha, nas lidas da cozinha. No fundo das retinas. Os abalos tal qual febre terçã, contra a qual nem a passagem dos séculos remediaria. O outrora e o agora.

O Vulto ainda poderia estar investigando-a, em meio à multidão, o "Estranho", silhueta oscilante, insistindo em ocultar-se à vista. Por qual razão, em todas as vezes, jamais deixou semeada uma pista, um indício qualquer que revelasse suas intenções, que contivesse um galanteio, fosse o caso? Aí está! Um ponto fora da curva. Porquanto os episódios com os envelopes se repetiram, e se repetiram, até o momento em que, intencionalmente, ele se deixou ver, interceptando-a na via pública, e entregou-lhe o que consistiria na derradeira "remessa". No dia doze. Nos dias que sucederam, no entanto, os envelopes, e mesmo o emissário, simplesmente evaporaram.

Ocorre que tal situação — o sumiço de novas fotografias —, que antes poderia ser vista como algo desejável, acabou por restaurar-lhe certa frustração, certo estapafúrdio desapontamento, pois, se os achados, é verdade, causavam-lhe verdadeiro impacto, as repetições adquiriram o poder íntimo de atiçar uma espécie de curiosidade acerca de qual instantâneo seu iria deparar, quando chegasse em casa. Criava-se, assim, um dissimulado suspense, uma particular ânsia de saber, o que, de algum modo, compensava a tormenta. No entanto, e por outro lado, a interrupção dos acontecimentos contribuiu para ampliar o quadro de apreensão e angústia. O que haveria por trás desse novo desenho, qual o seu significado? Que estava sendo vigiada, não restavam dúvidas, não se tratava de paranoia de sua parte, definitivamente, porém, aguardava para, a qualquer momento, o lobo voltar a exibir seus dentes!

E NUMA NOITE SÓ, QUE AO SONO ROUBA

Numa noite daquelas, Marília passou por dois sonhos, quase em sequência. No primeiro, Tomás irrompeu para ela, a face doce e lívida, em close. Achavam-se num lugar de exuberante beleza, ela, sentada num trono desproporcionalmente grande, num ambiente imenso e desprovido de qualquer outra peça de mobiliário. Em volta, três ou quatro indivíduos, ligeiramente afastados uns dos outros; havia a consciência de que se encontrava grávida e que os presentes seriam os Vianettos.

Ele então se aproximou, por detrás, envolveu-a em seus braços e lhe soprou expressões sumamente afáveis. Quando, no entanto, ela fez menção de erguer-se do assento, ele se afastou, muito devagar (não se percebia seu mover das pernas; ele flutuava). **Não chore, querida; muitas outras noites virão**, ela ouviu, de uma grande voz. Da distância, ele lhe sorria. Somente essa estampa, exageradamente clara, superexposta, alucinante.

Aí, após um intervalo incognoscível, em que transitou por um pestanejo, penetrou no segundo sonho: seu pai, em sua falta de luz, farto de carnes e gorduras, a boca enorme, olhos papudos, cavernosas e fartas narinas encimando um bigode espetado, vigiava-a sórdido, bestial. Enfiado num guarda-pó escuro, as mãos encardidas, fumava um charuto descomunal, numa representação quase de todo estática. Foi assim. Não deu um tapa, um berro; ao invés, somente cochichava. Cochichava algo aos monstros da sala, do grande compartimento: **Um cabeludo... A corriola!**, um esgar de menosprezo e uma expressão sardônica, o que resultava numa mistura de zombaria com forte ressentimento. Dentro de um nicho, ela se via trancafiada, atracada, um peso insuportável! E acabou.

Despertou, acesa, ergueu-se da cama num arranco. *(Ainda estaria vivendo o sonho?)* As cenas transitavam, sombras velozes, nos espaços brumosos: surgiam e escondiam, ascendiam e se evadiam. Os caminhos por onde vagueia o espírito; trechos avulsos de celuloides, recuperados do chão das salas de projeção, aleatoriamente unidos com cola, perfazendo nova e esdrúxula narrativa; pedacinhos de memórias esquecidas num velho baú, no sótão.

* * *

Os pés do tempo deslizavam: a cor da noite, o mobiliário inabalável. Uma ventania açoitava. Relampejava? Sim, trovejou. Ajeitou a camisola, a coberta, cobriu as trêmulas pernas. Mirou a parede em frente, em meio às velhas trevas, os caibros, o teto escurecido pelo pó dos anos e do minério — uma réstia de luz vinha de fora.

O relógio do Pilar ou do Rosário deu pequenas batidas: duas... três... quatro... Quatro da madrugada!? Os primeiros pingos grossos caem. Em pouco, o dia despontaria e dissiparia a fosca neblina, a inquietude.

Encontrar razões para viver, para assistir ao lento arrastar da corda pelos desertos, para içar a âncora das desilusões. Inclinou-se na direção do abajur, acendeu-o, conferiu as horas. Apagou o abajur e voltou a deitar-se. Ancorada, emperrada, aguardando os nervos se domarem, a máquina humana retomar o estado de relaxamento. Maria foi lembrança que veio desde o corredor e adentrou no quarto. *Minha filha, nossa filha, não precisará provar da mesma agonia do pai, da mesma distância da mãe.* As histórias e linhagens não seriam perdidas. A semente fora salva, e se encontrava quase pronta para ser levada às estufas, retorna, como alegoria.

As mãos repousaram sobre o ventre: *tire isto*, alisando a barriga, circularmente, numa direção e noutra, enquanto o vendaval seguia, a tempestade seguia. Um apito, um silvo longo e distante na madrugada. Seus ouvidos buscaram por outros ruídos, os quais, no entanto, não vieram; só o rumor surdo e rude da intempérie.

Encontrava-se apta para a vida solitária? Foi a ânsia que se projetou, lá da altura, distante. Procurou então compenetrar-se no ritmo da respiração, no entrar e sair do ar; encher os pulmões a fim de que a torpeza candeasse os carneirinhos do sono e assentasse de lado todos os desarvorados estímulos do viver. Devagar... bem devagar... A névoa da semiconsciência...

Passado um bom bocado, cochilava. De súbito, no entanto, algo a interrompeu, a soergueu ao estado de alerta, algo indefinível. As pálpebras abertas, pupilas saltando, o coração saltando...

Neste mês, mais tardar em maio, traria ambas do Rio para passar consigo uns dias. Vinte e quatro de maio! Maria e vovó Elena! Sim, faria isso. Seria uma boa data, enquanto novo trovão se anunciou. Agarrou-se àquele pensamento, repetiu-o, a fim de frisá-lo no espírito. As luzes dos postes, os telhados açoitados pelo aguaceiro, ladeiras abaixo.

Concentrou-se ainda uma vez em ritmar a inspiração, sincronizá-la com os toques do despertador, ou numa contagem puramente mental de números: cem... noventa e nove... noventa e oito... Nessa ordem, decrescentemente, acompanhando o lento expulsar de ar pelos pulmões. Noventa e sete... Contou até oitenta e tornou a perceber-se acesa, arrebatada. Recomeçou: cem... noventa e nove... noventa e oito... Descendo com a sequência, compelindo que os centros nervosos se ocupassem com tal fútil operação e, desse modo, se desligassem dos demais fatos mentais. Entrando já nas primeiras acomodações da quietude, afundando nas misteriosas ondas do pré-sono... Algo, porém, de súbito a alteava, um rumor perdido, inadvertidas evocações. Prosseguia, reiniciava a luta contra o desassossego. Retomava do "cem", os números caindo, placas quais as de um relógio flip palheta, ritmicamente, descendo, hipnoticamente. Maria Ifigênia ameaçou assomar feito a materialização de um transanse; outro ciclo se reinicia... outro... Pouco a pouco, embriagava-se, o zunzum das gotas de chuva, os trovões, ao longe...

CANTEMOS O HERÓI

Com o raiar do dia, elegeu a visão com seu anjo louro para fazer-lhe companhia, submergindo a do pai, ríspido e mordaz. Debruçou-se no parapeito que dá para a rua: o alvorecer gelado do domingo; chuviscos granulavam a paisagem, a lonjura embaciada, à frente. Poucos iam e vinham, veículos transitavam, lentos. Hirta de frio, enfiou-se numa blusa de lã, envolveu o pescoço com o cachecol, aconchegando-se em surpreendente atmosfera de conforto e refrigério.

Ambientada àquela vida entre montanhas, caíam-lhe no esquecimento as tardes no Leme e Arpoador? Uhn, não sabia. Sabia que tinha, diante de si, algo deslumbrante. A uniformidade de tons, que a habitara, depois de muito tempo, transmutara-se em rara sensação de bem-estar e solidez. Sim, entrava-lhe pelos olhos, via claro e pronto que se distinguia espantosamente segura e autoconfiante.

Você é muito forte, um sorriso constrangido tomando-lhe os cantos da boca. Mirou os esparsos circunstantes, dali de cima, ocultamente, sem poder ser alcançada. E a aragem penetrava, acariciava suas vestes, a echarpe gelada. O outono mostrava seus sinais: em pouco, as folhas cairiam das árvores, os dias se encurtariam, e agasalhos substituiriam as roupas curtas.

Não ousava se mexer; temia que um ligeiro recuo pusesse a perder toda a sensação de miraculosa e indizível felicidade. Girou o pescoço tão lento quanto pôde, seguindo um homem e uma mulher, que caminhavam ladeados, no entanto, sem se darem as mãos. Eles admiravam as fachadas, as amuradas despencando nas perambeiras... Turistas, com certeza; fácil reconhecê-los pela calma interna com que vencem as ladeiras e penetram, curiosos, nos pequenos comércios de pedras semipreciosas, e artesanatos, e suvenires.

Você é filha única, ele exclamou, até com certa calma. Iam da Candelária para a Lapa, julho de 68... talvez junho, o último domingo do mês, poucos dias após a passeata que tomou as ruas do Centro. A cidade ardia, um bochorno pesava por todos os lados. Veículos militares estacionados a duas quadras, próximo da Ouvidor, e também defronte do Edifício Avenida Central. No cruzamento da Alfândega com a Miguel Couto, um excitamento, uma turbulência. Entreolharam-se e, sem trocarem palavra, desceram incontinenti e às pressas a Buenos Aires. Depois, tomaram a rua da Quitanda, Graça Aranha. De tempos em tempos, detinham-se, ocultavam-se por detrás de pilastras, tapumes, bancas de jornais, quaisquer anteparos que os guardassem. Ele, mais que ela, estudava o terreno adiante, prestava ouvidos e retomava o meio galope, as narinas abertas, a sempiterna barba por fazer, os longos cabelos de fino ouro, os quais, a intervalos, jogava para trás, a expressão indômita e quase selvagem.

Marília sentia que as pernas corriam além do que se encontravam aptas a fazê-lo; Tomás, meio metro adiante, estimulava-a a ir em frente, tracionando-a de leve. Um deserto! Pressentiam os ecos de seus sapatos estilhaçando a insonoridade, a fixidez de um mundo de onde todo o gênero humano fora subitamente eduzido. Espreitavam para cima e descobriam as vidraças dos prédios refletindo grandes fatias de céu; para diante, o sujo das ruas e avenidas comerciais, as entradas das garagens subterrâneas, os bancos e jardineiras solitários. Até as árvores, as amendoeiras imensas e rodadas, os abricós-de-macacos, antecipavam-se à essência do momento e se aquietaram, recolheram-se às suas próprias paralisias. Um vento ameaçava espalhar folhas de um jornal esquecido sobre um banco.

Um mendigo-louco-bêbado esquálido, sem camisa, escleróticas amarelas, trajando unicamente uma calça rasgada e suja, dobrada na altura dos joelhos, e carregando pequenas caixas de papelão, descia pela Sete de Setembro. Com jeito de quem não via banho havia meses, caminhava vergando-se para os lados. Cambaleava, arregalava e cerrava os olhos, fungando sem parar. Passou bem junto deles e foi como se não os houvesse visto; rudemente, lançou uma cusparada no chão. Tomás estudou-o, de relance, e o acompanhou com as vistas até ele levar sumiço, no rumo da Santa Casa de Misericórdia.

A não ser por isso, o centro da cidade mostrava-se vazio, os céus sombrios sobre a Marina da Glória. Retomaram a caminhada; dobraram à direita, na Santa Luzia. Ao alcançarem a esquina com a Rio Branco, ocultaram-se por detrás de um piloti, a fim de recuperarem o fôlego e observarem os deslocamentos na Cinelândia; praticamente ninguém em trajes civis. Até onde a vista alcançava, divisavam-se patrulhas em inextricáveis incursões. Tanques apontavam os canhões, fuzileiros navais intervalados no acesso ao Aterro. Diante da Biblioteca Nacional, e por uma faixa contígua bastante longa da avenida, a cavalaria dava arremetidas, as ferraduras patacando o asfalto. Instantes depois, freavam, abruptamente, a um comando de voz e rédeas. Sôfregos, os cavalos, crinas ao vento, relinchavam, sacudiam-se, insurgindo-se.

Talvez fosse melhor se retrocedessem, refizessem o itinerário, retornassem à Presidente Vargas... Ou descessem até a Primeiro de Março ou Praça XV, e lá tomassem um táxi. Tomás apalpava algo nos bolsos da calça, depois no da camisa, as momentâneas rugas na testa.

Ouviu-se um estalido; correram-lhes arrepios. Fitaram-se e compreenderam ser o momento de se aventurarem. Tensos, deram-se as mãos e descolaram para o outro lado da avenida, num ritmo nem tão acelerado, que pudesse transparecer fuga, nem lento demais, que sugerisse provocação ou convidasse a abordagens.

Ao alcançarem a Treze de Maio com a Araújo Porto Alegre, detiveram-se, fingindo contemplar vitrines. A pequena distância, um caminhão do exército apontou e começou a despejar homens de capacetes e armados, camuflagens verde-oliva, cambiantes para marrom, os quais saltavam e, em correrias estultas, tomaram posição. Pássaros refugiados nas copas das árvores do Passeio Público, todos a um tempo, sustaram os pios; um silêncio tão profundo quanto o mar azul — Pss... Pss... — se fez sentir, só muito espaçadamente rompido pelos passos de Tomás, que mal ecoavam.

Marília tentou puxá-lo na direção da Glória. Aquilo já era uma loucura, ela analisou; soaria como afronta. Sim, isso: uma pirraça juvenil, enquanto sua energia nervosa se exauria qual uma luzinha perdida na imensidão de um serro; contudo, ele a reteve, com firmeza; os dedos suados entrelaçados apertaram-se, aflitivamente. As mãos cingiram-se, os cotovelos se tocaram, depois o longo dos braços; próximos, tão próximos que seus pulmões quase podiam trocar ares. Tomás plantara-se bem no meio da calçada, expondo-se na mais absoluta in(s)anidade.

Depois, bem depois, aprumou-se um pouco e a reencontrou com as vistas, como se dali houvera se ausentado por longo tempo. Esboçou ligeiro sorriso e a envolveu, lânguido, pela cintura, o sábado esgarçado pelos pesados coturnos, pelos tinidos metálicos dos armamentos em riste.

No campo cinzento do céu nublado, o lamento do bonde sobre os Arcos da Lapa.

AINDA VENDO ESTOU TEUS OLHOS BELOS

Tocada por súbito e irresistível sentimentalismo, Marília soluça. Um dolorimento, um látego de alma; a cruciante agonia que se expandia e revoluteava feito as margens das grandes friagens. Por que as horas não se gastam, por qual razão o passado se recusa a desgrudar-se?

Tantas vezes — tantas! — buscava recordá-lo, inocular-se com lembranças com o fito de atrair para si todo o padecimento de que fosse capaz. Era no que acreditava. A dor de lembrar é um ressuscitar, um reviver a tortura, a flagelação; é um comover que desperta reações similares às que o infortúnio traz.

Se ele se fizesse sentir ali...! Mesmo que fosse tão só para repetir-lhe que o melhor era que ela de nada soubesse. **Há outro alguém, Tomás?** Ele deu estalos com a língua, contraiu leve a fisionomia, sem, contudo, deixar-se trair em suas reações. Nenhuma precipitação, nenhuma angústia de tempo; ao invés, uma sensação sumamente persuasiva de frieza de ânimo, de natureza domada. Um estreitar de pálpebras... Então retrucou, bem pausadamente, **que havia o mundo**; **havia a luta**. E se calou; mergulhado em alguma reminiscência, algum pressentimento. **Você... você gostará mais de mim se souber menos**. Interrompeu-se e recolheu o rosto por entre as mãos. Sua testa se inclinou para diante, enquanto esperava por algo que lhe viesse em socorro. **Desconhecer-me em metade talvez seja uma forma até de se preservar, Marília.**

Acendeu um cigarro e tirou a primeira tragada. (Seus dedos tremiam?) Soprava cheio a fumaça para fora. Pôs-se um pouco de lado: as mechas alouradas, o tórax, de perfil. Mirava o infinito, a fumaça alvacenta desenhando figuras abstratas e irrequietas. Ela se acercou, com leveza; tão absorvido ele se encontrava que nem percebeu sua aproximação; tomou-lhe as mãos, acariciando-as. Ele elevou silenciosamente o mento e, forçando breve sorriso, desfez sua feição tristonha.

Ah! Estava lindo! **Lindo!** Essa deve ter sido a vez em que o viu mais esplêndido e majestoso: a cabeleira vasta e revolta, a pele lisa, a jovialidade exuberante; sobrancelhas emoldurando inquietas pupilas plangentes, os lábios protuberantes e delineados. Cinematográfico! Que apreensões esvoaçavam em sua mente?

Anos se passaram; anos que desenhavam uma eternidade, tal o sortimento de incidentes que chegavam. A implausível medida do tempo, as vaporosas digressões da mente. Encruzilhadas, vertigens, desfiladeiros, que se confundiam e se entremeavam. E a soturna impressão de calabouços, de asfixia!

Caramba, exclamou, num tom que seria suficiente para também perceber quem se encontrasse a um metro de distância. Silenciou uns segundos, refletindo. Não se esquecera de nada. Tinha tudo bem guardado. **Há fatos que nem você deve conhecer, Marília**, ele lhe confiou, quase separando os termos. Lembrava-se perfeitamente de todos os pormenores, das expressões e até da paragem onde se encontravam, no momento da revelação, tal qual tudo houvesse sido filmado em "Super 8" e, de raro em raro, se projetasse à retina. Afinal, o que ele escondia? Existiria, de fato, algo tão grave de que ela não pudesse tomar conhecimento?

Regra geral, quando sucedia de descer a detalhes, ele se enclausurava em meio às suas grandes e pesadas quietudes. Por exemplo, quando o consultou como fizera para sobreviver em Ouro Preto: não recebeu de volta nenhuma explicação. Talvez nem ele próprio soubesse. De que modo granjeara tantos livros e discos (possuía vastíssima bibliografia na área de filosofia e, medianamente, na de literatura, além de bastante razoável discoteca)? Com quais recursos, se passava por infindas e perenes privações? Quer dizer, o todo não fechava.

Numa oportunidade, ouviu dele, em confissão, que, com o intuito de economizar, calhando de sentir prenúncios de fome e, porventura, passasse diante de lanchonetes com aquelas refresqueiras sobre balcões e vitrines com salgados, ele sondava os preços; aí, após instantes de indecisão, ele separava o dinheiro correspondente, enfiava-o em outro bolso e se afastava; repetia a operação toda vez que o apetite e a sede nada excessivos lhe subissem; assim, com tais economias, foi montando sua bibliotecazinha...

Marília agachou-se, diante da caixa de discos, e se pôs a tombá-los, de um lado para outro: Sérgio Ricardo, *Êsse mundo é meu*... Mercedes Sosa, *Homenaje a Violeta Parra*... Baden Powell e Paulo César Pinheiro, *Os cantores da Lapinha*... Edu Lobo, *Cantiga de longe*... Os dedos corriam: Hermeto Paschoal... Taiguara, *Viagem*...

Do final da fila, retirou o único compacto que tinha: *Só morto - Burning Night*, de Jards Macalé. Ligou a vitrola e deitou a agulha sobre a segunda faixa:

... Que a gente podia viajar
E fazer um álbum de fotografias
Pra depois queimar,
E depois lembrar, queimar

Abstraída, mirava à distância, o pensamento brilhante adejando feito borboletas recém-emergidas de casulos e que ainda não encontraram pouso.

Tempo... tempo... tempo... A música do disco findara, e outra, chegada a ocasião, lhe brotou no espírito, uma canção desconhecida, que sabia não existir; trauteava, notas avulsas saltitavam.

Acionou de novo a vitrola e pôs de novo a melodia para tocar...

Mas o que eu queria mesmo
Era não ter mais tempo pra me comover

Ergueu-se, dirigiu passos incertos pela sala.

E fazer um álbum de fotografias...

O queixo pendeu. Alheada, fitou o movimento dos dedos entrelaçando o vazio, adiante: *Tecendo os bordados do meu amor! As mortalhas!* As feições refletindo a avalanche de desencantos em que se encontrava mergulhada. Tentou pôr em ordem o raciocínio, reposicionar os fatos, as lembranças aptas a despertar-lhe amarguras. Em vão; os sentidos não obedeciam ao leme. Havia os abalos, a brutalidade das horas, qual sombras investindo.

Exorcizar-se, voltar ao sentido da realidade! *Morrer não é um plano agradável, todavia, infinitamente mais miserável é assistir irem-se os entes queridos.*

Numa ação calculada, trocou de posição, jogou as pernas para diante; tentou substituir os pensamentos, as emoções. Ajeitou o busto, conquanto o olhar tristonho se mantivesse perdido no nada. Buscou recordar outra canção qualquer, recuperar outro verso; se não vinham, assobiava, inventava um trecho... o que de armas pudesse fazer uso para vir-lhe em socorro. Em especial, acenar para as raízes da agonia. As canções, os poemas que declamaram, sublimavam os instantes de desencanto, enrijeciam os remorsos. Aquela, por exemplo, falava de lembranças, de fotografias queimadas.

"Você é maravilhosa", uma voz rumorejou. Suspirou, inspirou profundamente. Suspendeu a movimentação pelo cômodo, o indicador direito sobre os lábios ordenando a um interlocutor imaginário que silenciasse. Os braços caíram e uma ruga cinzelou a testa. *As ideias*, repetiu para si, *a vontade humana*, buscando concentrar o ânimo.

Poderiam sair de viagem! Ou, quem sabe, se mudarem para Cataguases, recomeçarem do zero. Via-o, meditativo, profundamente meditativo. Revia-o alçar, com doçura e grande vagueza, a bebezinha enrolada em mantas, fraldas, cueiros... Envolvia-a num afável aperto de braços, ao tempo em que incógnito instinto materno levava-a a guindar-se na cama — a despeito de ainda sentir os pontos — e implorar-lhe por cuidado. Não bastasse, indagou-lhe se a barba não irritaria a tenra pele da bebê. Tomás dava ares de não ouvir; suspendia-a em levíssimos galeios, até pouco acima de sua cabeça, e então descia, amortecendo, num balanço delicado e enternecedor. Ao se cansar, suspendia momentaneamente o ritmo, e voltava a aconchegar o corpinho instável junto a si.

Intercambiavam sorrisos, afagos, chamas de cintilações desconhecidas... aquela profusão de desvelos. Ele balbuciou algo ininteligível. Meticuloso, deitou o corpinho da filha no abrigo do protetor de berços, das almofadas e travesseiros de paina, e puxou o mosqueteiro, envolto numa sentimentalidade não presumível em um ser como ele.

Houve um entreato, impossível de ser mensurado. Tomás retomou passadas sobre solas silenciosas, refugiando-se no banheiro. Passado um instante, regressou ao quarto, o rosto admiravelmente escanhoado, brilhoso, varonil.

É ESTA DE TEU QUERIDO PAI A MESMA BOCA E TESTA

Muito ao acaso, muito vez por outra, Tomás, vibrando de entusiasmo, enumerava o acervo artístico e arquitetônico da cidade de onde proviera, opinando que Cataguases estava, para o modernismo, do mesmo modo que Ouro Preto, para o barroco. Ela o mirava, não de todo convencida, enquanto ele, sem se dar conta de nada do que ia ao redor, aludia ao mural Tiradentes, de Portinari, exposto no saguão do colégio projetado por Niemeyer, onde cursara o ginasial e o científico. De outras feitas, eram Djanira, Anísio Medeiros, Marcier... Quando o questionou acerca das razões de uma cidadezinha tão pequena abrigar tal patrimônio... **As famílias feudais**, ele interrompeu, num misto de ironia com passável furor. **Ou o que lhes sucede: a concentração do capital!**

Com efeito, podia tomar as estradas: no fim de Padre Faria, Passagem de Mariana..., perdendo-se no mapa. Por rodovias incógnitas e soporíferas, aonde deveria caminhar seu curso, transpor os montes — erguia os olhos sobre os cumes, sob os altos-cúmulos boiando no firmamento longe —, cortar planícies largas... Buscar pelos parentes que ainda sobreviviam, a mãe e os dois irmãos, "gente endurecida pela vida"; passarinhar incógnita pelas alamedas da cidade alheia com que sonhava.

Tratava-se de disposições agradáveis. Afinal, não experimentava viva excitação ao imaginar-se pisando sítios onde, sob clarões do óleo, Alvarenga, Ataíde, Aleijadinho teriam calcorreado, séculos atrás? Talvez — quem o pode negar? — sensação similar se repetisse, ao deparar com aqueles subúrbios de galos e lagartixas, de córregos de sapos, traíras e lambaris, de grotas de vaga-lumes, e dormideiras, e navalhas-de-macaco... Seria extraordinário!

Poria o vestido de cetim, única extravagância que seu rapaz se permitira, ofertado de presente quatro anos atrás, no seu aniversário, vinte e quatro de maio; junto, um cartão onde escreveu, de próprio punho, um trecho de poema de Maiakovski: "Brilhar para sempre / Brilhar como um farol / Brilhar com brilho eterno / Gente é para brilhar." Ainda o conservava consigo — o cartão —, está por aí, como marcador de páginas. O vestido verde-claro, cor de natureza, com discretas estampas em ferrugem (não fazia ideia de quais mundos ele teria revirado para adquiri-lo se, para manter-se no Rio, via-se obrigado a recorrer a rígidos controles de despesas).

Tomás, costumeiramente, não fazia o menor caso do que estampavam as vitrinas de magazines, Sears, Mesbla e não se mostrava nada apegado às coisas materiais; as necessidades, a escassez, encontravam suporte na simplicidade, no natural. A ponto de, uma vez, ter-lhe confessado que seu interesse pela Filosofia desabrochou quando, lá pelos quinze anos, veio-lhe às mãos que

Sócrates tinha o hábito de caminhar pelo mercado de Atenas, observando as mercadorias expostas, sem nada nunca adquirir. Indagado por qual razão assim agia, o pensador grego explicou que já tinha em muito boa conta o simples fato de constatar o quanto havia no mundo de que ele poderia perfeitamente prescindir. Atrevia-se a dizer que Tomás conservara consigo esse princípio como, talvez, a mais pronunciada marca de sua personalidade. **Não são para a minha classe social**, ele gracejava, não obstante mesclar, amiúde, na fala, uma nota de sentido amargo. **Nós, o proletariado, não podemos nos dar determinados caprichos**.

Quanto a isso, aliás, manteve-se sempre inflexível. Possuía uma estante de livros, pequena, é verdade, rústica, malfeita, com duas tábuas, tão somente, apoiadas em tijolos furados, afora um rudimento de discoteca, contudo, os sapatos... Tinha para si que, de certo modo, ele fazia uso de tais expedientes para, gota a gota, deixar patentes as disparidades entre eles. Sim, pode-se dizer que havia, da parte dele, essa prática, e não foram raras as oportunidades em que chegou a abordar tal questão: ele insinuava, com sutileza, deixava a alusão sobre o tampo da mesa. Era isso.

O vestido! Regalou-se com ele, sentiu-se extasiadíssima, apesar de, de certo modo, experimentar certa inibição ante o hábil golpe de Tomás — ele defendia que o modo mais certeiro de uma mulher tornar-se, ao máximo, encantadora seria em vestes de seda, pois seu lustro e sua maciez armavam as formas femininas. Nesse caso específico, não enxergava extravagância, mas, sim, graça e sensualidade.

Dominada pelas vívidas emoções, ela se recolheu ao banheiro, banhou-se, perfumou-se e, manequim vivo, os cabelos ainda molhados, pé ante pé, retornou ao quarto. Recorda-se: ele se encontrava sentado na beira da cama. Marília, em grandes vaguezas, postou-se à sua frente. Permaneceram instantes tomados de estupor, enquanto uma espécie de magia aturdida preenchia os espaços.

Muito bonito, Marília quebrou o silêncio, ajeitando a veste, alisando-a. **Se disser que adorei, digo pouco. É... fascinante!** Nos lábios, um sorriso enternecedor, apesar de ligeiramente tímido. **Você está linda! Ficou lindo!**, ele ciciou. Recuou um tanto para melhor apreciar. **Verde fica bonito em você! Este tom de verde.** Fez pequena pausa. **Catherine Deneuve. Belle de Jour!**

Ela indagou-lhe a que queria aludir: **Séverine, cheia de medos, subindo os lances de escadas de Madame Anais!? Hmmm, não!**, ele redarguiu, com doçura extrema e leveza. **Então pela mancha de nascença nas nádegas?**, Marília retomou, com sarcástica risadinha. **Também não; pelo andar. E não com Séverine, mas Catherine Deneuve.** Fez pausa. **Não que vocês se pareçam, ela é loira, você, morena. Digo a maneira de caminhar, a elegância das passadas.** Ela fez um aceno dócil. *(Que particularidades havia em seu jeito de andar?)* **Li-i-nda! Feito uma figura de cartaz de cinema.**

Hipnotizados, conservaram-se, por um tempo, um mirando a íris do outro, como se imensos céus de torpor e devaneios se postassem entre eles. **Você tem um corpo lindo**, ele retornou, lascivamente. Ela deixou pender a cabeça para o busto, virou-se de leve, arrastando, a passo miúdo, sua escultura, até defrontar-se com seu reflexo no espelho da penteadeira. Descobria-se, de fato, bonita, tinha tal consciência, e, talvez por isso, não conseguia evitar certa teatralidade no gestual. "Uma figura de cartaz de cinema!": a tez clara e aveludada, os cabelos descaindo, bicos dos seios ressaltados sob o tecido.

Todavia, ainda não se dera por satisfeita; queria surpreendê-lo de novo. Suave, uma passada descalça após outra, deslizou, ave silente mariscando tatuís na areia da praia, por detrás do jovem homem, e o tracionou, com suavidade, para junto de si e deitou um dos lados do rosto sobre seu dorso. A reação de Tomás, ao não dilucidar seus sinais, foi a de voltar-se e, em plena excitação emocional, segurá-la com ambas as mãos. **Nã-...o...o!**, interrompeu-o, baixinho, porém, com firmeza *(há coisas que os homens não entendem)*. Afastou-o, candidamente, delicadamente, provocante, e o forçou a sentar-se de novo na beira da cama. **Não**, um pouco mais incisiva. **Não será assim**, sentenciou, meditabunda, simulando ocultar algo.

O telefone tocou no grande compartimento e alguém atendeu. Alongou os sentidos no rumo da porta: a lingueta destrancada. Moveu-se nas pontas dos pés; deu voltas à chave na fechadura e retornou para o cenário de antes. Curvou-se, cingiu-o, estreitou-o ao seio. **Você tem cílios longos**, exclamou Marília, afastando-se um tanto para focar, e simulando dedilhá-los, tocá-los com as pontas dos dedos. Pequena pausa. **Femininos!** Reaproximou-se, mansa, ainda uma vez, fixando-se em algo particular que talvez existisse em suas úveas.

Venha sentar-se no meu colo, ele rompeu o gelo, estirando uma das pernas. Ela se adiantou, ardente, a respiração agitada, e sentou-se sobre a coxa espichada. Ele agitou os cabelos com ambas as mãos — aquele hábito de lançar apressadamente os longos fios para trás era mero trejeito, ou fazia parte de hábil gestual de sedução, por parte dele? Fitaram-se, demoradamente (o cheiro de sua máquina-corpo era bom!). Carícias lascivas foram despertadas (sentia a ereção do homem montar-se sob seu peso), as bocas se atraíram, avançaram. Ela enlaçou-lhe o pescoço, entranhou os dedos em sua cabeleira e puxou-o para si...

Rastreando assim, de tão longe no tempo, tão na distância, deduz que arranjou um modo sublime de retribuir-lhe o vestido.

ME SOBE LOGO AO ROSTO O FOGO

Então, um abafo, um desejo quente. Angustiadamente, acariciava, em demorados, contudo, vigorosos circungiros os próprios seios, as aréolas. A respiração e as batidas no peito, céleres; sente as pulsações, as arfadas... As veias da fronte dilatadas, a carnalidade, o ligeiro aperto nas vísceras, por onde se alastravam a fermentação, a combustão, que, em turbulência, aflorava na linha dos quadris e lhe cingia o ventre e se condensava numa circularidade instável, pouco acima do púbis.

Do pescoço aos tornozelos, o frenesi a devorava, num estremecimento louco e longo. Estridores escaparam; afobada, cega, banhada de suor, cenho esbraseado numa quase expressão de dor. A rebelião corpórea, a lubricidade que escorria (faltam nomes para descrever todo o conjunto de reações que dela se apoderaram), a volúpia, gema rara, em algum tempo perdida no caminho, aflorava, exalava. **Tomás**, exclamou, numa voz corrosiva e surda. Num gesto inopinado, seu dedo médio circunfluía o clitóris.

Uma perturbação íntima e súbita, no entanto, reprimiu o impulso desvairado. Ao primeiro contato com o relevo da carne, os dedos espalharam-se sobre a maciez e alvura do tegumento. Marília reteve as mãos, repousando-as sobre o covo do abdome, arriando-as qual o pousar de moroso paraquedas, visto da distância. A cabeça, nesse exato instante, oscilou, os músculos da face lutando entre a crispação absurda e o relaxamento inexcedível: um segundo... dois segundos... três.

Os dedos médio e indicador, rebelados, logo procuraram retornar ao ponto erógeno: *uhnn...! Aquilo...!* O jato ardente... Estremeceu-se, sacolejou a matéria quente, ao tempo em que, ávidos, os vulcões ressurgiram; as profundezas do mar rugiram, águas bramiram, a natureza se pôs em fúria. Do nada, a sensibilidade nervosa, junto com os órgãos todos, se desencarrilharam e se atropelaram na descida. **Tomás!**, repetiu, desta vez num tom sobrenatural, cavernoso, quase. **Tomás, querido!** Suas vísceras e tendões experimentaram o solavanco e entraram numa espécie de colapso, as fibras todas dos músculos retesadas, as contrações que irrompiam da pélvis, indômita e erraticamente, as plantas dos pés sobre o piso gelado de pedras.

Aí, então, veio abrupta contraordem: **Não, de novo!** Uma chama que tremeluziu e, numa vez, extinguiu-se por um sopro duro e subitâneo; um desassossego, uma advertência. Viu, pouco a pouco, dispersar-se a turbulência, desfazer-se misteriosamente o desejo, enquanto uma força íntima trouxe-lhe concepções análogas aos pesados remorsos. Chegara a hora de o "inverso" dar as ordens.

O lento descolar dos lábios, as pernas, ainda trêmulas, e os joelhos se soltaram, de rastro, na horizontalidade. Toda a lubricidade, em questão de segundos, a abandonou. Um e outro soluço. Dentro do peito, as batidas enfraqueceram. Depois, bem depois, um tiritar de frio.

Assim, permaneceu, deitada de costas, inerte, prostrada, coxas descuidosas e plácidas entreabertas, entreabertos o cós e o fecho do jeans. Inspirou seguidas vezes. Manchas brilhantes, cascatas de luzes, surgiram em seu campo visual, uma embriaguez trazida por misterioso vinho. Os rumores do mundo.

Juntou forças e jogou-se para diante, sentando-se a custo. **Não quero!** Soltou a mecha de cabelos aderida ao suor da testa. **Isso, não!** Segundos, segundos, segundos em que permaneceu sem nem ao menos pensar, o olhar na semiescuridão dos espaços vazios.

Após um tempo em que se manteve naquela espécie de irresistível transe, inédita formulação então se anunciou: se tinha a aptidão para dispô-lo — a Tomás — em cena, toda vez em que queria desabrochar sua melancolia, talvez alcançasse também, acaso assim o deliberasse, recusar as lembranças, descartar aquele caso do pensamento; os centros nervosos poderiam desviar sua atenção de um ponto a outro, concentrando-se em novo plano trazido à mente. Isso! Uma nova... inspiração. Talvez a tarefa de esquecer fosse algo que dependesse de projetos e predeterminação.

Em prumo, em meio ao ambiente principal, espanou as vestes, abotoou-as e abriu-se à brisa. A concupiscência, na espontaneidade, arrefeceu-se, de maneira automática e quase brusca; voltou a ser a fria, a estéril, a estátua em mármore que vaga, incógnita e entorpecida, naquele lugar do mundo. A hiperestesia se perdera, os humores e as tentações silenciaram. Ascendeu de novo o real, o tangível, a verdade da vida. Sim, era isso! Os labirintos da mente, suas teias e poeiras depositadas, sem que ela mesma compreendesse, sem que ela mesma soubesse a gênese e a matriz. A mulher de dotes loucos e cheia de truques ficara para trás; fenecera.

Num tom categórico, quase ríspido, Nina lhe interrompia: **Não ficou para trás, não murchou, não se encontrava morta; apenas momentaneamente adormecida.** Ela desacreditava, descompreendia. Deixou cair os braços. O cérebro remexia; *o pensamento é cordeiro enxerido que, usando de ilusões e disfarces, imiscui-se na substância humana a fim de testar até quando um ser humano é capaz de resistir.*

Ensaiou passos, enquanto a mente descansava, flutuando sobre as montanhas. *Tente pensar em algo... no firmamento, nas janelas vazias. Pense no inverno. Acalme-se,* ditou para si. De novo e de novo, silenciosamente...

Veio-lhe o pêndulo do imenso relógio da sala, aprisionado na caixa de madeira, o mostrador com algarismos romanos onde as horas e os minutos saltavam, ela, garotinha, estatelada no chão, mirando o mecanismo, os contrapesos que tracionavam correntes, a dança de espirais, os saltos de engrenagens... Os badalos do quarto de hora, hora cheia, a melodia de Westminster, os móveis pesados, as situações falsas... No último dos cadeirões, o carrasco, as garras petrificadas sobre o tampão da imensa mesa escura.

OH! QUANTO ESTRAGO NÃO LHE FEZ O TEMPO!

Tirar fotos coloridas, as quais os anos, inelutavelmente, cobririam de tons nevados e crepusculares. Urgia atar as muitas pontas ainda soltas: Hercília... Cilinha. Certa feita, saindo de uma sessão de cinema no Ópera — já grávida de Maria Ifigênia —, Tomás, imperturbável, sustentou que, se um dia ela viesse a conhecer sua mãe — a dele —, iria se tomar de surpresa. Consultado sobre a razão, recebeu em resposta que eles dois não se assemelhavam; Cilinha era negra, alegou, e talvez existissem até sobras de sangue aborígine, dado que exibia na epiderme um meio-tom avermelhado. **Os Rodrigues...** Por aquele flanco, confessava, pouco sabia acerca de seus antepassados, como, em geral, sucede com os vindos da África. Marília indagou-lhe então o porquê de seu tom de pele tão claro, as íris, e ouviu em resposta que, pelo lado paterno, descendiam de italianos — **do Vêneto!** — que teriam imigrado no princípio do século. Da parte europeia, asseverava, podia-se conhecer longa linha de ancestrais, os avôs, bisavôs, tudo devidamente registrado em certidões e meia dúzia de monóculos, guardados em gavetas. **Camponeses, criaturas simples**, completava, numa inflexão de voz em que não se podia ocultar certo sentimento de altivez e orgulho.

Impelidos pelos irmãos mais velhos, Isabel e João, a família transferira-se do campo para a cidade antes de ele haver nascido; trocaram as enxadas e embornais pelos aventais e protetores auriculares da tecelagem. Isabel, a do meio, ele dizia que guardava os traços da mãe: a face encarnada, imensos globos oculares ogivais. **Uma mestiça cor de amora madura**, emendava, numa entonação especial. **Brasileiramente linda!** Pôs-se a meditar. **Quando jovem, era muito bonita! Hoje, acabada. A labuta, a miséria!**

Marília não compreendia o porquê da semiescuridão em que o surpreendia, dos longos e irremediáveis mutismos em que, por vezes, ele mergulhava: Tomás, tão fechado, tão cheio de reservas... Ele ocultava coisas de seu passado e do presente. Isso existia. Fique claro: se houve algo no mundo que escapava de sua compreensão, encontrava-se ali. Em seu favor, Tomás alegava que não desejava "dramatizar" sua biografia, tingi-la com cores fortes de tragédia. Assim, só quando algo evocava os seus antigamentes, ele acabava dispersando no caminho parcos retalhos de si. Tão somente. E de maneira concisa, fragmentada, quando não imperscrutável.

QUAL SEJA A SORTE SUA

Enquanto isso, sua disparatada fantasia cuidava, obstinadamente, de delinear um perfil para Hercília e, Deus sabe o porquê, conduzia sempre a um mesmo resultado: um semblante formalizado, a cabeleira arruçada e sem viço, os olhos cheios de trevas e desencanto. Cilinha, em carne e osso, em suas verdadeiras cores, lembraria algo do filho? Reconheceria qualquer coisa dele no semblante da mulher? Indo mais longe, seria trágico um tal "reencontro", comover-se-ia ao deparar com traços fisionômicos que se perpetuassem no semblante de Maria Ifigênia? Cilinha — conhecia de perto uma afetuosa blandície, só em pronunciar tal apelido de família —, uma criatura morigerada, destituída de forças e amoldada aos ares que respirava: uma casinha de cômodos, sem forro, numa rua esquecida no traçado urbano. Sempre a mesma criação, o mesmo reflexo.

Assim, Marília ia colando as fotografias nas páginas soltas do seu sovado álbum de retratos. Talvez o que ela não pudesse compreender fosse similar ao que Tomás também não decifrara. Sim, devia ser. Ele lhe confessara, em pequenas pinceladas, sua origem humilde e miserável, o pai, alcoólatra, que falecera de pancreatite, quando ele, filho temporão, encontrava-se com apenas 5 anos. Afirmava que se recordava pouquíssimo dele, a não ser de sua fraca compleição: muito branco, magro e curvado, pupilas absurdamente azuis. Os irmãos, quase toda uma existência despendida na fábrica de tecidos, João, no serão, Isabel, em turnos das seis às duas ou das duas às dez da noite; sucedia de se encontrarem, no labirinto entre os teares, nas trocas de turnos, um chegando, o outro saindo, um assumindo as máquinas, o outro indo dormir, cada qual dobrado sob o peso do cansaço e da desesperança. Sobreviventes!

* * *

Tomás distinguia, com perfeição, o canto dos pássaros; aprendera na infância, nos fins extremos de um bairro alheio, nos terrenos baldios, grotas e brejos, aquém das cercas de arame farpado, do mundo interdito de várzeas de sapos e cobras, encostas de cupinzeiros e capim-gordura, de onde passarinhos, atraídos por chamarizes e pelo alpiste ou milho-alvo, apontavam no mato para submergirem nos alçapões e arapucas. **O coleiro é assim!** E gorjeava, à perfeição. **O canário...**

Em trilhas no Alto da Boa Vista, espreitavam as copas das árvores, os líquenes em suas cascas, as plantas rasteiras, o mapa de raizames varando na terra. **Sabiá-laranjeira**, anunciava, cheio de suspense, feito se encontrassem diante de extraordinária descoberta da natureza.

Imobilizava-se, subitamente, diante de teias de aranha, que se antepunham em seus caminhos, estirava a ponta do dedo até quase tocá-las e, antes de prosseguir o percurso, inclinava o tronco a fim de evitar rompê-las, conduzindo-a em análogo movimento; oferecia-lhe a mão diante de acidentes de terrenos, trazia-a para junto a si, quando a vereda se estreitava...

Loquaz, esparolado, gesticulava em demasia, quando tomado de entusiasmo, seu "lado italiano", ele próprio caçoava; em outras ocasiões, no entanto, e por mistério, encelava-se em grandes exílios, não dando conta do que se passava à roda. Ao perceber o transe, as ausências, Marília acomodava-se, deixava-o lá em seu remanso: o "banzo", moléstia estranha dos oriundos do Congo, da Feitoria de Luanda, do golfo de Benin...

De modo que as dualidades de seu doce e amado guerrilheiro abriam-se, de par em par: a leveza, as maçãs das bochechas de anjo gentil, em contraposição ao viço, que evocavam ora um diabinho sobre pranchas pegando ondas no Arpoador, ora um pensador debruçado sobre as grandes questões do mundo; a delicadeza de um sorriso meigo e acolhedor, a fixidez extática, que vinham lhe restaurar a confiança, o amparo, as sólidas esperanças; angélico, mas, simultaneamente, impressionável; hipersensível, ao mesmo tempo que resiliente. Ele era "assim" e "assado"!

Os olhos vivos e agudos do filho de Hercília Rodrigues Vianetto tornaram-se ainda mais agudos e vivos quando a filha de Elena Cordeiro Mattos expôs suas primeiras descrenças acerca da alma, da onisciência divina, essas questões do espírito e da religiosidade. A partir de determinada altura, as reflexões místicas passaram a não conhecer bom trânsito; o ceticismo arrebanhava forças. Uma descrença nascera do nada; algo como uma dessacralização. Pouco a pouco, Marília foi afastando de si as cargas dos dogmas, as raízes artificiais da fé. Sem afrontar, sem achincalhar; em sigilo. Romperam-se, dentro dela, quaisquer disciplinas e reclusões a que se vira até então "forçada", e, pouco a pouco, se deixou contagiar pela placidez de seu anjo e se levar por uma vaga de bem-estar imperiosamente excitante. Justo.

"Meia-noite e meia. Sob o patrocínio exclusivo do Banco Bamerindus, o banco da nossa terra, o Jornal do Brasil informa, com Eliakin Araújo."

QUANDO NAS ASAS DO LEVE VENTO AO FIRMAMENTO TEU NOME FOR

Os frios crepúsculos de abril. O tempo virara e um céu de cartão-postal, mosqueado de vermelho e amarelo, céu de passarada, expandia-se para além. O serão vinha, recendendo a almíscar, camélia... Os campanários grandes e pequenos principiavam a se fundir com a escuridão, que se anunciava. Em pouco, as noites se tornarão longas e geladas, a neblina estirará seu lençol espesso sobre o vale. Uma coruja arrulhava.

Marília foi até a cozinha, abriu-se para o pequenino quintal, fitou, entorpecida e sem se dar conta, as semiesferas de rochas no escarpado do morro. As ilações vagavam, as ideias, em grandes torvelinhos, vinham-lhe sem que as controlasse: a aparição no pátio da Universidade, o relâmpago de esplendor, o brilho perigoso dos olhos; na paisagem ensolarada, o adônis, o anjo cintilante. (Conhecera o centro magnético do mundo!)

Haviam sido felizes? Ela fora feliz? Deu um suspiro, entrelaçou as mãos diante do tronco. O branco de seus olhos dançava. De volta à sala, resolveu, depois de breve hesitação: a esplêndida vida despendeu-a enquanto lhe permitiu o marco da ventura, concluiu, fazendo que sim com a cabeça. Uma história de amor carrega consigo, irremissíveis, um começo, meio e fim? Afinal, o que é a vida, o que é a felicidade, se não o reproduzirem-se doçuras de uma existência ao menos mediana? Ou estava enganada?

Sucedia também de julgar que o processo do esquecimento já assomava no horizonte: muitos registros desvaneceram, feito pertencessem a um passado remotíssimo, esmaecido. (Mas não queria esquecer, não queria esquecer nada.) Para começar, quanto da faculdade de reter impressões, adquiridas anteriormente, depende de decisões conscientes e voluntárias, se perguntava, quanto do que se perde decorre do desapreço e da irreflexão? O que a memória captura e retém? Ou tudo se apaga, qual inevitável condição da mente, um varrer de lixo doméstico, até a última das noites? *Toda saudade é um tipo encoberto de partida.*

Os pulmões então pararam cinco, dez segundos, um calafrio, nesse entretempo, lhe percorreu a espinha, enquanto uma corrente de ar enfunou o cortinado branco, fez as dobras se agitarem, cingindo e envolvendo sua escultura. Abriu-se à brisa para refrescar-se, e, ao cabo de tudo, enrolou-se no tecido fino e vaporoso como a um cobertor brando e aconchegante. E assim permaneceu o quanto pôde, até sentir um princípio de cansaço. Aí, soltou a cortina; o sopro dos Gerais, no entanto, fazia o tecido vibrar, inflar, açoitar...

O homem e seu cachorro, do dia anterior, passaram. Recostou-se numa das ombreiras, voltando-se para dentro; o alto da escada a convidava, inutilmente, para as ruas. Encolheu-se, contraiu-se, uma expressão impenetrável esboçada no cenho. É a desilusão! Seus ombros refizeram os ângulos com a retidão do tórax, até que a dor e a moleza, que não partiam de sítio definido algum, vieram lhe desfazer a postura.

A saudade, junto com sua indissociável aliada, a melancolia, as sombras que se guardam dos revezes, entregando-se de novo a um pensamento vaporoso, que se expandia mesmo sem aviso. Fez uma expressão dura, e o crânio encenou ligeira oscilação. O inconsciente, nesse momento, lhe ofereceu quadros dispersos e desconexos: Maria Ifigênia... Nina... sua mãe... Ela, empoleirada na janela-escotilha alta — enquanto se mantivera descerrada —, olhos no Rio, assistindo ao movimento dos navios na baía arrastados por rebocadores, outros, imensos, fundeados ao largo, os vasos de guerra, as barcas para Niterói e Paquetá... O bonde rangendo na descida das ruas íngremes e sinuosas, as miniaturas de veículos no imenso mosaico urbano, lá embaixo...

Primitivamente, somos o que as retinas retêm, o que nos chega aos ouvidos, os odores... Somos o que o estômago devora, a lanugem e o veludo tocados pelas falanges. Roeu as unhas, ante essa reflexão; depois, chupou os nós dos dedos indicador e médio da mão direita. Com certa insanidade retratada na face, mãos cruzadas atrás nas costas, mirava os espaços vazios, por detrás da vidraça da janela.

MAS BEM QUE TUDO PAVOR INSPIRA

Positivamente, não podia enxergar, naquele mundinho, nada merecedor de grandes reparos; nada na fuligem e na cinza acumuladas na lareira, nada nas gavetas e prateleiras, nada dentro das mobílias, nem no compartimento da casa onde seu pai, vira e mexe, se recolhia com aqueles homens, uns já entrados em idade, outros jovens demais, "gente sadia", irrequietos e impetuosos, que davam mostras de se encontrarem aflitos para entrar em ação. Do oficial da Marinha, recordava-se com incrível perfeição: um sujeito que poderia ter qualquer coisa entre 40 e 50 anos, espadaúdo e luzidio, barba invariavelmente escanhoada, cabelos cortados rentes, enfiado em vistosa farda arminho estampando medalhas, divisas e alamares (a partir da terceira ou quarta vez, passou a aportar em trajes civis, talvez com o propósito de chamar menos a atenção), trazendo consigo inseparável maleta executiva — usava um relógio de pulso de ouro, com um mostrador grande até mesmo para o diâmetro de seu punho.

Vinha protegido pela sua ronda de sequazes, os quais, atilados, postavam-se à entrada da casa, depois da pilastra do portão, e, no tempo de alguns segundos, abalavam-se nos entornos por qualquer ou nenhuma razão. Abriam-lhe a porta de par em par, e, uma vez transposto o umbral, batia energicamente os calcanhares, juntando os cascos, braços rígidos, em rigorosíssima, contudo momentânea, posição de sentido, e estagnava-se, cerimonioso, feito estudasse o terreno adiante, ou passasse tropas em revista, ou, melhor ainda, se apresentasse para uma solenidade, um sorriso cínico e fabricado — a sordidez ali fazia moradia. Pigarreava, limpava discretamente a garganta.

O velho, ele próprio, sapatos de verniz e camisa engomada, encarregava-se de recepcioná-los, cheio de mesuras, no vestíbulo, inclinados um para o outro, tapinhas amigáveis nas costas... Em pouco, era pastoreado para o gabinete, e se encerravam lá dentro; sussurravam, segredavam, confabulavam, tendo por testemunhas unicamente as hirtas prateleiras, a velha máquina de escrever sobre a escrivaninha estilo xerife, as duas grandes poltronas de estofo verde e espaldar alto, a cadeira de vime e, a um canto, a mesinha redonda com as esculturas de dois cães esguios dessas raças inglesas de caça. Vez por outra, riam aos gorgolhões, comemorando algo, em meio ao silêncio profundo que, naquelas circunstâncias, se abatia sobre o restante da casa. (Ela nunca escutou a sua voz, nunca, nunca, o que, de certo modo, ajudava a compor parte do mistério.)

Aquela gente dava as caras em imprevistas situações, enquanto, cegamente, uma insular ingenuidade fazia com que ela nada de extraordinário enxergasse em tal estado de coisas. Sabia-se, comentavam, que o dito senhor Geraldo de Resende Mattos era levado em conta nos meios empresariais e tinha livre curso nos círculos militares; enfim, nas esferas do poder. Todavia, da história toda, ela só conhecia migalhas. Registrava as comitivas chegando, e, meia hora depois, reapareciam em atitudes uniformemente reservadas, os óculos escuros descidos sobre o dorso do nariz. Tudo se passava como se ela presenciasse um acontecimento trivial, sobre o qual não pairasse desconfiança. Não existiam interrogações nem exclamações.

Tais incidentes se repetiram pelo menos meia dúzia de vezes, de modo que aqueles homens, de estranhos, iam se tornando quase parte da rotina doméstica. Elena, ao avistar a Veraneio, por mistério, ocultava-se das vistas; Marília passara a identificá-los até pela maneira como cruzavam o salão, em especial o brutamonte com bigodão e cara de poucos amigos, que sempre e sempre ia e vinha na retaguarda; algo nele, a brutal constituição física, a insolência, a mira desafiadora, a capturava, a levava à força.

DO TEMPO DESUMANO A DURA GUERRA

Educada de maneira clássica no Colégio Sion, do Cosme Velho, Marília alternava seu cotidiano entre o semi-internato para moças com os ritmos da sólida morada de Santa Teresa, onde tantos pequenos dramas se desenrolaram, em meio a densos recolhimentos, e grandes tragédias se coagularam sobre fronhas e lençóis. Muito superficialmente, teve notícias das barricadas em Paris, dos protestos contra a guerra do Vietnã. Hanói e a capital francesa faziam parte de um mundo meramente ficcional e desenhado por engenhos cenográficos.

Quando do assassinato do estudante Edison Luiz, o que chegou até ela foi que alguém havia sido morto, Tomás lhe salientara, com ininteligível expressão aflita, porém, as TVs e os jornais não deram destaque. O desconhecido, a difusa região do nada. Em casa, uma espécie de acordo tácito se impusera desde sempre, e, mesmo que impressões passassem diante das retinas, não ascendiam, nem em parte, ao nível da consciência. O seu mundo, à época, era artificialmente tingido em cores claras, azul-pálido, verde-limão, e, na linha de terra ao alcance de seus sentidos, as atmosferas criadas lhe traziam ecos suaves aos ouvidos. E só.

No entanto, sabe-se que confissões e revelações cerzidas por fios débeis acabam por se esgarçar e, cedo ou tarde, por despertar halos de mistérios. E a cegueira, assim, paulatinamente, foi cedendo lugar a névoas de incertezas. A imaginação impressionável passou a tatear, remexer, os instintos amarrotaram as folhas de papel e, lá um dia, acendeu-se o fulgor do 35 mm em meio à sala às escuras; o eletrodo de carvão em combustão emitiu a fagulha e, em dois tempos, saiu-se milagrosamente do breu.

Num princípio de noite, muito silencioso e pensativo — retornavam após haverem assistido a uma cópia em Super 8 sem legendas de *A Batalha de Argel*, de Pontecorvo, numa sessão clandestina no Flamengo —, Tomás, de maneira inopinada, friamente e com estranha expressão no rosto, lhe segredou quem eram os que frequentavam a sua casa: **a repressão, Marília**. Disse, simplesmente, jogou para fora, com expressão inescrutável e estéril. Aquilo foi o choque; sobreveio-lhe um clarão. À fundura da dor temperou-se uma mescla de exasperante desamparo e outro tanto de estupefação. No passo seguinte, entonteceu numa espécie de suspensão da gravidade. No terreno calcinado à volta, nenhum balanço de som, nenhuma manifestação do exterior; tudo agonizava; a silhueta de Tomás, petrificada e instável, cingida num longo túnel brumoso.

Extemporâneo constrangimento ruborizou-a; depois, algo semelhante à narcose cobriu-a com o manto pálido da morte. Na imediatez, o suor lhe empapou testa e nuca. Tentou, em meio à figura transtornada, pôr o nariz para fora, puxar o ar, porém, as correntes intempestivas, a maré renhida, investiram e lhe obliteraram o respirar. A cabeça girava. Três passos adiante, ele fazia sinais com uma das mãos, agitava-a contra o mormaço... **Os grã-finos, banqueiros, grandes empresários e investidores...**, entreouviu, surdamente, de uma voz partida de muito longe, de vultos espectrais ou das profundidades dos alarmantes pesadelos. **Um grupo de empresários...** aquela voz ficando distante, apagada, quase um zumbido nos ouvidos... **o setor privado nacional e estrangeiro...** suas expressões caindo conforme lavas de uma cratera em brasas.

Captava os esparsos sons em meio a zumbidos, a rumores de enxames. Inacreditável, absolutamente inacreditável! Ele, a certa distância, persistia com gesticulações, pés meio afastados, a praia vazia, a Marina da Glória, as voltas do Aterro... **entram com a grana**, ouviu-o sentenciar, enrijecendo os músculos do pescoço. De costas para ela — Tomás havia se virado para o mar —, os movimentos inexpressivamente leves, pesadamente desconcertados. Aturdida, varria-lhe o dorso, os vértices dos cotovelos, a camisa oscilante ao vento — o noroeste açoitava. Sentiu-se impelida a... a...

Você sabe, existem despesas que não têm como sair do caixa governamental, ecoou, por cima dos ombros. Ia jogando para fora a guerra de palavras, como se, para ele, fosse uma premência visceral livrar-se do assunto. Algo dentro dele se dilacerara, algo se dissipara, dando poderes para que aquilo que se encontrava amordaçado fosse, de repente, cuspido para fora.

O oficial é do Cenimar, Marília ouviu, com perfeição. **Paranhos. Almirante Paranhos.** Ele fez breve interrupção, um hiato, durante o qual parecia meditar acerca do que diria em continuação. Depois voltou: **Teu pai** é **o encarregado de passar o chapéu**, numa dicção, dessa vez, exaltada e firme, e em que acentuava a palavra "pai", como se perpetrasse uma vingança. **Ele colabora com as ações de repressão; inclusive vê os presos, assiste às sessões de tortura**, largou, com uma inflexão de voz já então imparcial, feito meramente reproduzisse, de jornais, acontecimentos transcorridos décadas, séculos antes, em outra parte do mundo, a milhares de quilômetros dali.

O subitâneo e fremente acabrunhamento. Terrível secura lhe queimava a garganta; a descrença, a mescla do colossal e monstruoso horror com o brutal desgosto, a áspera exaustão; tal qual todas as coisas se tornassem, subitamente, ficcionais e supérfluas. Transfigurada, ergueu rastejantes munhecas, arrastou-as sobre a mandíbula, lentas feito arados que abrem sulcos em terras duras; logo, dedos e unhas, em garras, apertaram, angustiadamente, a glote, numa coreografia aflita e flamejante, até cobrirem a boca. Sentiu-se vulnerável, presa ao chão, e experimentou a mais irremovível amargura.

Tomás, apoiado sobre a perna direita, não era mais Tomás; seu cenho se apagara num desbotamento turvo e vaporoso, uma perda de substância... Esquivo, apartado dela, indistinto de um ser perverso, ao qual deveria, seriamente, temer (sensação bastante similar à experimentada diante do homem que lhe apresentara o envelope contendo seus retratos). A aspereza daquela fala, os graves que lhe martelavam os ouvidos...

Ele deu de ombros. Isolara-se a certa distância, voltara-lhe as costas. Acendera um cigarro — não era propriamente um fumante; só o fazia em situações de marcante desassossego. Não havia, em suas ações, nenhuma afoiteza. Ele estava lá, o desconhecido, o impenetrável, o cindido, seu ex-refúgio, virado na direção do Parque do Flamengo... Por cúmulo, e de forma repulsiva, não se voltou para ela uma única vez, como se não se importasse com os efeitos das graves cargas sobre a sem-lar, a tola.

Depois, bem depois, ele se agachou, lentíssimo, e pôs-se a riscar algo na areia banhada e a cavar a sua superfície, fazendo nascer um rudimento de castelo. Em um ou dois instantes, contudo, o oceano doidamente se revoltou, uma onda poderosa e imprópria, cheia de espumas de sal, encharcou e desmoronou a fortaleza erigida na beira-mar.

Ele se pôs de pé. Marília, coração contrátil, a face tensa, fermentando nas profundezas do seu ser a amarga repugnância, não se via em condições de externar uma única contradita. Espreitava-o com o rabo do olho, ouvia o mar bater, as ondas; algo de estéril e agastadiço, no entanto, a compelia a manter a mirada dura, buscando ler, em sua expressão fisionômica, as reações que lhe iam por dentro: ele olhava para o mar, o mar furioso e tonitruante, indefinível. Viu-o retirar as alpercatas, arregaçar a calça até a metade das canelas e misturar-se à semipenumbra que fechava a noite.

Ao longe, na lâmina d'água, blocos de rochas desenhavam ilhotas, onde agonísticas aves noturnas rosnavam qual abutres fantasmais. Adivinhou-o molhando os pés por longo demorar, como se quisesse dar chance a que a natureza trocasse a densa atmosfera que pesava à volta deles. Mas não se revelava o mesmo homem. Tempos depois, a brasa do cigarro vinha, num andamento vagaroso, em meio às zonas de sombras, e estancou no ponto onde se encontrava antes.

Uma força estranha e acuadora principiou a agir sobre ela, objetivando forçá-la a evadir-se daquele lugar. Trêmula, obliquamente entreviu-o se reaproximar, olhar esgazeado, incólume — pelo menos em superfície. Ele fez menção de tocar com as polpas dos dedos por entre seus olhos, porém, ela se afastou umas polegadas. Seus maxilares — os dele —, pela única vez, abriram-se, desmedidos e repugnantes, para, atabalhoadamente, acolher o filtro do cigarro.

Na carne dos próprios lábios, no palato, nas faces da língua, Marília experimentou o travo da nicotina, o amargor que brotava, erraticamente, em seu espírito. Tomás se convertera numa abstração, numa anomalia; num ser impuro, um poço de vícios. Ele havia sido franco e direto; disse, segundo interpretou à época, como se diz ao vento, ou quando se narra uma cena fria ficcional, sem se dar conta de que se tratavam de vocábulos de chumbo lançados contra ela, particularidade que, quase tanto quanto os fatos, em si, chocara-a profundamente. Ou melhor, ele, frouxamente, soltava uma sentença daquelas, parava, puxava um trago, apertava as pálpebras e, em continuação, lançava novo torpedo. Impensável, incompreensível, deplorável! Crueldade infame! Quando pôde, em certa medida, domar o estupor, arrastou um passo... outro... Pressentiu que ele a acompanhava, após um demorar no partir; ele a acompanhava em sua agonizante viagem rumo ao inferno.

Sentiu-se a pior das criaturas sobre a face da Terra. Nunca, antes de tal ocasião, Tomás havia feito quaisquer alusões aos Resende Mattos, às pessoas, aos seus hábitos caseiros. Jamais! Em tempo algum! Preservara, por todo o sempre, o máximo da discrição, cuidara de não apontar dedos, não estabelecer julgamentos. Nunca também, depois dessa vez, voltaria a fazê-lo. À parte, ao longo do Aterro, as lâmpadas se acendiam no cimo dos postes. O céu, pálido e morno, as ondas que batiam com força, o trânsito ruidoso...

Arriscaria a dizer que, enquanto permaneceram por ali, Marília suportou algo similar à pulsação do ódio; pesavam sobre ela o vulto do áspero descontentamento e até mesmo não dimensionável aversão. Desmanchou--se nela, por completo, a impressão que trazia consigo acerca do rapaz. Até mesmo o cheiro de Tomás, o halo de seu cheiro, se adulterou, tornando-se duro e remetendo a algo como couro recém-curtido. Ele fumava, fumava, fumava, inalava a fumaça e a lançava fora. Seus olhos embotados — os de Marília — flagravam-no soltando glóbulos de fumos, enquanto nela ia se derramando o que se pode imaginar de desgosto e severa intolerância.

Dardejava-lhe, a espaços, miradas frias, inóspitas, as quais, no entanto, ele parecia não perceber. A sua própria rijeza havia mudado: a face, o que se podia ver, encontrava-se pálida, suspeitosamente pálida, e adquirira até mesmo uma aparência extranatural. Autômato, mudo, insondável. (Hoje em dia, ela se culpa pela sua incompreensão, pelo seu erro de análise.) Deu-lhe as espáduas, as voltas dos cabelos... Pergunta: onde ele teria pousado o seu olhar, aquilo que genuinamente expressava o seu sentir, onde suas pupilas, a autêntica tradução do que lhe ia nas profundezas?

O MEU COMPANHEIRO HONRADO

Naquele resto de noite, alucinada, mergulhada em terríveis embates internos, seria capaz de jurar, por todas as almas, que a chama da paixão se extinguira por completo, que percorrera toda a trajetória e alcançara o último dos limites. Durante a madrugada, teve sonhos horríveis: harpias perfurando vísceras, labirintos de catacumbas, túneis abismais e turbinosos... Com a manhã descortinando-se sobre a baía, ia escrutando as primeiras raias de luz, que mudavam os tons do Atlântico, cambiavam os matizes de verdura da Floresta da Tijuca. O sol se revelava, a meia esfera alaranjada apontando no meio do mundo, um tudo-nada acima da linha d'água, e estendia seus raios, em linhas ardentes desentenebrecendo, rasgando escuridades; as brumas se refugiavam, continente adentro, enquanto uma voz interior se erguia, apontando-lhe dedos: *são banqueiros, empresários, grandes investidores, Marília... Vê os presos, visita-os, rotineiramente...*

Lá pelo meio da manhã, no entanto, nove, dez horas, aflorou-lhe um lampejo, um achado estupendo: *Podia ser que... Sim, claro.* De novo, o queixo, os mentos, se escoraram na mão direita espalmada, em posição de supinação, enquanto uma versão merecedora de crédito, com todos os ff e rr, desenrolou-se diante dela. Com surpreendente desassombro, e celeremente, reviu toda a cena, tudo o que se passara na noite anterior, só que numa versão condensada, a intuição saltando os pormenores que julgasse prescindíveis. Veio-lhe outra e tão díspar interpretação do incidente: havia levado a cabo um equívoco. Um equívoco brutal. Ela o julgara mal. Inconcebivelmente, desastrosamente, cometera um engano, trocando a sombra pelo corpo. Como pôde ser tão idiota, por qual razão havia se agarrado a algo tão ilógico e desarrazoado, por qual razão!?

Repassou as falas acentuadas por ele, os testemunhos, buscando realinhar-lhes o sentido dentro da nova visão. Uma ruga cingiu-lhe a testa. *É loucura!* **É uma loucura! Tomás não é de mentiras.** *Sim, claro! Como pudera?!* O remorso e o desassossego, subitamente, a invadiram, feito inesperadas inundações, que surpreendem almas de Deus em alto-mar. Friccionou, nervosamente, uma mão contra as costas da outra, depois, ambas nas têmporas. Cerrou bem as pálpebras, permanecendo durante bom pedaço nesse estado de inquietude.

A indignidade não residia, nem de longe, na maneira de agir de Tomás. Ela se desnorteara, e a extemporânea irreflexão tratou de elaborar conclusões precipitadas, nas quais, desoladoramente, falseara postos e remates (algo semelhante se passaria, tempos depois, na Rodoviária Novo Rio, num de seus retornos a Minas, quando, abordada por um jovem com o rosto desfigurado, que acabara de sofrer crueldade por parte de assaltantes e lhe solicitava ajuda para comprar passagem de volta à sua terra, também em Minas, ela, tomada de intenso e inusitado pavor, se esquivou, fugiu).

Achava que nunca se perdoaria por tal equívoco. Como pôde ter sido tão infantil, estúpida, ao percorrer itinerários tão impróprios, e confundir-se a tal ponto? Dali por diante, não poderia haver falhas tão grandes. Em definitivo, Tomás não se prestaria em trazer à baila invencionices que pesariam sobre a consciência dela, que lhe riscassem, tão profundamente, vergões na alma. Sua garganta, suas cordas vocais, não se prestariam ao intento de esmagar reputações e enxovalhar sentimentos. Logo ele, que queria lhe fazer feliz! **Não, não.** Afinal, nunca foi de disseminar intrigas, nem as mínimas, reservando, de praxe, enorme tato ao referir-se ao seu meio doméstico, cuidando, por zelo, de jamais misturar a relação entre eles dois com os seus — os dela — vínculos familiares.

Numa atitude contrariada, aprumou o tronco e recuou, determinada, um passo. **Não**, repetiu, oscilando ligeiramente a cabeça. Vem-lhe, em vagas, a fisionomia ferida do amante, vem-lhe aquela revelação, ao tempo em que despontava-lhe certa ânsia de acariciar-lhe a fronte, dirigir-lhe palavras de afeto... A aspiração de sentir-se prontamente absolvida, sem nem haver solicitado o perdão.

INDA NÃO ME ARREPENDO DO PASSADO

Quantas vezes — quantas! — encontrava dificuldades para recuperar as suas feições; a forma do seu rosto se perdia, ele fugia, fugiam os contornos... A invenção e a fantasia se esfalfavam em tarefas extenuantes e, para seu espanto, o máximo que alcançava era uma mácula translúcida circunscrita por outra mancha maior, mortiça e tremulante. Em outras, no entanto, a imagem de Tomás se coagulava, mágica, luminosa, a magnética atração de pontos luminosos que se adensavam, em perfeita ordem e arranjo, para constituir o todo, preciso e esmerado.

Ao final de segundos em que Marília permaneceu, profundamente meditativa, revivendo o drama da noite anterior, chegou até a sorrir, de leve, porém, pouco em continuação, suas feições retomaram o desenho de antes. Minutos se passaram, minutos sem fim, durante os quais inúmeros registros, além de outras tantas suposições, se projetaram.

No que lhe dizia respeito, devia acrescentar ainda a extrema coincidência de que o episódio na praia se passara a poucos metros do hotelzinho "deles", um prédio de quatro ou cinco andares, em que, dúzias de vezes, o pássaro de fogo presenciou a bambeza de suas pernas, e onde cada degrau vencido das escadas, na direção do leito largo e macio, representava também o triunfo da excitação sobre o pudor.

Uma história de amor pode fenecer; contudo, parte dela sempre sobrevive, atando o passado ao presente. Ou até ao futuro, quem o sabe?, ela registrou, nesse fluxo do tempo que se abeirava numa espécie de inanição, de deslembrança; de embriaguez de licores amargos de absinto bebericados aos bocadinhos. Pois a matéria do tempo é coisa de que não se tem domínio pleno; é voo de libélulas, levitar de painas, ondas que esvoaçam a imperceptíveis ventos, e sobrepairam, e latejam, e sulcam os ares.

Não, não podia decifrar. O álbum de lembranças, o calendário, o horizonte... A memória aos pedaços; o início, o meio, o fim... Tudo se mescla e passa a constituir bandas indistintas de estações por onde a vida latente se amotina e se perde. Se o passado tinha significância, o presente, para ela, muito ao contrário, consistia num imenso vazio, num imenso som vazio, e a nudez do porvir, fonte incansável de angústias. Deixou os braços caírem, compreensiva, autoconfiante.

Tudo é um jogo de cartas, bradou, esticando para diante os braços, entrelaçando os dedos, forcejando as juntas ao contrário. O pesado risco de punhos embaralhando as cartas de baralho sobre o tampo da mesa de carvalho, o rei de espadas superposto ao valete de ouros, a dama de paus enviesada.

DE DIA EM DIA A NOSSA CHAMA MAIS SE ACENDIA

Devaneava: banhavam-se, no hotel, em louças de modelo antigo, abriam torneiras espetadas em azulejos com estampas d'além-mar, ensaboando-se um ao outro, a penugem dos braços eriçados. A banheira acolhia--os, colhia a espuma que de seus corpos xifópagos escorria, o molde daquele ser misterioso aninhado sobre ela, cobrindo-a, enlaçando-a, cópula de anfíbios anuros numa lagoa natural. Banhavam-se como alguém que, exaurido, buscava resgatar o último sobrevivente de um naufrágio, aquele homem às costas, acavalado sobre ela, contendo-a pelas semiesferas fluidas dos seios, comprimindo suas nádegas macias, numa carícia excitante, num círculo sólido e intransponível. Numa ardência, ela alongava as mãos para trás, em volta da própria cintura, e o enlaçava, puxando-o de encontro a si; ambos se abismavam no desejo violento, do qual nem oscilações brandas na temperatura da água conseguiriam arrancá-los, um odor de âmbar, que permaneceria, sem desprender-se, em sua veludosa pele ainda durante toda uma outra jornada.

Sustendo-a pelos quadris, ele a girava, com brandura; e punham-se frente a frente, as respirações cruzadas; as duas figuras se roçando, boca com boca, cútis-e-barba, seios, de monte a monte, roçagavam peitorais. O fogo atiçava, atravessava-lhes a carne, o desejo elevado a rotações por minuto; polpas de dedos tateavam anatomias e arrastavam gotículas de duchas e transpiração. Ele a tomava nos braços e ambos se deixavam tombar na massa líquida, escorriam, marulhosos, para a concha esmaltada, ele amparando-a em seu lento arriar, a lâmina de espumas espraiando-se entre suas coxas franqueadas, a anatomia rodeada pela mornidão das águas, ocultando--lhes, em um momento, a conformação do sexo. A solidez de javalis a abraçava, a esbelteza de araras, asas abertas em longos voos, o cobria. No cômodo esfumaçado e acetinado, ele a tocava, bulia suave as partes escondidas de mulher, seus introitos intumescidos e latejantes. E tremendo se entregavam, fundiam-se na sofreguidão, nas flexuras, em inapreensíveis rictos, as sístoles, os pulsos, latejos... Longos fêmures estremeciam aos trancos, a rijeza ocupando o entremeio de pernas, flancos, torsos, largas ancas, garras de avezinhas riscando omoplatas. A voluptuosidade da fruição, o descerrar de cavidades, as estocadas dentro de seu ventre; frenesi e candidez. Tudo tão perturbadoramente louco.

Ele, bem do fundo, libertava vagidos: **Mar...** Ela era o mar, a amplidão, o caminho úmido, a onda salgada. Ouvia-o ciciar, **Mar...**, enquanto a passagem do tempo tinia na infinitude. Que assim permanecesse, fixo, imutável, dentro dela, o dorso forte e quente, anguloso, a energia nervosa, a estesia, animalidade, as veiazinhas azuis... A fluidez das secreções pulsantes... A essência do homem, a intensidade pulsátil, o impacto da poderosa descarga elétrica nos sentidos...

Aí, após um tempo para o qual não existia medida, a avalanche cessava, o recôncavo serenava, amainava. A bonança, a languidez. A leve quietude; carnes procuravam repouso, arredavam espaços a fim de se recuperarem da exaustão. Extenuados, eles se recolhiam, agasalhavam-se. Silêncio. Ele dorme. Tem alguns segundos, minutinhos, talvez, para fazê-lo. A mulher espertina se aquieta, muito embora o peso do moço de 23 anos sobre seu ventre...

Silêncio! Ela não se mexia um milímetro sequer; quebraria o encanto, desmantelaria o gozo, a cabeleira fulva esparramada sobre os lados de sua face. Ele dorme; coisa de criança esfalfada, mergulhada num sono breve — ela sabia — e reparador. Lá embaixo, fugidiamente, o rumor surdo do tráfego no Aterro, adejo de mamangavas na florada de sibipirunas.

Ao fim de um momento, despertando, ele entressorriu; soltou-lhe os fios de cabelo colados na testa, acariciou-lhe o rosto. **Ma belle!** E, depois de um instante: **Ma belle de jour!** Dando sinal de si, ergueu-se um tanto, libertando-a. Tímido e frágil; vulnerável! Tímido mirar de rapazelho que se receasse — longe dele! — inexperiente na arte do amar. Tímido sorrisinho em seu modo de deitar de lado a face, de evadir-se, sorrateiro e sem uma palavra, ao perceber-se observado por ela, ao retornar, nu e pudoroso, do banheiro. Fosse hoje, e a obra do tempo e a ventura lhes sorrissem, não o esperaria estirada sobre a cama, mas, sim, o assaltaria de surpresa, já inteiramente nua, enrolada em lençol ou toalha. Ela o surpreenderia com invenções e fantasias jamais repetidas, que fosse capaz de conceber.

Do corredor vem baixinho...

In my dreams you came to me,
I'll never go away from you.

ENQUANTO OS DESTINOS IMPIEDOSOS NÃO VOLTAM CONTRA NÓS A FACE IRADA

Ela soletrou seu nome, soluçou seu nome; todavia, os sons aparentavam se perder no vácuo à frente. Quase o via, no vão nevoento da cortina entreaberta — a lua estava minguante. Sentada no canapé, aguardava por um sinal, um sobrevento, um raio de luz. Num gesto único, retificou o tronco e puxou os pés para perto do móvel.

J'ai un coeur à qui l'amour fait peur. **Tenho um coração a quem o amor faz medo**, quase em sussurro. (Por qual razão havia criado aquilo?) Suspirou, profundo, e, autômata, repartiu e penteou os cabelos.

Se, arriscaria dizer, o Altíssimo lhe ofertasse ocasião para livrar-se de toda sensação de desconsolo e padecimento que suportava, optaria por permanecer exatamente do modo em que se via: mergulhada no mesmo mar de tristezas, cultivando os desalentos que as horas cotidianas ofereciam. Tocando na ferida a fim de mantê-la aberta. Aprisionar em si as dores daquele sofrer, dele extraindo o fel supremo, a seiva de sua natureza profunda. Dolorosamente! Incurável! Isso existia, contaminava-a com surpreendente prazer.

Arriscaria dizer que, em incidentes, concebia-se enferma, manifestava sintomas que remetiam a desordens mentais, as quais, sorrateira e circunstancialmente, exibiam seus vestígios. Movida pela sofreguidão, pôs-se de pé; dois ou três passos pela sala. Excitadamente, enclavinha os dedos.

Nem ela própria sabia se tudo de que se recordava se passou, deveras, o quanto resultava de mera criação da mente; os registros se confundiam com o produto dos sonhos: acontecia uma contaminação desordenada e confusa do mundo aferível com opaca sensação de irrealidade, de viagens com desertos e madeiras. Os nervos! Uma questão de nervos! Chegava mesmo a duvidar que, em algum tempo, no passado, enxergara as coisas através de prismas róseos. Não houvera nada? O coração contraiu-se. A realidade gélida, o rio da vida que escolhia, para escoar, sempre vaus acidentadas e ásperas.

Certa feita, de passeio ambos pelo Leme — era um domingo de outono, os dias curtos, a praia vazia, uma luz crepuscular insinuando-se sobre a massa do Atlântico —, ao avistar um avião de carreira que contornava o Pão de Açúcar, iniciando, ao que parecia, a aproximação com o Santos Dumont, comentou, acessoriamente, com Tomás uma lembrança que guardava desde jovenzinha: um jato imenso parado, suspenso, sobre o Centro do Rio. Ih, muito tempo... Trazia consigo claramente tal recordação. Acabara de despertar e, ao pôr-se na janela, o reflexo metálico da fuselagem esmaltou em sua retina.

Ao final de segundos de recato e recolhimento, e usando de toda a candura, Tomás lhe afiançou ser isso impossível — que aeronaves mantivessem a sustentação estando imóveis no ar; **entrariam em "estol"**, ele disse. Mas, se até ali, carregara consigo a certeza inabalável de que havia verdadeiramente assistido à inércia absoluta da imensa nave pairando sobre os edifícios de concreto, sobre as ruas e largas avenidas...!? Teria sonhado, porventura? **A memória falsa, Marília**, recebeu em resposta. **Todos criamos recordações que jamais existiram.** E relatou que, consigo, algo semelhante se passara: durante bom pedaço de sua vida, teve como certo que chegara a conhecer a antiga igreja matriz de sua cidade. **Um belíssimo templo neogótico, demolido para dar lugar ao atual. Pois tal acontecimento, em verdade, se passou antes de eu nascer.** E após breve pausa: **A memória falsa!**

Afinal, quanto das lembranças guardadas poderia ser posto em dúvida? Tantos longes, tantas veias, tantos furores...! Tantas jugulares...! O bater do coração. Em imensa velocidade, recua no tempo: assistia a ondas que se rebentavam sobre restingas e atóis, espumas encapeladas, tatuís minúsculos refugiando-se, apressados, no liso encharcado, após cada onda bater em retirada... Conchas na areia, seixos no segura-mar. E sal-e-sol-e-céu-e-sul... O chio agudo e o rilhar estridente das rodas dos bondes contra os trilhos, cântigos de sabiás no pé de ameixa, as gralhas, araçaris vindos da mata, garças emproando-se nas correntes de ar... marimbondos fazendo casa no forro externo... agudos de cigarras no tempo breve em que anunciavam a sua própria agonia... E também — como não se recordar? — as abaladas pela casa, os berros grunhidos, os queixumes...

De costas para a rua, espiava, inatenta, a parte de dentro do sobrado, que se apresentava tão trivial e sigiloso quanto de outras tantas vezes. Apática, enrolou-se, com preguiça, no voal, deixando entreaberta, na cortina, tão só uma fenda, através da qual duas córneas velavam o mundo visível e penumbrento. Sentia a alma daqueles móveis escuros, que não eram seus, todavia, tanto a impressionavam que era como se fizessem parte de sua memorabilia eterna.

A noite deslizava. Latidos de cachorros, longe, longemente, na cidade deserta. Alisou o queixo e depois o colo. Quando o outono passar, o inverno, a luz voltará a povoar o vão dos cômodos, a clarear alguma coisa no abismo da escada. Um sol de primavera dissipará as névoas, derramará luminosidade sobre os picos; um sol de primavera golpeará as vidraças, perfurará as treliças indolentes, e ventos temperados subirão pela Serra de Ouro Preto. Até lá, o difuso abril se faria sentir no leve açoitar do cortinado, a friagem impregnaria as frestas das telhas, as superfícies de pedras, superfícies perfeitamente polidas, os filetezinhos úmidos das encostas... Frêmitos vinham lá de fora, pessoas anônimas passariam agasalhadas. Ensaiou passos sem rumo pelo cômodo, as olheiras se deixando contaminar pela cor de suas íris.

Não o havia perdido de todo; podia revê-lo. Revê-lo nos sonhos, em certos traços da filha, nas asas azuis do pássaro das ilusões... Recortado contra o plenilúnio, em meio às nebulosas, na linha do vento... Ela podia, ainda podia, a despeito de, em aventuras, sentir-se visitada tão somente por um vulto impreciso, evanescente. Talvez, se domasse os segredos, exorcizasse o trovão de seus sentimentos... Os nervos, os seus nervos! Estirou os braços para diante, mirou-os qual a superfície de um lago, esperando pelos sinais da morbidez, do esmorecimento.

MAL EU A VIA, UM AR MAIS LEVE JÁ RESPIRAVA MEU TERNO PEITO

Esferográfica à mão, com delicadeza extrema, ele contornava o perímetro de suas aréolas. Pontilhava, suave e espaçadamente, ela, esparramada sobre a cama larga e baixa, os pulmões cheios, respirando pequenos volumes de ar, e, com suaves meneios da pélvis, induzia-o a prosseguir em sua tela corporal: um apagado círculo em torno do umbigo... o segmento de reta superior do triângulo de pelos pubianos... O tegumento, o busto, iluminava-se, enchia-se de reluzente claridade.

Marque os pelos, ela balbuciou, apanhando a sua mão e fazendo pender, um pouco para mais baixo, o crânio dócil do rapaz. Tomás submetia-se, riscando, delineando, tracejando... Com ligeiro forçar de punhos, exortou-a a que se virasse de bruços; ela girou sua escultura e alongou-se ao comprido sobre o lençol cheirando a vapores de jardins orvalhados. Percebeu-o deslizar suave sobre sua coluna vertebral, descendo até onde se ocultavam os rins, enquanto ela aguardava, naquela sua maneira ingênua de esperar pelo próximo lance. Ele traçava riscos, arabescos, escorços, no ponto onde a espinha submergia em meio às nádegas; ela inteira se espraiava.

Ao cabo de um tempo, do nada, Tomás, limpo, limpo, suspendeu a ação, a mão alçada no ar. Ao final de instantes de imobilidade, no entanto, não compreendendo o que se passava, Marília voltou a cabeça em sua direção e o encontrou entressonhando, os olhos silenciosamente adormecidos sobre seu dorso nu. No momento que veio em seguida, ele se inclinou e, tardo, deitou a caneta sobre a mesinha de cabeceira.

Movida pela incompreensão, e almejando trazê-lo de volta à realidade, Marília dobrou os joelhos, elevando ao alto os pés, e, numa coreografia mordente e langorosa, oscilou, um de encontro ao outro, os tornozelos, os gestos calmos. O braço direito sustentava o queixo que se elevara, a cabeça ligeiramente alçada, enquanto as batatas das pernas persistiam em seu girar.

Aparentemente se refazendo, Tomás pegou do chão a brochura que trouxera consigo e a acomodou, aberta, sobre seus glúteos. **Camille**, ele balbuciou.

Instantes de hesitação e quietude.

Querido, o que está querendo dizer? Ele se recompôs: **Não lembra?** *O desprezo*, **de Godard, a cena final.** Com incrível celeridade, Marília girou sobre si e se pôs em decúbito dorsal, meio deitada, meio sentada, recostada nos cotovelos. **Lembra?** Ela não respondeu prontamente. **Brigitte Bardot**, retomou. **Camille**... Ela entressorriu: **Oui, mon Paul Javal**, com um tom de voz macio e doce. **Não era este o nome? Paul Javal?** Ele entressorriu: **Paul**

Javal... Isso. A cena final, a plataforma no cimo de uma falésia, a larga escadaria piramidal de acesso, o mar azul de Capri.

Um deleite, um enlevo, inebriou-a. O sorriso devasso. **Meus seios!**, voltou à carga, massageando-os, afagando-os. **Gosta deles?** Um menino assustado soergueu a vista, enrugou a testa, e assentiu, com aceitável carga de acanhamento. **E dos meus joelhos?**, dobrando as pernas abertas, puxando as extremidades para perto de si. Nenhuma resposta; ele arfava? **E das minhas coxas?**, bombardeou, afastando as rótulas, entreabrindo-as, numa guinada lúbrica e voluptuosa. Arrastou as mãos em direção às virilhas, que repousaram numa região incerta do ventre. Rola, novamente, dessa vez pondo-se meio de lado: **Vê minhas nádegas no espelho?** Aí é que nenhum som veio, muito embora ela intercalasse longos hiatos entre essas escavações, com a finalidade de analisar os danos provocados por suas picantes arguições.

Passa um par de segundos e, lento feito voos de borboletas, aprisionou as pontas dos pés da diabinha, a qual não se insurgiu um nada. Logo, ele afastou um pouco mais as suas coxas e deitou-se em seu regaço. Beijou, seguidas vezes e suavemente, a pele ao alcance de sua boca.

Num rastejo vagaroso e curto, Marília deixou-se escorregar na cama — mirava-o com olhos felinos; ela toda descia, esguia, tesa, exuberante, as mechas da cabeleira de ouro massageadas pelos seus dedos armados. Apertava-o contra si, contra as virilhas. O cheiro emanado daqueles poros lhe entrava pelas narinas, um olor que mesclava essências de óleos vegetais, de ramos recém-colhidos... Afagava-o, rodeava a calota craniana com giros assemelhados ao que conduzira, instantes antes, nos próprios seios. Acariciava seu centauro, trazia-o para si, guiava-o para o "ponto infalível"; sensível, eletrificada.

Ele a sugava, a exauria. Tantas, tantas vezes, assim, sem nojo, levara-a à sublimidade, às excelsitudes... Descobria côncavos e "certa saliência" em suas partes macias, os humores do sexo... Mesmo quando... mesmo quando a natureza se desmanchava, quando o sangue... Sem nojo! (Com o tempo, também sem nenhum tanto de nojo, anuiu ela própria em deglutir a essência, a substância masculina.)

Ela, nua — tudo voltava —, qual cega previdente, tateava a escultura postada sobre si; a suavidade, o fogo gentil, a paz perfeita e transcendente. Lascivamente terna, ternamente lasciva, esparramada sobre tapetes, colchões finos ou de mola, punha-se a consumir seus ombros, unhas de esmalte cor de uva traçando ilegíveis caligrafias naquele dorso. Até o estalo dos sentidos, a consumação do clímax...

O brusco desaguadouro, os resíduos de tudo aquilo, a dissolução da virilidade, o desmanchar-se dos desejos. A quietação, a embriaguez, a sesta dos afetos... O peso da máquina humana aterrando-lhe o útero, as vísceras, a sólida massa de músculos sobre seu púbis e suas coxas. Agasalhava-o, cobria-o de carícias, estreitava-o. Seus lábios de batom se afunilavam e, mansos, evaporavam-lhe o suor. Ele, aparentemente, caía em sono descuidoso: sua respiração se encurtava, apanhava um ritmo dócil. Tanta mansidão!

Saberei te cortar os mais belos trajes, formou-se, dentro dela, tal concepção. Derramava a vista sobre o busto desnudo, de onde desinvernavam ressonares, desenrolava as vistas pelas polegadas de seu torso nu, depois pelos amarrotados lençóis, depois pelos tacos do piso, os sapatos, e depois... Através da veneziana, um pedaço de céu áureo-azul, homogêneo, tenro e sem nuvens, não obstante, em sua placidez infinda, apontarem cirros-cúmulos navegando em toda a vastidão, sobre a baía, sobre o oceano, além. As latitudes se suavizavam, cabiam dentro de seu contentamento e da memória latente do gozo. Abria caminho o ruído de ondas quebrando, chapes de pneus soltando-se do asfalto e que soavam como chuva... E tudo se fundia com o ressoar das hélices do ventilador de teto, a partida do motor da pequena geladeira, na lateral da cama, o corpo ainda quente, rumando para o morno. Diante de um suspiro dele emanado, e temendo despertá-lo, erguia ligeiramente os braços e os mantinha suspensos pelo tempo em que durava a desfadiga. Se tais momentos se congelassem, se nada mais fosse essencial...! Se a vida conservasse a sua força e se se dispersassem todas as outras matérias e substâncias maciças e estéreis...!

Sei que você está comigo, meu sol, meu anjo dourado; mon ange barroque.

A despeito disso, dali a pouco, tudo se fraturara, e ela, abalroada por lampejos ilógicos e rebeldes, passou a sofrer as reações de ciúme. Em quantas oportunidades sentiu-as na pele, no coração, na agudeza do espírito? Um ciúme postiço, bem entendido, que não se cristalizava em nenhum acontecimento sólido, não partia de um contexto real, nem muito menos arrastava consigo qualquer conotação de ameaça; que existia tão somente circunscrito ao seu organismo corporal — o dela. Tomás jamais lhe dera mostras de que havia algo com que se preocupar, de que se perderia em saltos no escuro, apesar de ele se exilar tanto, se deixar escapar em obscuridades e latências...

O mundo de Marília, é verdade, se compartimentava em duas meias medidas: se de um lado sobreviviam as crises, as ânsias, do outro, irradiava-se a suave visão do amado, num cochilo, estirado a seus pés. Quer dizer, havia as brisas fenestrais, tangidas desde os arcos-íris, desde as enseadas e os estuários, havia as malvas, os acalantos, tudo que recolhera, indefinidamente, quando em presença do filho de Hercília, e se desprendia, e se derramava. Os momentos em que, alagada de felicidade, aspirava afetos e vontades; sem a mínima prostração, sem os espasmos dos desterros. A natureza, o seguir das horas podiam ser direcionados, como se se tratasse de mera narrativa cinematográfica. Bastaria, para tanto, pôr em jogo a "volição do criador", quando se dispõe de poder para guiar a caminhada pelas sendas do existir. E tal sensação subsistia tão intensa, tão extraordinária, que, por vezes, quase era levada a crer que Tomás nem existisse, de verdade, não passasse de ilusão; afinal, como conceber que um único ser reunisse tantos encantos!? Não, não era possível!

NESTA CRUEL MASMORRA TENEBROSA

Muito do universo masculino alheio tinha a propensão de alvoroçá-la. Em especial, a constatação de algum caminhar qual o dele — o que, aliás, já surpreendera aos milhares —, um transeunte qualquer arrumando as pernas, e cabelos longos, e certos trejeitos, e... Seus olhos — os dela — se arregalavam nas órbitas, o coração desembestava; todavia, tudo breve vinha abaixo, ao dar pelo equívoco.

Marília sofria de saudade; de uma mirada dócil, um estreitar de pálpebras... De canções e versos... E não é tudo; falta uma coisa a ser dita: nem os anos, nem as dores arrefeciam as alfinetadas do ciúme. Afinal, esteve diante de um homem fascinante, dotado de tantos atrativos, a se destacarem a vígil inteligência e a nobreza de caráter, que constituíam, tanto quanto a beleza em si, grande parte do que é necessário para seduzir uma mulher. E tal percepção desafiava a ação do tempo, não estremecia nem quando ela alcançava acalmar os nervos, quando, momentaneamente, voltava-se para si, para seus afazeres, para a sua natureza sossegada.

No livrinho de suas lembranças, enxergava-se naquele junho de 68, aparvalhada diante da aparição, totalmente dominada por insurgentes emoções. Isso a despeito de ele conservar, durante todo o tempo, a moderação e o porte acautelado, não dando mostras de avançar passo algum, ainda que os "sinais" já dispensados por ela, acreditava, fossem suficientes para permitir-lhe um atrevimento. (Tão estranho o laconismo dele; contrastava, em muito, com a excitabilidade de instantes antes, no pátio da Universidade.)

Enquanto caminharam, ladeados, baixava mais que erguia as miradas, indiferente e descuidoso ao que vinha do resto do mundo (o mulherio se mostrava). Talvez o comportamento de revelar-se, em relação a ela, cauteloso e paciente traduzisse um sinal de decência e de respeito à sua condição de mulher; outra parte de si exortava que podia ser também que, naquele momento, Tomás não tivesse ainda a convicção de que não seria repelido. Sim, isso; os do sexo masculino, ao que dizem, sofrem tremendamente ante a possibilidade de se verem rejeitados.

Seja num caso, seja no outro, por outra razão qualquer, mantinha-se ao lado dela, ombro a ombro, já sentindo o seu cheiro. A revezes, ele tirava as mãos finas dos bolsos, metia os dedos uns por entre os outros, alongando-os, e recolocava-as de novo nas algibeiras. No mais, agia com naturalidade: ouvia-a, procurando não interrompê-la, ou, no máximo, introduzindo curtas observações nitidamente com o intuito de valorizar o que ela explanava. Assim, Marília via-se como que compelida a precipitar assuntos para que a mudez não congelasse o espaço entre eles.

À parte isso, para o fim, ele acabou se abrindo um pouco; divagou, mesmo que superficialmente, acerca de sua vida acadêmica — ele lhe dirigia olhos brilhantes, torcendo-os —, de algumas de suas predileções, porém, a assembleia estudantil e o movimento como um todo não vieram à pauta, nem nada que fizesse referência aos dias que corriam, ela, por receio de proferir tolices, ele, talvez por necessidade de pacificar-se internamente. Sentaram-se num terraço, dessedentaram-se com chopes, dividiram porções e, no termo, a despesa, e saíram a caminhar por ali.

É crível, indagava-se, quase sem se mover sobre o canapé, é crível afirmar-se, por exemplo, que se "ama" um país, um artista qualquer, ou, ao contrário, tal verbo — amar — deve ser reservado para um ser especial, que a fortuna pouse em nosso caminho? Ainda: é possível enxergar, a priori, e sem margem a erro, o exato momento em que esse acaso posta, diante de nós, o ser especial? Sem margem a erro? Pois era no que acreditava, mais que em tudo, e tal convicção advinha das incontroláveis reações do seu organismo, naquela oportunidade, pela energia que a cingiu. Era ele, teve a plena certeza, era o instante inaudito e iluminado. Até que, na celeridade de um impulso, ela adiantou-se um tanto, fez uma curva e estacou na frente dele; dez segundos que simularam uma temeridade!

OU NOS MARES, OU NA TERRA

Tantos e tantos enredos... Compenetrou-se a tal modo que a solidez de tais lembranças trazia de volta a mesma angústia devoradora. Bom, bom, o padecimento quase nunca a abandonava, o horror a açoitava, tal qual se encontrasse, até esse momento, dentro do mesmo pesadelo. Ainda sentia-se tomada de amargura e sobressaltos ao abrir as páginas dos mesmos livros e deparava com poemas do passado, quando canções desnudavam desenredos, quando cabelos aceitavelmente desarrumados alçavam-se; quando, numa contemplação erradia, a ventania tocava nuvens sobre a linha do Atlântico ou por cima do arqueado das montanhas. Não era assim? Às vezes, tudo tão real (malgrado, em outras, assemelhar sair de velhos baús esquecidos em assoalhos de solares centenários). *Je t'aime, mon Baudelaire, je t'aime.*

Une histoire d'amour se romperá, em algum momento, a fim de que permaneça viva para a eternidade. Essa a certeza que, em meio à melancolia, irrompia dentro dela. Irrompia e se mantinha acesa feito almenaras em torres de castelos. **Uma bela história de amor...!** Foi o que ela disse. *(Mas até onde isso vai?)*

Doravante, urgia olvidar, suprimir as reminiscências, lançá-las para fora ou para o porão, tal qual a poeira das casas; deliberadamente, deslocar o foco, dando chance a que a invenção se extraviasse, saísse para novo voo. Dar ocasião a que decantassem as confissões, colocando em relevância novos acontecimentos, até a imperiosa memória dissolver-se. Uma situação na qual se dissipariam toda a carga de sentimentalismo, os pontos nevrálgicos, a corda sensível. O esquecimento é lenitivo. Isso não seria algo assim tão impraticável. Um desaparecimento em cima de outro desaparecimento. Pois se até as feridas profundas cicatrizam... Depois de tudo, restariam, neste mundo de Cristo, uns tantos legados — a filha, em especial. Ou não?

Sua mãe insistia para que deixasse de pensar em Tomás como algo real. Recordava-se de ela repisar-lhe tal exortação, enquanto simulava ajeitar algo sobre os móveis, verificar se se encontravam espanados, sem se dar conta de que Maria Ifigênia erguia suas pupilas ágeis, a fim de captar algo que preenchesse as lacunas de sua nascente compreensão.

Marília juntou as sobrancelhas: diante de si, a fileira de seus queridos discos, dispostos na vertical, qual sulcos num campo arado, qual riscas das chuvas de verão. Tocou as lombadas das capas, tombou uns elepês, meia dúzia, moveu-os de um lado a outro... Meio amortecida, e com gestos contidos, alcançou um dos álbuns, abriu-o, retirou de dentro o vinil e, olhos indiferentes, deitou-o sobre o prato da eletrola. Ajoelhou-se e leu o impresso do selo:

"Jards Macalé... Philips... Lado B... 1- Movimento dos Barcos." Retrocedeu o braço da eletrola e pôs o disco a girar. A agulha ondulou sobre a superfície preta e luzidia. Sentou-se no chão, pernas à hindu. Sua mente num completo vazio; não tinha nada em que pensar. Acomodou-se, desceu os ombros.

...Vou sair sem abrir a porta
E não voltar nunca mais
Desculpe a paz que lhe roubei
E o futuro esperado que nunca lhe dei...

De lá fora, vinha a luz dos postes, a da lua limpa e imensa, suspensa no espaço infinito, os pontinhos de fogo das casas, a massa disforme das construções empoleiradas, encostas acima.

... É impossível levar um barco sem temporais...

O episódio no apartamento no Flamengo se iluminou, se projetou. A dramaticidade das sequências de Gillo Pontecorvo, a resistência dos argelinos, nas ruelas de Casbá, liderados pela FLN, em sua luta contra a dominação francesa... Durante toda a projeção, Tomás se deixou estar hirto, indevassável. Contra seu costume, fumou em demasia; de suas mãos, contagiadas pelo clima opressivo, banhava um suor frio e profuso; ao acaso, ele se deixava trair, apertando as dela com tenacidade.

Ao saírem, ele se mostrou mais retraído e insípido que em oportunidades outras; algo de peso e prolongadíssima indecisão perdurava em seu semblante. Fechado em espesso e intransponível silêncio, isolou-se, encaramujou-se.

Aí, feito fosse urgente aliviar-se de uma carga descomunal, jogou para fora todas aquelas revelações; ao que supõe, as cenas do filme, a consternação delas advinda, teriam nele precipitado o impulso de despejar sobre ela o que se mantinha em segredo, até então. Tomás, segundo lhe pareceu, serviu-se mal de suas ilações, de sua sensibilidade, e, de certo modo, transmitiu-lhe a falsa impressão de, em alguma medida, tê-la confundido com o "homem que via os prisioneiros e assistia às torturas". Num pestanejar, Marília não o compreendia, não... não o estimava mais. Descobriu-se diante de um intruso, um inimigo mortal, do qual deveria, com urgência, afastar-se. Do mesmo modo, dentro dela, uma irreflexão, uma interpretação estouvada também se processara, ao confundir o malfeitor com a vítima.

Na saga de cada vivente, não é incomum alargar-se a concepção que se faz acerca de um ente humano tomando outros por base. Não é incomum. Certa feita, por exemplo, para sua perplexidade, seu homem lhe explanou inconcebível e disparatado erro de apreciação acerca da Alemanha e do povo germânico como um todo, associando-os à insensatez do nazismo, equívoco do qual se redimiria, tempos depois, ao aprofundar-se, exultante, no pensamento de Hanna Arendt acerca da banalidade do mal.

Bom! Ah, a sessão de cinema: uma dezena de moças e rapazes se espremia no chão do pequeno espaço sem móveis e cuja única janela — a qual aparentava dar para um vão central escuro e frio — permaneceu todo o tempo trancada. E aquela luz, o facho fulgente dançando sobre suas cabeças, o projetor, assentado em cima de uma banqueta alta, estourando, na parede, as atrocidades, as queimaduras, os afogamentos... Até o final — os olhos úmidos! —, punhos e braços erguendo a bandeira verde e branca, com o crescente e a estrela vermelhos, nas ruas efervescentes de Argel: "*Indépendance*"... "*La Liberté! La Liberté!*"... **Um dia o povo brasileiro será igual ao argelino**, uma voz exaltada proclamou.

Naquele dia, fatalmente, terminantemente, o seu belo mundo principiava a ruir.

SE MOSTRA A FUNESTA CENA

Laços, patíbulos
cordas, enxovias
Choques, coito, trinta-e-oito.
Correntes, coronhas, serpentes.
Agulhas, água fria. Afoga, empala.
Açoites, meio da noite, cusparadas,
Bofetadas, palmatórias, pianolas
Pau-de-arara, cadeira-do-dragão
Dos navios
O convés
O revés.
Um dedo
Um dente
Ânus
Vagina
O brio
Um grito
Aflito.

A DOENÇA DEFORMA A QUEM PADECE

Já se apagou o azul dos horizontes. A escuridão preenchia o mundo e desenhava espectros nos rebocos, nas fachadas, no dorso do mundo; diante dela, o muro espesso da solidão e da desesperança. Uma noite se insinuava... e outra... outra, trazendo consigo a saudade, a qual, como partículas de friagem, varava os intervalos das telhas-vãs, as lâminas das persianas... Dias chuvosos, arrebóis cor de sangue, barcos à deriva...!

Chegava a ser doloroso o simples ato de entreouvir certas canções ("Na frente sigo eu, levo o estandarte de um amor, o amor que se perdeu"), ou percorrer com as vistas poemas que leram, ambos, em voz alta e que remetiam a coisas perdidas. O grito dos vocábulos... As palavras têm vozes, gritam e sussurram, "pari passu" em que o rio da vida fugia, feroz, nas corredeiras, antes de precipitar-se nas quedas d'águas. Estéreis eram os dias de neblina espessa, estéreis as noites em que apagava as luzes da casa e trançava em meio às zonas de sombra, às trevas.

Pôs-se a refletir acerca do efeito que o crepúsculo — e as horas que lhe seguem — exercia sobre seus nervos: como caía em prostração! Nos finais de semana, em especial, sentia-se ainda mais contaminada pelo clima nostálgico; a tal ponto que chegava a implorar que os sábados e domingos durassem o tanto de um estalar de dedos. Estivesse ao seu alcance, mergulharia, desde as tardes de sextas-feiras às manhãs das segundas, num sono denso e imperecível. Do alto do sobrado, assistia a casaizinhos apaixonados que desfilavam por ali, tropeçando pelas ladeiras. Enxergava-se neles, projetava-se em cada daquelas mulheres: ali iam, ombro a ombro, uma Marília e seu Tomás.

Quando amanhecia, quando os cones de luz afugentavam a neblina sobre o vale, ela não se afligia tanto com a fundura da dor. O primeiro branquejar no horizonte vinha delir as pesadas muralhas, as quais, no entanto, os fantasmas da segunda noite cuidariam de reerguer, pedra por pedra.

É bem verdade que não borbulhavam mais em si o desejo, o amor vulcânico de outrora; ficaram para sempre esquecidos nos quartinhos perfumados de hotéis, jaziam nas trilhas úmidas na Floresta da Tijuca, foram levados pelas marés, pelos vagalhões encapelados, as espumas enfurecidas do mar. Algo, inadvertidamente, se reformara em seu interior, algo mudara de matiz: o vermelho-vivo das pulsões cambiara a um tom de púrpura. Tornara-se "insensível". Nas cordas de seu coração, sobreviviam não a lubricidade, a concupiscência. A carreira louca das fascinações se esgueirara, dando ensejo a uma espécie de resignação e aridez: sabia que fora intensamente desejada, ele lhe dera mostras disso, no entanto, considerava não mais tão visceral o cio, o jeito animalesco de se fundirem... que ardesse quando tocada.

Falando de maneira bem direta, tinha a aparência de que a melancolia cultivava a si mesma, borrifava as próprias folhas, dispersava sementes infinitas nos torrões ao redor; a languidez soltava brotos e gemas e se expandia, enraizava-se no espírito, impedindo que outras espécies de juízos naturais germinassem.

E, Deus sabe o porquê, ainda persistia, dentro dela, entretanto, o acutilante ciúme. Sentia-o lá, qual dor incurável, uma úlcera, uma febre terçã com seus paroxismos. Se, com calma interna, se recolhesse ao canapé com o fito de indagar às trevas e às traves do teto acerca da gênese de tudo aquilo — do ciúme, queria dizer —, não encontraria nada. Nada vezes nada! Nenhuma sombra de desatenção, por parte dele, nenhuma desconfiança realista, da parte dela. Tomás jamais dera qualquer indício de que perdera o ânimo; todavia, apesar disso, algo se mantivera no suspenso espaço da inquietação e do inconsolável.

Tudo sobrevivia em sua memória túrbida. Existia essa dor do amor, quando flagrava um gesto de afago qualquer, um andar "masculino", que, mesmo remotamente, lembrasse o de Tomás; ou um aceno simples e livre de um homem qualquer para uma mulher. Nessas eventualidades, seus cabelos macios e tão limpos, ondulados nas pontas, transportavam-se imediatamente para o desnível da rua, para o Largo da Alegria. Quase o via circundar a boca com o polegar erguido — *meu Belmondo, meu belo mundo* —, quase o via, cabisbaixo, imerso em páginas e páginas de livros, voltar a mirada na contemplação da linha do horizonte, feito saboreasse o prazer do que acabara de descobrir.

É fato que houve a vez em que ela ousou inquirir-lhe se havia outra pessoa em sua vida. Sim, sobreveio tal passagem estúpida. Pois nenhum sinal de atordoamento ascendeu à sua face, nenhum grau de apreensão na voz, nenhuma crise; ao contrário, Tomás conservou o ar de instantes antes, a placidez, e, expressando-se sem afogadilho, refutou tal ameaça. A cabeleira caiu-lhe, lenta, sobre os malares, sobre a barba. Segundos depois, no entanto, soltou uma confissão que, naquele comenos, não pôde efetivamente desvendar: **Que o que havia era o "pessoal"; havia a luta**. E, após breve intervalo, completou: **Você, Marília, gostará mais de mim se souber menos**.

Meia semana após essa passagem, recebeu dele uma ligação, na qual, entre outras coisas, Tomás lhe afirmara, em meio a outros tantos assuntos, que tinha algo importante para participar-lhe; contudo, gostaria de fazê-lo pessoalmente. Ela enrijeceu diante daquela confidência, temeu pelo que estava por vir. Como não poderia deixar de ser, apesar da insistência de Marília, Tomás manteve-se irredutível, alegando que o importante não residia propriamente no "que" iria noticiar, mas, sim, no "modo" como se expressaria. E não houve jeito; não pôde convencê-lo de, ao menos, adiantar o teor, e sabia, por conhecê-lo, que seriam inúteis tentativas de mudar tal decisão; guerra perdida. Combinaram de encontrar-se na manhã seguinte.

Desde o momento em que ele desligou até o nascer do sol, ela se fazia perguntas, levantava suposições: sobre o que, exatamente, ele queria se abrir? Que assunto assim tão repentino? À deriva, irromperam hipóteses e mais hipóteses, nenhuma, em verdade, lhe servindo de lenitivo: algum problema de enfermidade, ou que ele cuidava de, sabia lá, mudar os rumos de sua vida, até chegar a alternativas ainda mais alarmantes, como a de que se encontrava por partir, um dos assíduos temores que assombrava Marília. Ou ainda a pior de todas, a solene e firme confissão de que não conseguia mais enxergar nela o mesmo fascínio de outrora. Abalada, imaginava-o, diante de si, esquivo, enervado, com estranha dificuldade para expressar-se. Ela repetia e repetia, em pensamento, o que ouvira durante a chamada, procurando por pistas, sinalizações de desamor, de iminente ruptura...

Era ainda muito cedo quando se viram. Tomás, percebeu logo de começo, encontrava-se tão descontraído, sorridente e afável quanto de todas as vezes; ela, em suspense, a postos para receber a novidade, a qual ele não se apressava em introduzir. E isso, se lhe exacerbava um tanto da angústia, também trazia-lhe certa serenidade de que, afinal, nada de grave se passava. Estudava os seus acenos, a sua imagem, não obstante os segundos não deixarem de se mostrar acelerados. Até o momento em que ele, do nada, segurou as suas mãos, tomou-as entre as dele e, suavemente, revelou-lhe que, sim, teria existido outra pessoa, pela qual, não negava, fora tremendamente apaixonado, pouco antes de eles dois se conhecerem, contudo, os "caminhos da vida" — foi a expressão que usou — fizeram com que se separassem. Existiu, não existia mais, ressaltou, ao final de tudo, e se tornara tão somente "um retrato removido do álbum".

Gostaria de saber de quem se trata?, ele liquidou, com ar distinto, sobrancelhas arqueadas. Com gesto automático e urgente, ela fez alto. Em hipótese alguma desejaria ter acesso àquela revelação que, sabia, somente lhe serviria para abrir feridas no coração. Bastavam-lhe a impassibilidade e a segurança com que ele confessou tudo. O sangue, inclusive, até se acalmara, dentro das artérias e veias, retomara o curso normal, o mesmo sangue que, minutos atrás, mergulhara-a num quase pânico. Restou, entanto, daquela feita, nem grande nem desprezível ponto de interrogação: podia-se supor que... que se tratava de alguém que ela conhecesse? Quem haveria de ser?

Ainda nos tempos que correm, de raro em raro, vê-se às voltas com um não sei quê acerca da identidade dessa outra mulher. E também, mais de raro em raro ainda, levemente arrependida de não haver permitido que ele a revelasse. Por estranho capricho, o aguilhão da curiosidade vinha-lhe à tona, relampagueava no cérebro; ímpetos, venetas, os quais, por sorte, o autocontrole e as regras da temperança cuidavam de ir, cuidadosamente, pondo de lado. À época, sem sombra de dúvida, tomara a decisão correta.

Em todo caso, o marcante teria sido a maneira sincera e reta com que ele traduziu tudo em palavras; não poderia ser mais convincente. Tomás tinha o dom do delineio perfeito do raciocínio, apresentava, invariavelmente, a expressão exata, a abordagem precisa; comunicava, aos seus discursos, energia e veemência, quando as circunstâncias o exigissem, ou placidez e moderação, no tempo em que a prudência aconselhava.

O VORAZ TEMPO LIGEIRO CORRE

Seus pés a conduziram, irrefletidamente, até a parte dianteira da sala. Mirava, inatenta, as extensões dos braços apoiadas no parapeito; volvia-os, homocentricamente, no ar, até incrível surto de um perfume masculino, que tão bem conhecia, partido de misteriosa fonte, chegar-lhe às narinas. Impulsiva e ágil, recurvou-se por cima do peitoril, dobrando-se para fora. Não havia ninguém; somente os pranchões de pedra desuniformes e ásperos, o desluzido das calçadas abaixo da arandela, na entrada da casa.

Ergueu-se sobre os calcanhares: a cúpula do céu bordada com múltiplas estrelinhas miúdas — o planeta Vênus ia alto. Há pouco soara a meia-noite. Arrastou-se pelo cômodo meio iluminado por um facho de luz fantasmagórico vindo de fora. A mobília agonizava, desenhava vultos duros nas paredes; as cumeadas, a silhueta das cumeadas fundindo-se com a espessidão da noite. Mirou de novo através da vidraça: um rapaz e uma moça lá vão, levados numa espécie de cadência romântica; somente eles, na rua desértica. Num dado momento, a garota se afastou dois passos do namorado e, em seguimento, projetou-se, açodada, em sua direção, simulando empurrá-lo; os dois riram, abraçaram-se lateralmente, um amparando o outro. Arrumaram as pernas e retomaram a caminhada, cingidos pelas cinturas, cabeleiras reunidas. Ali, podia-se ver pela coreografia, pelo desmancharem-se em evoluções ingênuas, iam dois seres apaixonados.

Seguiu-os com a vista até a próxima curva do arruamento. Adivinhou amantes, àquelas horas, em êxtase, recolhidos em acomodações de hotéis e pousadas, repúblicas estudantis... Eram exatamente tais manifestações — a contemplação cândida de um homem e uma mulher — que mais a deixavam aterradoramente melancólica.

Retrocedeu um passo e, braços ao ar, apreendeu o tecido da cortina. Ponto a ponto, revelava-se, na desmaiada zona de luz, e em meio à trama de fios, a estampa de Tomás: um vislumbre, um vestígio, uma sede. Absorta, suspensa, imóvel... *O inconsciente são janelas que mantemos sempiternamente cerradas, sem jamais abri-las, nem mesmo quando dão para pátios internos.* Aquilo se formou em seu âmago. Sacodiu ligeiramente todas as fibras do corpo, ao tempo em que retornavam as camadas da consciência.

Afinal, lembrar ou olvidar? Como alcançar a resposta? Pois tal busca pertencia ao incognoscível, ao nebuloso. Impunha-se pôr à prova o que podia ver, o que seu espírito absorvia. Impunha-se formular perguntas, as quais, no entanto, ficavam ao sabor das brisas. Essa coisa de sentir pulsos cálidos envolverem-na, resguardarem-na, de fabricar aprazimentos.

Os segundos passavam, leves ou densos, imperceptíveis ou doloridos. A cabeça, o intelecto embriagavam-se, desnorteavam-se e se mantinham suspensos. Até, intuitivamente, brotar-lhe um segundo postulado: *Há sempre uma sombra de infelicidade impregnando as muralhas, nas profundidades das noites vazias*. Eis que ela se encolheu. Viu de novo o vulto das moradias fechadas, as ruas desertas. Viu de novo as estrelinhas, a luz do luar quarando o dorso do mundo.

Seria de enorme valor que prosseguisse em seus esforços de abafar, voluntariamente, todos os registros, mergulhá-los no deliberado e nevoento caldo do esquecimento; escrever na areia, ao invés de no bronze. Surtiria efeito, tinha esperança. Pior, bem pior, seria manter acesas as ideias arquejantes, alteá-las tantas e tantas vezes, despertando recordações que ainda guardassem o poder de germinar.

Entretanto, a força do espírito se insurgia, o sangue, e as vísceras, e a natureza avultavam: o seu querido, num impulso de cordialidade, ocupando-se, bem suave, delicado e com naturalidade, em auxiliar Elena na montagem de sua árvore de Natal, ante o maravilhamento de Maria Ifigênia, sentadinha sobre barbantes e papéis amassados...

Sou agnóstico-darwiniano, sustentou, com voz firme, contudo de maneira cortês, ao ser inquirido acerca de sua fé. E, sem uma única fração de segundo, seguia com o expediente de ir retirando, de dentro das caixas, os enfeites, bolas, laços, anjos, estrelas, bonecos de neve... Era um "agnóstico-darwiniano"!

As divergências, as reprovações e até certas insolências, quando despontavam, não surtiam o menor efeito sobre seus nervos, sobre seu vigor (com exceção, é claro, se se visse tolhido). *"La liberté! La liberté!"* Ele ia em frente, dando curso a outros capítulos, como se nada, absolutamente nada, houvesse se passado; ou como se fosse alguém de cérebro demasiado lento e que nada percebesse do que se passava ao redor, mantendo-se surdo, gélido, impassível.

À deriva, pendente para diante feito quisesse se jogar pela janela, Marília enfiou os dedos dos pés nas Havaianas. Algo evocador sobre os órgãos dos sentidos a trouxe de volta, enquanto um grande silêncio ampliava a intensidade de suas emoções nascentes. Compassadamente, arrastou-se em direção ao dormitório; vacilante, alcançou os primeiros metros do pequeno corredor. A meio caminho, o segundo quarto. Penetrou no espaço sem acender a lâmpada, puxou a colcha que cobria o lençol, estendeu a coberta e se despiu. Sentada na cama, enfiou-se no pijama — sem as roupas de baixo —, amassou, amaciou o travesseiro e se deitou. Tal qual em quase todas as noites, ligou baixinho o rádio:

"Com o patrocínio da Varig, acima de tudo você, a rádio Jornal do Brasil passa a transmitir [vinheta]... Noturno, com Luiz Carlos Saroldi..." Sacolejou de leve os ombros.

Em horas mortas quais aquelas, véspera do Natal de 1971, Tomás não retornou.

TRISTES LÁGRIMAS SALGADAS CORREREM DOS OLHOS TEUS

A aflição, a consternação... Sem o perceber, esfregava, angustiada, o peito, as mamas. Nenhum sinal, nenhum eco em qualquer parte. O tempo deslizava, segundos transcorriam com extraordinária lentidão, qual quisessem se prolongar, indefinidamente. Em toda a face da Terra, a rígida impressão de surdez, de insânia, de tumescência.

Algo de grave sucedera, sua intuição lhe dizia. Seu garoto fugidio não se deixaria levar por nenhuma impostura, não engendraria um enredo tão frio e cínico. Não as abandonaria, não largaria o seu posto, não as condenaria, a ela e a filha, à agonia e ao desamparo. Em especial numa data como aquela, em que as pessoas se visitavam, abriam as casas para seus íntimos. Sabia, estava cansada de saber: Tomás a prevenira que, vez ou outra, precisava de momentos para recolher-se, ficar um pouco sozinho. "Para respirar", alegava. E se afastava, fugia com o corpo.

Se jamais pôde entender aquele comportamento, aprendeu, com o tempo, a não relevar tanto tais recolhimentos, pois tinha ciência de que, decorrido um intervalo de tempo, sociável, prestimoso, esplêndido, o garoto bonito ressurgiria, como se, mal e mal, houvessem se passado voltas de relógio. Todavia, daquela vez, algo lhe dizia que não se encontrava diante de um desses momentos; algo na dureza dos umbrais, algo na turbidez da noite de medo, na grande e pesada quietude, na extensão em que Maria submergiu ao sono.

Sua mãe, extremosa, a intervalos se aproximava e, com luvas de pelica, indagava-lhe se havia novidades, se Tomás dera notícias... E se retirava, ante um aceno contido, ante uma gélida mudez. Meia-noite, meia-noite e meia, uma da madrugada... A partir de certa altura, Elena nem mais nada lhe inquiria; tão somente detinha-se à soleira e deitava miradas sem brilho para dentro do cômodo: a filha, aos pedaços, tresnoitada, lançada em profunda tristeza, mãos enterradas no regaço, se quedara qual boneca de cera. A matrona a contemplava, com comiseração, pousava as vistas no berço... Um projeto qualquer lhe cruzava a mente, e Elena, expressa, adentrava no quarto, debruçava-se sobre a colcha, o cobertor, o protetor de berço... Retirava e recolocava, com cuidado infinito, o alfinete de fralda, repunha a touca, cobria, ternamente, Maria, acondicionava a cobertinha, alisava as dobras da manta, não obstante a netinha já encontrar-se suficientemente agasalhada — fazia frio por causa da prolongada estação das chuvas que se abatera sobre o Rio de Janeiro, naquele final de 1971. Na sequência, com seus robes, seus lenços de cabelo, suas maquiagens noturnas, ia-se embora, recolhia-se em meio à penumbra da sala cavernosa, enquanto, no céu, espocavam rojões, e algazarras rebentavam em todo o restante do universo.

Mais cedo — disso se recordava com perfeição —, recebera dele um telefonema, no qual, muito depois, reconheceu umas tantas reticências, acrescidas de falas nada naturais em Tomás. Durante a ligação, provocou-o, em tom de pilhéria, para que passasse na Casa Sloper, da Uruguaiana, e lhe comprasse presentes, perfumes Cacharel, bolsas da Louis Vuitton... Tomás não reagiu à caçoada; fez que não ouviu. Interrompeu-a, até com certa rudeza, mudou imediatamente de assunto, acrescentando, por cima, a bizarríssima informação de que ligava de uma cabine telefônica. Por qual razão assim procedera, quando é tão mais simples alcançar esquinas e acessar orelhões? E, ainda por cima, frisar tal detalhe?! Sim, pois cabines são escassas, só existem em poucos ambientes restritos.

Nada disso, no entanto, chamou-lhe a atenção, enquanto tudo transcorria, nada lhe fez soarem alarmes. Aí, a dada altura, tudo emudeceu — e para sempre — do outro lado. Veio um silêncio de túmulo fechado, antecipado por um estrépito de portas ringendo; o rumor público se abriu, um estalido... um clique... e a ligação se interrompeu.

Houve algo mais de que pudesse recordar? Durante a chamada, diversas vezes se viu obrigada a pedir-lhe que repetisse a fala. Ele erguia a voz e se tornava perfeitamente audível. Em pouco, voltava a fala sumida, ciciada, como se se encontrasse longe! Ela apertava no ouvido o fone e: **Não te ouço, Tomás**.

A noite, noite de lua e de medo, uma fundura nos globos oculares, passou-a de toda acordada. Varando as horas, e temendo pelo que estava por vir, ela se inquietava, angustiava-se. Sentava-se e se levantava, quase imediatamente; deitava-se e, em questão de segundos, erguia-se num salto. Desenhava, tristemente, um seu perfil vagando feito desvairado por travessas e vielas frias, e úmidas, e sujas, por lugares ermos; uma silhueta difusa, os cabelos fulvos delineando curvas nas pontas... A qualquer momento, no entanto, concebia-o qual um animal acuado, os pelos molhados, sitiado por hordas de cães e caçadores pavorosos.

Lembra-se de, naquela noite, ter ido sucessivas vezes ao banheiro, a bexiga dolorida figurando repleta, muito embora, em realidade, quase nada alcançasse urinar, em cada daquelas diligências. Assistiu ao arrastar das horas, ao compassadíssimo mover-se dos badalos dos relógios da sala grande e deserta, aos demais rumores insondáveis do breu... Ligou a televisão; nenhum canal transmitia; já haviam encerrado a programação. Deixou-a em funcionamento, escurecendo um pouco a tela e abaixando por completo o volume, aspirando, inutilmente, que a luz mortiça, os chuviscos e a quietude ludibriassem os seus sentidos.

Ao anunciar-se o novo amanhecer, a sabiá na goiabeira, o trânsito começando a subir e descer a Almirante Alexandrino, esgotada e ensonada, passou por uma madorna; coisa de vinte minutos, meia hora, se tanto, ao final dos quais despertou, em sobressalto, com Elena debruçada sobre o leito de uma Maria aos berros.

Uma noite escura, qual essa, lá fora.

A VOZ DO TRISTE PRANTO

Esperou passar o Natal, e no domingo, 26, céu encoberto, transcorridas quase 48 horas, tomou um táxi e rumou para a Zona Sul, deixando a filha aos cuidados da avó. Na Álvaro Ramos, quase esquina com a rua da Passagem, o carro parou diante do velho solar amarelo e encardido. Pediu ao taxista que a esperasse e apeou.

Havia estado ali, pouco mais de um ano atrás. A propriedade — certa feita, Tomás comentou que, nos tempos do Império, havia sido moradia de senhores de engenho — guardava ainda certo ar aristocrático e senhoril: os requintes arquitetônicos, forros altos, balaustradas, lambrequins e o pequeno chafariz do jardim, por onde, desde há séculos, não devia jorrar água. Gradis lancetados encerravam toda a parte dianteira, um portão grande de ferro fundido, por onde dois degraus em pedra lapidada davam numa passagem de piso cerâmico gasta, o qual dividia ao meio dois torrões de canteiros, tomados por moitas de ervas espontâneas. Tudo desembocava na escada larga, de cantaria e corrimões, finamente entalhados, que dava acesso à desbotada varanda frontal.

No porão, Tomás se recolhia; ele, ao que aparentava, fizera questão de revelar-lhe seu desadorno, sua "realidade", como ele próprio costumava repetir; se, para muitos aspectos, Tomás procedia com redobrada reserva, para outros, no entanto, conduzia-se de maneira diametralmente oposta; ele se expunha, se desvestia. Era quase como se quisesse enfatizar: "Sou apenas isso."

À época, as condições da habitação não deixaram de nela causar certo incômodo e desconforto; talvez o pé-direito demasiado baixo — o teto podia-se alcançar com a ponta dos dedos —, talvez a absurda falta de privacidade, ou então a higiene do local... Um cheiro nauseento, uma morrinha de coisas mofadas, de gatos e cinzas de cigarros acumuladas, recendia por toda parte... Traves de madeira e pranchões centenários riscavam o teto do dormitório, amplo em demasia para os escassos móveis, um beliche (dos rapazes com quem Tomás dividia o aluguel, com os quais jamais entrou em contato), um fogareiro a gás de duas bocas, um armarinho, uma mesa simples e dois bancos rústicos. Nas paredes, ganchos e cabides, de onde pendiam mudas de roupas; chinelos e pés de meias às soltas. A cama-estrado, bem ao fundo, encimada por um colchonete fino e puído, uma lâmpada de cabeceira, uma colcha de algodão azul, um despertador, e livros, e discos sobre improvisada prateleira de tábuas e tijolos compunham o "todo de sua fortuna". Não identificara um lavabo; supôs que existisse uma latrina, na área externa, debaixo da varanda, ao fim da calçadinha, à esquerda de quem entra, onde instalaram um tanque de cimento com ligações hidráulicas visivelmente improvisadas. Três janelinhas de vidro canelado davam para a calçada defronte; um basculante e a portinhola, sob a varanda superior, permitiam a circulação de ar.

Durante aquele quarto de hora, pôs-se ao corrente acerca dos dois velhinhos, irmãos e ambos solteirões (denominava-os "vovôs"), que viviam no andar de cima e não se falavam desde muito; quase nenhuma referência aos companheiros de moradia: mencionou seus nomes, apontando-lhes os respectivos leitos, nada mais.

Diga-se que a penúria de Botafogo contrastava com a cálida morada de Santa Teresa: ela estava habituada aos grandes espaços limpos, recendendo a lavanda, às despensas fartas, aos canteiros cuidados e floridos, à legião de funcionários cuidando da casa — os Mattos constituíam uma casta sobremaneira reduzida para terem tanta gente sob suas ordens, contudo...

Sucedeu que, com os dias, a visita a Botafogo acabou por tecer, dentro dela, o advento de uma crescente e protuberante "crise", pois, até então, jamais enxergara nada de descabido em seu modo de vida, nem, em qualquer ocasião, se empenhara por qualquer projeto de mudança, nada. Os anos e as eras iam em suas batidas, guiados pela casualidade, pelos movimentos dos astros, pelo destino, enfim. As pessoas, Marília aceitava, nasciam e cresciam onde a fatalidade ou a fortuna as lançasse. Assim era o inexorável existir, a marcha contínua dos processos, e nada se poderia erigir, de fato, para alterar o curso e o calor das velas. Acreditava irreflexivamente nisso. Ainda por cima, no seu caso, mais irreflexivamente ainda, conservava consigo vesgos conceitos e prejulgamentos, poder-se-ia assim dizer, que assimilara sem passar ao menos pelo crivo da ponderação e da crítica; carregava-os — os conceitos e julgamentos — aos ombros, desde tenra idade, acostumara-se com aquele estado de espírito, e foram trazidos à tona unicamente após o surgimento de Tomás, e, só depois, delidos. É bom dizer isso. Desse modo, questões não dimensionáveis começaram a se interpor, e indagações, vez ou outra, a descolar. Que estranho!

Tem mais, e vasculhando as reflexões: como será que ele se sentia em seu ambiente — no dela —, tão... "desvantajoso"? Buscava nas feições dele as respostas, quando calhava de visitá-la em Santa Teresa, entretanto, jamais pôde perceber qualquer resposta. Tomás sabia encenar, se as circunstâncias o exigissem, como também ser sincero e franco, nas tantas vezes em que as condições impunham.

É tudo o que tenho, decretou, sem denotar nenhum inconformismo, as unhas descrevendo um semicírculo no espaço adiante, apontando os poucos objetos, a estantezinha, o colchonete. E lançava para trás a longa cabeleira, cofiava a barba, dando a entender que não esperava por nenhuma acolhida ou demonstração de afago; o assunto ali se encerrava.

Marília bateu palmas. Nada. Chamou-o pelo nome, uma, duas vezes... Nenhuma resposta. Insistiu de novo. As três janelas grandes, os bancos boleados de ripas nacaradas, abaixo delas, e as portas aferrolhadas. Recuou até quase o meio da calçada. Havia um longo zumbido, partido não sabia de onde, como um canto longínquo de cigarras, havia uma descrença, uma sufocante tormenta.

Estava quase a desistir quando, estrepitosamente, abriram a porta no andar superior. Um homenzinho mestiço, de cerca de 30 anos, um ser misterioso, com uma das pálpebras caída, surgiu no varandão e, a passo curto, se aproximou da balaustrada. Cumprimentou-o e perguntou-lhe se sabia haver alguém em casa, apontando para o nível inferior. Recebeu em resposta que não via movimentos ali havia dias. **Nenhum dos três tem aparecido.** Fez uma pausa. **Não sei de nada**, completou. Dito isso, e tomado de súbito destemor, debruçou-se sobre o parapeito.

Marília sentiu um tiritar de frio, uma suspensão. Privada de quaisquer cogitações, permanecia em quase invariável posição; por um tempo que é impossível calcular, conservou-se assim, observada pelo tal que, lá de cima, a rastreava atentamente. Suas pernas tremiam. Ela retrocedeu um tanto e, para amparar-se, recostou-se na árvore da rua. Na esquina, no sinal luminoso, um ônibus acelerava, desarvorado, para o carro parado à frente, o que fez com que ela se reerguesse um tanto. Assoou o nariz no lenço e virou-se de novo, aflitíssima, na direção do homem na varanda, buscando nele socorrer-se. A criatura, com os cotovelos apoiados no guarda-corpo, fitava-a com ar de curiosidade ou espanto.

De saída, e sentindo a voz presa, limitou-se a içar-lhe o braço, num aceno, e rodou sobre os pés. O manipanso bocejava reclinado sobre o banco do táxi, dedos entrecruzados atrás da nuca; não dava mostras de acompanhar a conversa. Atordoada, arrastou as pernas de chumbo naquela direção, contornando o espaço de ladrilhos da calçada estourado pelas raízes da árvore. Puxou a maçaneta traseira do automóvel e franqueou-se a porta. Os joelhos ameaçaram vergar. Segurou-se na lataria e deixou-se arriar na poltrona. **Voltamos**, disse, com voz chorosa e quase convulsa.

ESTE FOI SEMPRE O GÊNIO SEU

O ruído do motor dando a partida. Ela tremia, suava, arfava.

Na avenida Pasteur — havia pequenas poças d'água esparsas sobre o asfalto —, sentiu o odor salino do Atlântico, deu pelas grandes nuvens de trovoadas suspensas por sobre a superfície marinha até perder de vista. Impulsos absurdamente incontroláveis oscilavam dentro dela, turbulências desordenadas acorriam-lhe, revestidas pelo manto do assombramento e da aflição extrema.

Ao virar na Santa Úrsula em direção a Laranjeiras, olhar fixo varando o vidro dianteiro do carro, a cidade se pôs ainda mais nublada, os semblantes das escuras formas humanas, estranhamente, ameaçadores. Nem sequer cogitou em buscar por ele nos passeios, dentro dos coletivos, ou, sabia lá, nas sacadas dos prédios. A desesperança, sem detença, havia lançado sua ingente engenhoca, tomando-a como refém, e aquela lacuna havia se convertido em algo espantosamente regular e definitivo.

(Não via movimentos havia dias... Nenhum dos três tem aparecido...)

Está se sentindo bem?, o taxista azuou, arrancando-a de suas ruminações; pelo retrovisor interno do carro, dirigia-lhe espiadelas compridas. **Sim, tudo bem. Tudo bem**, repetiu, no exato instante em que mergulharam no eclipse do Santa Bárbara.

Amiúde, ao aproximar-se de túneis, inspirava profunda e seguidamente, a fim de permanecer em completa apneia, durante toda a travessia; um costume, um sistema desarrazoado, mais que verdadeira precaução contra a inalação de gases lá dentro retidos. Naquela vez, porém, alheada, sonâmbula, não sentiu o trajeto, não deu com os pontos de referência. Laranjeiras e a Pinheiro Machado escaparam de sua mirada dura, apagaram-se, faziam parte da mesma ausência, mesma desmaterialização. Isso até o táxi terminar a subida do viaduto e, subitâneo, mostrar-lhe a desmesurada boca do túnel, o estrupido do motor batendo forte, dentro de seus ouvidos, as luzes dos faróis, nas pistas no lado oposto... Ensurdecida e sentindo a pressão nos ouvidos, comprimiu-os com os dedos médios. Cerrou as pálpebras, e fechou-se ao mundo.

Quanto já havia se passado? Dez segundos, quinze? Sentiu-se gelada, embora fosse dezembro, embora aquela ali fosse a cidade de São Sebastião do Rio de Janeiro. Subsequentemente, descomprimiu as orelhas, enclavinhou os dedos uns por entre os outros, forçando as munhecas ao contrário, até principiarem a doer. Aí, deixou os braços arriarem sobre as pernas da calça Lee. Bateu de leve as palmas nos joelhos. Os pneus chapinhavam na cera do asfalto e um rumor surdo varava a lataria, os vidros e o tétrico da escuridão em seu âmago.

Vou ficar contigo o resto de minha existência. O oco de sua cabeça... o vazio do pensamento se recusava a pesar qualquer outra substância e visão: *o resto de minha vida.* Afinal, o que lhes restava, o que ainda estava por vir?

O contrário do amor não é o ódio, mas a separação. Desinsofrida, destampou as orelhas, arregalou os olhos, lançou os braços para diante na poltrona.

Ele era tão bonito, tão... gentil! Agarrou-se àquela fantasia, deixou-a perdurar... prendeu-a firmemente para que não escapasse pelas frestas do vidro. *E também... e também tão zeloso em me cercar de cuidados, em me proteger...! Não,* interrompe-se! Eis aí uma ideia estúpida e pueril. Não queria vê-lo nesse papel, o de homem cavalheiresco e delicado. Nesse preciso instante, reviu em pensamento ao dar com ele, pela vez primeira, no pátio da Universidade. O rosto era uma luz.

Contrária à razão, chegou à conclusão de que o acaso, mais que as decisões conscientes, era quem verdadeiramente guiava os passos; são os encaixes, ao invés dos projetos. A probabilidade de se ver levada para o meio daquela agitação — alguém havia morrido, na véspera, um jovem, no Calabouço — era nula. E aconteceu de, acidentalmente, descobrir-se ali, naquele exato instante da eternidade. Não, não tinha a intenção de ficar, aquilo... aquela efervescência a adoecia; contudo, no curso natural das coisas, ao deitar seus cinco sentidos sobre o jovem airoso, raios solares fulgurando em seu torso, seu coração vibrou... as maçãs de seu rosto, a boca de lábios salientes... As lágrimas ameaçaram retornar.

O túnel... Ainda se encontravam longe de alcançar o Catumbi, o qual mostrava-se apenas como um pequeno ponto de giz em meio ao imenso quadro-negro de obscuridade. As lampadazinhas da cúpula assobiavam, nauseantes, para trás... O oxigênio nos pulmões dava mostras de exaurir-se, as manchas móveis e brilhantes, diante da visão, a pressão dentro do crânio, a lipotimia em preparo. Vencida, afrouxou-se, por fim, abriu as narinas e inalou aquilo tudo, a fumaça, o vapor, a peste do óleo queimado.

No vasto mundo de Deus, por ora, restava uma mulher surda e arruinada, mãos frias espalmadas no banco do carro, punhos débeis esforçando-se, quase inutilmente, para se manterem cerrados, em meio à surdez e à densidade das trevas; um alguém perdido, qual um náufrago em barco à deriva, no infinito oceano.

Enquanto isso, o taxista, de dez em dez segundos, apalpava pelo retrovisor interno, estudando-lhe as reações. Vulnerável, exposta, as emoções expostas. **Tudo bem?**, ele aporrinhou, porém, Marília não ligou importância e fingiu não ouvir. O halo esmaecido do Estácio... Rio Comprido... o cemitério São Francisco de Paula. Sua mente num completo vazio.

A senhora soube o que aconteceu hoje em Ipanema?, o homem de munhecas gordas e costas abalofadas. Com ar indolente, limitou-se a responder "não" com a cabeça, pois sabia que ele continuava observando-a através do retrovisor interno. **Uma mulher saltou de um prédio de seis andares.** Fez uma pausa, curvou ligeiramente o tronco para focá-la e verificar se ela ia na trilha de sua tagarelice. **Na Teixeira de Melo**. Ouvia-o longe, uma voz insípida, metálica, nauseante. **As pessoas embaixo gritando, pedindo para ela...**

Tomás lhe confessara, certa ocasião, num discurso cheio de inspirações filosóficas, que compreendia os suicidas. Que há que se fazer um esforço para compreendê-los — os que tiravam a própria vida — ao perderem seus particulares céus azuis, a utopia, ao se desvestirem dos trajes verdosos da esperança. Compreendia, não abonava, acrescentou. **O suicídio é um ato da solidão**, completou, gravemente suave. **Nada tem a ver com fraqueza; o gesto suicida advém quando forças infinitas vezes mais poderosas suplantam o instinto de sobrevivência. Não é certo, não é impróprio, não é natural nem desnatural. Nada tem a ver com valores éticos, ou morais, ou religiosos, pois não se encontra presente o mal resultante de reflexões conscientes.** Tudo isso numa inflexão de voz assustadoramente natural. **No monólogo silencioso estabelecido interiormente, é uma espécie de fuga da miséria e da dor extremas.** Fez pequena pausa, talvez porque refletisse acerca do peso do que diria a seguir: **A morte, sob circunstâncias bastante específicas, pode se tornar menos infernal.**

Os suicidas, os que se curvaram ante o sofrimento da vida. Por eles não repicavam sinos, não lhes eram franqueados os templos, não se celebravam as exéquias, não se entoava o cantico delle creature...

Viu-se zonza, uma sensação desagradável na boca do estômago. Teve ímpetos de pedir ao taxista para que se calasse, porém dela não partiu nenhum reclamo. *(Por que são assim, por qual razão esse esmero em importunar ouvidos alheios?)*

Nessa hora, Maria Ifigênia foi um clarãozinho fugaz; Maria renascia com a luz, não obstante nela também a expressão do rosto ser incerta e vaga. O homem gordo e peludo prosseguia gesticulando, ajeitando intermitentemente o corpanzil no banco, a munheca direita descrevendo sinuosidades no vazio: freava, trocava marchas, voltava a acelerar... segurava firme a roda da direção a fim de deixarem a Trinta e Um de Março e tomarem a Eleone de Almeida.

Os bombeiros não..., a voz torva ascendia, borbulhava. Os ouvidos estalaram e, imediatamente após, voltaram a captar rumores surdos do mundo ("... o Globo no Ar..."). **Deve ser horrível!**

Tudo aparentava enovelar, encaracolar, o asfalto, adiante, se dobrava, afundava-se, irrompia, em fluxos e refluxos. Puxou pela respiração e abaixou o vidro do seu lado, a fim de que o ar livre entrasse. *Reencontrar águas calmas...* O vento entrou ruidosamente. O céu gris aparentava-se mais baixo. *Ninguém tem aparecido aí. Nenhum dos três. Seus nervos...*

São o amor e a morte trilhos paralelos de uma via correndo ao infinito?

NAS MÃOS DA DESGRAÇA

Naquela mesma tarde, viu as mamas emurchecerem, o leite secar e não mais pôde ejetar uma única gota sequer. Elena, assistindo aos gritos de fome da pequenina, desceu até a farmácia mais próxima e voltou de lá abraçada em latas de leite em pó. Entre um domingo e outro, os seios doeram e, ao final, desfizeram a sua conformação, a louçania. Sem forças para lutar, Marília desabou em longuíssimas introspecções, em sinistros presságios. *Nunca mais!*, repetia, aturdida, enquanto tarântulas desenhavam teias em suas pesadas ruminações, enquanto cupins vorazes carcomiam suas ilusões. Um prolongado vazio se abateu sobre ela; os dias, com vagar, nasciam e morriam, ásperos, madrugadas irrompiam à superfície e se coagulavam, sem que nenhum raio de luz viesse despedir de si a expressão máxima da melancolia. Sua pele, às carreiras, despiu-se de todo o brilho e tomou um tom de alabastro, os tufos de cabelos perderam o viço. Emagreceu, assustadoramente, e era vista, de sistema, confinada na alcova, hibernada, enfiada em camisolas, ar-condicionado ligado as 24 horas. Inundada pela solidão morna do quarto, entregou-se, inalcançável, aos ferros do sono profundo, na cova do travesseiro, mesmo nas circunstâncias em que Maria Ifigênia exigia cuidados.

Quando, porventura, desadormecia, agarrava-se a pequenas e despedaçadas lembranças relacionadas exclusivamente com Tomás: ele, na contraluz, insinuando-se — são os termos — misterioso e intangível, já definitivamente incorporado à opacidade da penumbra... ou moldando imagens emanadas de memórias que se desfaziam como fotogramas esmaecidos. Seu cérebro claudicante perdia os dias, que iam ficando para trás, e, invariavelmente, caía numa descrença e apatia extremas, enquanto uma representação muda jamais se despedia de si: *Teu pai colabora com as ações... Vê os presos, assiste às sessões de tortura...*

Um cansaço insuportável se abateu sobre ela. *Sou muito fraca!*, repetia, em pensamento. *Muito fraca! Você é uma mulher forte! Venha ver como estou.* **Obstinada!** *(Mera exortação que visava elevar a minha força moral!)*

De longe em longe, a expressão esmaecida de Tomás: no pátio da Universidade, sobre paletes, a atividade febril, a cabeça erguida, face corada, punhos sacodidos ao ar... na mesa do bar... nos quartos de hotéis, o amor às escondidas... Uma figura mitológica e encantada emergida de uma lenda, o vulto sedutor e sublime...! É muito bonito! A mirada serena e langorosa estendida para longe, mergulhado lá em suas meditações tão profundas quanto os oceanos. Como um mar que, visto da altura, aparentava-se calmo; mar de pedalinhos, de criancinhas sentadas na praia recebendo as marolas. Eis que, depois de se manifestarem as marés, ventos agindo, as ondas passavam a arremessar-se, imperiosas e ruidosas, de encontro a rochedos e recifes, a falésias, penhascos de argila; lançavam seus gritos por cima dos atóis, a massa d'água monstruosa, que crescia em seu campo de visão, e sonegava seu peso, suas trevas... que espreitava, felino, a faixa de areia, ameaçando vir devorá-la, com suas presas e garras sobrenaturais.

Os grandes amores, as grandes paixões, não são passíveis de serem representados. **Você é Marília?** Quase via sua boca abrir-se e fechar-se, ao pronunciar as palavras, a barba, cuidadosamente aparada, cobrindo de gris a sua face corada pelo sol. Os cabelos lisos até a altura das orelhas, lisos, lisos, e que se dobravam em grandes mechas enoveladas, os cílios marcadamente longos... Os lábios de carne e de romã, com amostras dos povos de Luanda, Cabinda, Cotonu... **E eu, Tomás**. Sorria um sorriso encabulado. **Não é extraordinário? Tomás e Marília!** Um subitâneo e quase incontido impulso de aprisioná-los — os cílios — entre o indicador e o polegar e travar a fenda de suas pálpebras. Ameaçou suspender as mãos desde o regaço, mas sustou o gesto, antes que o movimento fosse denunciado, afundando-as por entre as pernas.

Na semipenumbra da alcova, cortinas pendentes até o chão, o ar viciado, tépido, que mal vazava pelas frinchas das janelas cerradas. Mexia-se irrequieta, na cama, debatia-se... calcava os calcanhares ou as pontas dos pés no colchão. Lá fora, voltara a chover grosso, as goteiras rebentavam-se contra os anteparos do mundo. Detinha-se naquele rumor rude e monótono, o qual, outrora, tanto a encantava, porém, naquele momento, adquiria a conotação de um golpe, um açoite sobre vértebras e costelas empapadas em sangue e friagem.

Deliquescida, Elena lhe instava, dia por dia, que fizesse esforços para isso e para aquilo; entretanto, não encontrava razões nem forças. E, sentindo-se só, extraía dessa sua reclusão um estranho prazer amargo e adstringente, o sumo de um vagido acre, como quem, uma vez alcançando os infernos, impunha a si sofrimentos intensos e poderosos; como quem se dedicava, com grata satisfação, a corporizar infelicidades, a flagelar-se com os grandes desgostos. Algo, porém, muito seguro, dentro dela, enfatizava que nunca, nunca mais, permitiria a aproximação de qualquer outra pessoa com intenções de afeto. Peremptoriamente, abdicava de novos amores, de renascimentos da concupiscência, e estava certa de que não se encontrava diante de um imperativo moral ou simples profissão de fé. Não eram os efeitos avassaladores da desilusão que a induziam a caminhar por essa trilha, e sim uma convicção íntima, à qual nem ela própria tinha acesso. *Uma paixão não pode jamais brotar no lugar de uma grande paixão*, repetia, persuadia-se, *como gemas em árvores ceifadas*.

Ele nunca voltou, e o "nunca" é a extensão maior do tempo; é o manter permanentemente acesa a pira do desamparo. Tomás fora um farol a iluminar o seu mundo, as camadas geológicas de sua firme terra, a barreira natural contra a arrebentação das ondas. Se o alheamento ou a inédita racionalidade a conduzia pelas tortuosas e sombrias trilhas, ela, expressão aflita, coração trêmulo, sentia os atropelos dos tumultos interiores, e amargava intenso e intemporal sentimento de derrotismo, o fantasma da angústia, os quais estendia a todo o restante da humanidade, justamente — e paradoxalmente — para quem Tomás dirigia toda a sua fé sincera. Ele nunca voltou.

ARDE O VELHO BARRIL, ARDE A CABEÇA

Entre o Natal e o Ano-Novo, choveu, como se disse, copiosamente sobre a Guanabara, o que não impediu Nina de, pressurosa e solidária, dar as caras. Trouxe-lhes alguns mimos, uma manta de cor celeste e uma toalha, também azul, porém de tom mais escuro, ambas bordadas por ela, em ponto-cruz, com os respectivos nomes de Maria Ifigênia e Marília, um gesto sumamente carinhoso, típico mesmo da querida Nina (a toalha, por sinal, trouxe-a consigo para Ouro Preto; gostava dela, do seu tecido aveludado e absorvedor). Presenteou "a afilhada", como não se cansava de repetir, malgrado Maria jamais haver sido iniciada em quaisquer dos sacramentos religiosos. Às tardezinhas, descia do bonde e, mal chegava, diligente e animosa, tomava a pequenina no colo, abria-se em afagos e saía com ela para banhos de sol, trajando vestidinhos e macacãozinhos, aquele corpinho envolto em roupinhas limpas e engomadas, brancas, amarelas, azuis, as quais Nina adquiria não se sabia onde; em Marília, fazia-lhe as unhas, à fina força, maquiava-a, como se a preparasse para algum festejo, sem admitir réplicas ou contestações...

Elena, por seu lado, mal amanhecia, vinha assumir os banhos, as trocas de roupas, mamadeiras... Movida por incógnita robustidão, corria de um lado para outro, soltava-se em palavras, acreditando que, em assim agindo, inspiraria ânimo à filha. Vassouras, rodos, baldes e esfregões entravam e saíam, sem que ela quase nem se desse conta do agito em torno.

Todavia, e apesar de todos os esforços, as bandejas com o almoço e lanches retornavam quase intocadas dali para as latas de lixo. Pelas madrugadas, se sucedia de Marília acordar com o estômago barulhando, punha-se em prumo e, amparada às paredes, tateava até a cozinha ou a despensa. Deglutia três ou quatro bolachas, entremeadas com finas fatias de queijo branco, uma sobra de café frio, que restara na garrafa, e, sentindo-se saciada, escorava a volta até sua cela.

Durante toda aquela fase, inúmeras vezes Maria Ifigênia pernoitou com a avó: temia-se — e não era descabido — que Marília não conseguisse despertar para as necessidades da pequenina. No auge da insensatez materna, a estrela doce se despojou de praticamente todo o significado afetivo, convertendo-se em algo marmóreo e apagadiço; uma distância, um desapego, uma renúncia... Enfiada no buraco lúgubre da melancolia, Marília submergia, pálida, quedada sobre os lençóis; tombava-se num sono perdido por, às vezes, 20, 24 horas ininterruptas. Uma fadiga incontornável e uma inexcitabilidade doentia se apoderaram dela. Seria o caso de se resumir que, não obstante o empenho e a laboriosidade advindos de Nina e Elena, nada, absolutamente nada, trazia-lhe consolo, nada lhe restituía as forças ou movia um mínimo de entusiasmo, a despeito dos progressos alcançados pela filha, a qual acrescentava sempre algum ineditismo em seus costumes naturais. Quando se via só, e contemplando a atmosfera parada, dentro dela se remendavam pressentimentos, erguiam-se exasperantes reflexões, assaltavam-lhe terríveis suspeitas; ínfimas ocorrências adquiriam, a seus olhos, gravidade imprevista e provocavam-lhe ondas de terror. O prazer de deambular pelo Centro antigo do Rio, de percorrer as ruazinhas do Saara, desenvolvido junto com Tomás (que, para sua surpresa, sabia muito mais sobre a cidade do que ela, nascida e criada ali), simplesmente havia se perdido. Igualmente, quando sucedia de irromperem rememorações dos hotéis do Catete, Flamengo, das carícias, algo, dentro dela, uma inapetência, uma aversão espontânea e instintiva, varria para longe as recordações, as quais passaram a soar como insípidas e destoantes. Marília, era senso comum, simplesmente deixou de existir, ao passo em que ia conduzindo-se sob o peso severo das trevas que se abateram sobre ela. No fundo mais fundo de si, a espontaneidade — ou outra força desconhecida qualquer — tratava de, sem aperto nem coação, separar as criaturas de carne e osso em duas distintas categorias: de uma parte, as que, a varejo, dedicadamente, velejavam no seu mesmo bote (Elena, Nina, Maria); de outra, as que vinham revolver as ruínas, açular os velames dos dias sombrios: suéter abotoado até o pescoço — aquela peça de vestuário sabia de horrores e sangue —, o homem untuoso, que se acovardara dentro de sua própria caverna.

Após retornar de Botafogo, não o viu em seu posto. Somente entreouvia andanças no andar superior e mais nada. O figurão, com sua cabeleira emplastrada, a nuca gorda, dedos gordos, barba grossa espetando a pele manchada do rosto, espantosamente abdicou de suas pedras de dominó, de seus intermináveis jogos de paciência, dos fichários sobre a comprida mesa do almoço. Os jornais passaram a acumular-se no chão e sobre os assentos de cadeiras. Alegaram — ela soube, ela ouviu —, de início, que se encontrava indisposto; logo, que a crise de gota recrudescera; no tempo imediato, a pressão subira... O "Homem das Dores", o Cujo, só voltou mesmo a apresentar-se pelos espaços comuns lá por volta da quinta ou sexta-feira seguinte, quando Marília, ela própria, havia já organizado sua retirada para seus subterrâneos particulares. Aí, aos pequenos goles, ele se reexpôs às vistas, primeiro, nas áreas abertas da parte superior da casa; por fim, escoou até o gabinete, passando lá dentro a maior parte de suas horas. Ela percebia os ecos e bulícios no cômodo ao lado.

Elena, ao contrário, enternecida como monja contrita, escapulário cingindo o pescoço, recebeu-a no hall de entrada. Talvez tenha percebido a aproximação do táxi — permanecia sempre atenta para o que vinha da rua —, ou ali já se encontrava, esperando-a, Marília nunca soube; passou pela mãe e, cabisbaixa, não lhe dirigiu a atenção, indo jogar-se na cama, desprezando o travesseiro, o despir-se e, principalmente, a luz viva; no seu rosto, a desilusão e o desamparo haviam se estabelecido por um demorar.

Não tardou e bateram suavemente à porta. Não havendo respostas, abriram-na, arrastadamente, ruidosamente — as dobradiças rangeram como se houvessem enferrujado no último momento. Na soleira, Elena conservara a expressão de instantes atrás; somente alisara um tudo-nada a face, a qual, por ora, mostrava-se impregnada por algo que se poderia definir como de inequívoca "piedade cristã".

Foi lá?, num tom compassivo, maternal e que não conseguia ocultar vivo abalo. Inerte, jogada sobre o colchão e virada para a parede, a jovem respondeu "sim" com o polegar direito erguido. **Nada?**, apurou, ainda mais trêmula e insegura. **Nada!**, soltou de volta, em meio aos soluços, a fronha e a colcha servindo de lenço para a filha inconsolada. Elena, compungida, derreada, deixou-se tombar devagar até encontrar o batente da porta, enquanto o silêncio inundava o vácuo aberto; não o silêncio ditado pela consonância; o do medo e que, junto com a penumbra e as lágrimas, da manhã até a noite, da noite ao amanhecer, tornou-se, dali por diante, a expressão de todo o seu universo.

O MEDO PERTURBADOR

O homem vasto, vestido de cinza: roupão cinza, jaqueta cinza... poncho, paletós, sobretudo, impermeável... o desabrido, o insípido... Cinza, a coloração das terras calcinadas pelos napalms lançados sobre o Vietnã, Laos e Camboja. Ou seria preta? Preta como abutres que, no céu, em circungiro, anunciavam o ponto onde agonizavam bezerros e potros malnascidos, onde jaziam cadáveres; como nuvens, que ameaçavam desabar sobre a terra impotente. Tenebroso, pusilânime! *(Uma alma inquieta costuma se cobrir com vestes turvas.)* Naquele nicho, escondido, refugiado, ocultando mímicas e maquinações. Pois se até as altas janelas encontraram razões para permanecerem sempiternamente vedadas... O velho mulo, de carnes e adiposidades, suarento, rompendo os cômodos, arrastando-se em grandes guinadas pelas trevas estabelecidas: da parte superior da casa para a sala de estar, desta para a cadeira de vime do gabinete, onde, sob a mira dos dois perdigueiros, derramava sua sólida massa.

Nutria-se feito os porcos: devorava, entupia-se, fartava-se e, ao final, batia com oito dedos na pança, nas tripas. Disfarçava os arrotos, as cusparadas dentro da alta lareira... Abria portas e as deixava abertas, abandonava calçados por todo canto, pois fechá-las e guardá-los seriam tarefas que devessem ser deixadas sob encargo das "classes inferiores".

Em episódios, as gordas bochechas de grão-vizir eram surpreendidas, estáticas, diante do mobiliário pesado, gélido, cheio de anos. Esfregava as mãos aos movimentos dos pêndulos dos relógios, ao polimento das porcelanas de Limoges, ao brilho dos cristais de Baccarat, à prataria indiana — fruteiras, bandejas, antiquíssimas baixelas de prata, que se diriam prontas para alguma festividade. Amarfanhava os fios do bigode aos vinhos dos melhores anos e "terroirs" sem, nem por um segundo, despir-se de sua rudeza espontânea, do despotismo imorredouro. Vociferava, desde o seu canto, e, em meio a baforadas de charuto, veias do pescoço estufando, disparava azedumes: **Pois para mim é fogo na corriola!**, com sua voz vozeirona e olhos fuzilantes. Quantas vezes o ouviu, com as duas orelhas, zurrar tal imprecação pela casa!?

Arrancava, afoito e suarento, o charuto da boca e, em questão de segundos, enfiava-o lá, de novo, puxando os fumos que o tabaco odioso fosse capaz de oferecer e os pulmões estivessem aptos a expelir. Amarrotava, exaltado, o jornal, e punha-se a tamborilar, agitado, enervado, sobre o vidro da escrivaninha. Ou arrastava, em solavancos, os pés para debaixo da cadeira, como se se preparasse para erguer-se; porém, largava o vulto grande, derramava-se sobre o assento verde fixado por tachinhas douradas. Um sujeito das cavernas! Como seria em suas vísceras, no fel que escorria de retorno ao estômago e à passarinha, nas cavidades e excreções das tripas?

Elena, por seu lado, sem um queixume, cabelos arruçados e sem brilho, pele murcha e amarelecida — como envelhecera, como desenvolvera ares de um ser sumamente frágil! —, imaculada, com seus passos de veludo, persistia em suas andanças enredadas pelos espaços vazios, sobrevivendo em meio aos escombros em que a família se transformara. **Pobre coitada!**, Marília, por vezes, exclamava, quando o letargo, os vazios do espírito, deixava de rédeas soltas as primeiras e as segundas ruminações. **Nora Helmer!** Sim, encontrava-se diante da personagem de Ibsen: uma boneca-mulher, sem assentimento para agir por conta própria; uma mulher-boneca, com seus deveres mais sagrados, um bicho assustado, uma pomba, que carecia de permanente proteção contra as garras de falcões. Para evitar conflitos que pudessem pôr em ameaça o "equilíbrio doméstico", ela se apagava. Uma piedade enorme...

Elena, na visão da filha, encarava a realidade tal qual legião de famintos via passar comboios carregados de víveres. *Nora Helmer!* Porventura ela própria, Marília, desde suas primeiras lembrancinhas, não vinha também sendo aprontada para desempenhar o papel de uma boneca-filha, que, por sua vez, com o tempo, se converteria noutra mulher-boneca, perpetuando-se assim a "espécie"? *Sim, é isso!*, compreendeu: *uma boneca-filha, sem exclamações ou interrogações*. É isso, e tal descoberta a paralisou, adormentou seu cérebro contra a chegada de novas reflexões, novos temores. Todavia, pelo menos para o seu caso, sobrevivia um consolo: ela percebeu, e isso, em grande medida, servia de alívio.

(Há muito, para ela, o simples ato de pensar havia se tornado algo penoso e que exigia esforço; todavia, os neurônios, sem grande vibração, insistiram e deram alguma forma de arrastado andamento: naquela casa, naquele espaço rodeado de altas paredes, a divisão da humanidade em classes sociais se reproduzia, fiel e sutilmente: criaturas em carne e osso abriam o portão da rua, vindas de trens, ônibus e bonde desde muito longe, galgavam os lances da escaleira de cimento, na entrada, destrancavam a porta, e dividiam o mesmo ar doentio, o qual só se renovava quando Elza, a encarregada da faxina, via-se na premência de abrir as janelas, dando ensejo a que os ventos e as brisas soprassem do mar. E Giselda, e Ivanilde, sua filha, o velho José, Flora... Não, talvez essa última devesse ser situada à parte: seu deslizar glacial, suas vestes engomadas e estéreis, seu modo de dar sutis comandos aos demais empregados apenas pelo atirar de um olhar de severidade. Flora, com suas unhas espalmadas adiante do ventre descarnado, do distinto traje azul-escuro, engomado e lustroso, assistia ao recolhimento tumular em que a sala mergulhava enquanto transcorriam os almoços. Escorregadia, empertigada no uniforme azul-marinho, quase preto, lustroso, como se tivessem acabado de alisá-lo a ferro. Nunca um sorriso, nunca uma insinuação; despachava-se mal retiravam a mesa e os patrões se recolhiam para a sesta.)

As únicas coisas eternas são o amor e a morte, surpreendeu-se, fazendo uma torção involuntária com a espinha dorsal. Em dois segundos, deteve-se paralisada, pálpebras e narinas bem abertas; após um nada, a comissura labial também se entreabriu. Como estampidos, latomia, aqueles dois termos, "amor" e "morte", reprisando ecos dentro dos ouvidos, em seu cerne indisciplinado e turbulento. *Eros e Thanatos... Eternidade.*

Por quantos segundos o cérebro se encontra apto para manter-se estupefato, estando uma pessoa desperta e isenta de morbidez? Sacodiu a cabeça duas, três vezes, com o fito de desadormecer; contudo, o estado letárgico não se dissipava, persistindo, sem trégua, ligeira sensação de estranheza, de sonho lento, o corpo do pensamento exposto às eclusas e aos enxurros, como se tivesse havido um colapso de ideias. Até sublevar-se e, qual criaturas sobrenaturais, exercitar-se, arremeter para diante. Aí, ao abrir-se o pano de boca, um novo personagem, saído dos bastidores, um equilibrista ou um saltador, adentrar no palco da tragédia. Ela se perdeu naquela reflexão tão vaga, que ocorrera independente de sua vontade — e até contra a mesma. Dir-se-ia até que se limitava a consumir os segundos de sua existência enfadonha e engulhosa. Para justificar-se, presumia que a origem de tudo residia no fato de ter enxergado o mundo com a acuidade permitida pelas paredonas da mansão em Santa Teresa, sem a consciência do que se passava além dos muros.

Mergulhada em sua vida diminuta, durante os esparsos instantes de vigília, aceitava o que lhe era ofertado, naturalizava o seu viver sem — tal qual sua mãe — manifestar sinais de rebeldia. Daí o ar abafadiço, a inércia, a descrença... Afinal, com o que poderia contar, quando o que subsistia eram as grandes ausências ocupando as horas dos jantares, os graves saltos dos ponteiros do relógio de coluna, o ranger das tábuas do soalho sob o peso dos passos? E aquela presença funesta e avantajada, incisivos e caninos inamistosos devorando garfadas de víveres, enxugando taças de vinhos e champanhes ou os bigodes com os guardanapos de tecido poá, em meio aos abismos imensos permanentemente escavados.

Não, repulsando; ela vira o mundo, rasgara fronteiras interpostas e vedadas, alçara-se ao sabor dos ventos... Fora-lhe aberta — Tomás o fez — a substância das dúvidas, experimentou o poder dos desejos até, por fim, sobrevir o golpe da espada. Tomás lhe sinalizara: **Não creia em tudo. Interrogue sempre, levante a ponta da desconfiança. Inclusive, o que eu te digo, e conclua por si própria.** Só as dúvidas edificam. Afinal, não era uma Elena Helmer, à sua imagem e semelhança, uma Nora Cordeiro, não. Não andava pelos cômodos feito uma "pombinha", seu amor não lhe exigia que se injetasse em metempsicoses, nem muito menos que se comportasse qual bicho de pelúcia esquecido a um canto. Ela, importava repisar, havia ultrapassado os extremos, encontrado as aberturas, migrado desde os cantões da fé e da credulidade absolutas até o terreno fértil do ceticismo, o que ela própria reconhecia como a marca do seu amadurecimento, ainda que tardio.

Nesse pedaço, começou a vê-lo: ele estava lá, a dois ou três passos, quase de costas para ela, virado na direção do Parque do Flamengo. Rígido, ancorado... como ancorados encontravam-se barcos na Marina da Glória, lá longe. Levava o cigarro à boca, tragava a fumaça, expelia-a pelas narinas. A cabeleira se debatia aos ventos, debatia-se a superfície do mar, as pesadíssimas folhas das palmeiras burlemarxianas. Estava lá, numa trama de cinema *noir*, para a qual convergiam, num primeiro momento, todas as desconfianças. Que remorsos, que arrependimentos...!

Ela ergueu o tronco, as sobrancelhas; mirou, de longe, a Zona Sul, os limites alcançáveis de Botafogo. "Diga-me o que quer, diga-me aonde eu vou, pra fazer carinho, pra falar de amor." Cantarolou aquela canção inventada, gerada espontaneamente num juízo natural e disparatado, nos profundos escaninhos de sua mente. Reteve-se, mirando o alto, aguardando, talvez, que algo dos céus lhe ofertasse o restante da inspiração, os versos, as escalas, os compassos da melodia.

Onde ele se fazia existir, àquela hora? Em algum ponto, oculto por anteparos de tijolos e concretos; como também — ouvira dizer — numa quebrada de serras distantes. Queria poder abraçá-lo, mesmo que pela última vez, e implorar-lhe: **Nada sei sobre você, Tomás.** E ele abaixar as pestanas, arriar os braços e desarmar todas as expressões concentradas na face. Ao final, no entanto, reergueria a fronte e a miraria diretamente nos olhos, não obstante nele subsistir, quase inalterável, algo de furtivo, algo de adormecido. Seu — o dela — particular tribunal da penitência ainda se fazia soar, ainda guardava consigo as linhas da imparcialidade e não podia permitir que sofresse a inocência.

Talvez, não fosse essa sua consciência, guardasse consigo remorsos ainda mais pujantes. Por certo... *Desgosto é quando se confronta as lembranças com o que existe diante dos olhos; desespero é quando, lado a lado, se põe o tempo vindouro e o passado, durante o tempo em que fazia um clima perfeito.*

OS FERROS QUE OPRIMEM

Durante todo aquele período, entorpecida, inane, sorvida numa infinda espiral de sofrimento, seu coração se viu atravessado de dores. Recolhida ao refúgio do quarto contíguo ao gabinete, raríssimas — raríssimas! — vezes contemplou a vastidão do mar ou até mesmo projetou a vista sobre a rua por defronte, muito embora os dias se sucedessem no calendário e os pilares da ponte, que erguiam do Caju a Niterói, continuassem a espetar o fundo verdoso da baía... Nas poucas oportunidades em que se viu forçada a sair, a todo momento e sem descontinuar, o fantasma inquieto de Tomás, a representação perfeita e viva do amado, lancinava nas trevas da noite longa que se erguia diante dela.

Numa manhã de domingo, marota, Nina veio lhes visitar sob o pretexto de levá-las, ela e Maria, à praia. Falante e febril, a amiga empurrou-a para o banheiro, a fim de que se trocasse, enquanto Elena, em aparente conluio, cuidava de aprontar a pequenina: ia abrindo móveis e gavetas, retirando as vestes, os trajes, os apetrechos. Vencida pela insistência do anjo tutelar, que se recusava sequer a discutir o assunto, e da mãe, acabou cedendo. No Posto

5, sentada sob a barraca, em pelo menos duas oportunidades, teve absoluta convicção — a palpitação no peito o denunciava — de que o reconhecera entre os banhistas. Erguia-se, de pronto, e, tomando aquele ser como alvo, nadava na sua direção, deixando momentaneamente a bebê aos cuidados de Nina, a qual, decerto, imaginava testemunhar seus primeiros gestos de revigoramento. Fendia as ondas, acercando-se do trecho, porém, ao dar pelo equívoco, desapontadíssima, detinha-se, jogava os longos cabelos molhados para trás e, devagarinho, retornava para a sombra. Quedava-se, estirava as pernas vencidas, as mãos trêmulas e magras revolvendo grânulos de areia ardente, rabiscando estranhos desenhos no chão, sepultando, nos montinhos erguidos, toda a decepção amarga e cruel. E assim permanecia, longos instantes, queixo enterrado entre os joelhos, até com o fito de dissimular as lágrimas.

Tomás, pegava-se balbuciando, e não tão raramente. Para infundir-se ânimo, procurava se agarrar a reflexões confortáveis, tais como dormir em seus braços, o que lhe transmitia sensação de fortaleza e salvaguarda. Fique claro, um homem capaz de arrastar ferros, quando urgisse, mas, também, de deitar-se ao relento, recostar-se a um tronco, espalhar coisinhas de nada de pólen sobre carpelos de florezinhas silvestres. Ou de revirar folhas secas do chão, nas trilhas úmidas, a fim de observar o que houvesse na outra face, ou apontar a ela orelhas-de-paus, cogumelos bojudos e multicores, que faziam residência sobre galhos podres da mata, casulos de insetos ou de larvas esperando pelas metamorfoses... Mirar o vento, medir a direção do vento... Pronto para o combate, porém, instantes depois, retomava a atitude plácida, meditativa, fugidia. Até algo dentro dela, uma reprimenda, erguer-se qual clava de condenação: como podiam todos se encontrar ali se, nos subterrâneos do país...? *Ele estava fazendo por vocês*, quase soltando a voz num volume para que todos ouvissem.

UNS TRISTES GEMIDOS

Por dias, meses, prosternada e como enferma incurável, exilou-se em sua alcova, limitando-se, única e exclusivamente, a entrecortados cuidados mais urgentes com Maria Ifigênia. Refugiou-se feito uma leoa ferida que, nas savanas africanas, guarda a toca enquanto o macho se mantém distante. *(Uma leoa?)*

Ouvia os bondes subirem e descerem, descerem e subirem, seguia passos nas madrugadas, o rastejar de pantufas, pequenos baques e estalidos provindos da parte superior da casa, os pêndulos dos relógios, o desenrolar de suas molas, seus engenhos, o chaveamento das cristaleiras, alfaias e gavetas, o ressoar de Maria Ifigênia, o suave roçar de seus lençóis e mantas. Espantoso que voltasse a perceber todos aqueles sons, eles, que se mostravam perdidos, de um momento a outro, passaram a fazer parte de uma composição inédita e inaudita, uma percussão que teimava em aflorar em meio à acústica do vácuo. Dentro de seus ouvidos, ouvidos recalcitrantes de tuberculosos em sanatórios, os quais, após longa e tenebrosa perduração de surdez, passavam a captar até a substância menor dos rumores, o assobio dos ventos, o farfalhar do arvoredo...

Tentava trazer de volta acontecimentos menos magoantes e pesarosos: eles dois sentados no bar antigo, após a tal assembleia estudantil, o álcool encarregando-se de, gradualmente, romper os elos da timidez de ambos, de convertê-los em seres nada estranhos, muito ao contrário. Absorvidos por um fascínio e encantamento indizíveis, roçaram-se, de caminho, sobre a toalha quadriculada, permitiram-se, como por acaso, que os nós dos dedos se esbarrassem, enquanto tulipas de chopes dançaram ante seus olhos. Ele, a incidentes, abria, divinamente, os lábios e sorvia um gole da bebida, e alisava as sobrancelhas, e, a longos intervalos, erguia-se da cadeira, projetando-se para perto dela... Cada meneio, cada mínima flexura que apontava de seu todo adquiria, para Marília, o mais extraordinário encanto e sublimidade.

Outras vezes — muitas! — acontecia também de não conseguir delineá-lo em espírito, ainda que se esfalfasse nesse propósito. Como ele era? Não vinha; seus traços negavam-se à percepção. Até súbitas forças inescrutáveis, uma ilusão, um transe, fazerem pender a balança, e, sem que nada de novo houvesse se passado, o menino bonito se tornava claramente visível, com todos os seus traços e esplendor.

Em certas noites, os olhinhos estreitos, deixava-se dominar pelo palpite de que ele marchava em meio a selvas úmidas, em encostas de serras distantes e espigadas, em lamaçais, recebendo, nos ombros, as intempéries. A prudência — era isso! Claro! Como não atinara antes? — o impedira de estabelecer contato. Forte é quem doma seus impulsos, quem precipita as surtidas; quem sustenta a voz sem se elevar em prantos; quem escolhe, quem jamais foge de batalhas. Nessas intermitências, e em meio à dor, semeava, bem baixinho e com voz embargada, que iria esperá-lo. *Ainda tantas coisas tenho para te revelar...* E se erguia, insurgia-se: *E, igualmente, ouvir seus segredos... Ouvir sobre a libertação dos oprimidos, de que você tanto falava.* Iria esperar... Esperar feito uma silhueta tomando assento nas amarras do cais, aguardando pelo retorno de uma embarcação que se perdera no mar.

Dali a nada era puxada à força. Cansara de ver, estampado nas primeiras páginas de jornais, o que lhes reservava o destino: "Mais um terrorista morto." Não enxergava, por ali, nenhum alívio, nenhuma chama de esperança. Isso enquanto os registros e as cismas deslizavam quase imperceptivelmente, desenrolavam-se lentos em meio às nuvens escuras e aos horrores. Não havia um passado, que se volatizara, o tempo que corria se esvaía e o porvir aprontava-se como imenso túnel de obscuridade e tepidez, o qual teria de ser atravessado, em sua imensa lonjura, com olhos e nariz vedados.

PODE AINDA RAIAR UM CLARO DIA

É tudo o que tenho, descrevendo, com os punhos, um semicírculo sobre os escassos objetos do porão, numa tentativa, talvez, de contrapor-se ao seu ambiente burguês — o dela —, os amplos aposentos de pés-direitos elevados, a espaçosíssima sala de estar e jantar, os rótulos dos vinhos ao comprido, na adega, os acervos guardados dentro do conjunto de móveis perfeitamente parelhos — pareciam feitos todos pelo mesmo carpinteiro, a partir do mesmo tronco de árvore. E a profusão de pessoas encarregadas dos serviços domésticos, obrigadas a se manterem em seus uniformes, aventais e toucas brancas. Ele, aparentemente, a queria alertar sobre a saída em terra onde ela lançava suas amarras.

Um amor assim se perde? Alguém, em qualquer época, já o permitiu extraviar-se? Uma incompreensão oscilante, uma vacuidade, uma perversão do raciocínio. *Estiveram diante de uma situação não vivida, em tempo algum, de algo de que ninguém fazia nem remota ideia?* Em frações de segundo, no entanto, tais incógnitas se desfaziam; o cinema e a literatura se fartaram de repetir dramas similares. Julieta e Romeu não chegaram à morte? Capitu e Bentinho?

Por que as flores morrem? Ela chora, sorri, os olhos cheios de lágrimas, enquanto os lábios aquietam certo traço de triunfo.

Todas as narrativas de amor estão como que incrustradas em cristais de oito lados, onde cada superfície reflete panoramas diversos, por vezes, até diametralmente opostos. Sobrevivia sempre a esperança de que, hora qualquer, o telefone tocaria no console e, do outro lado da linha, ouviria a sua voz. Ainda que fosse tão só para confessar-lhe que nada de grave se passara. Apenas se sentira "confuso" e requisitou para si um tempo de reflexão. Desse modo, aquela concepção amarga de que ele decidira simplesmente se ausentar, como fazem os bichos, quando se apartam de suas fêmeas e crias, se acercava livre de condenação, de contas a ajustar, sem exigir esforço algum para ser assentida.

Ela lhe abriria as portas da mansão e, vivamente emocionada, discorrer-lhe-ia acerca das novas façanhas de Maria, a qual já entoava as primeiras balbuciações e ensaiava engatinhar. E, assim, os dias de solidão e tormento se dissolveriam, como se pertencessem a mero transe, e tornariam a dias ensolarados, o ar correria pelos cômodos, e vozes humanas calmas e afáveis se fariam ouvir por toda parte. Ela, de corpo e alma, entoaria cantigas francesas (Tomás adorava seu timbre de voz; talvez fosse esse o atributo de Marília que mais vezes ressaltou). **O que devo cantar? O que você quiser. Não sei de canção alguma**, mentia, quase brincando. **Cante**, ele a encorajava. **Cante!** Ela, fluente na língua de Racine, aventurava, com voz miúda: “Ne me quitte pas”... Por vezes, qual um Théo Sarapo acanhado e reticente, ele a seguia em dueto, quase em sussurro.

Ela não se arrependia. *Rien de rien!* Os que encontram razões para arrependimentos exerceram seu mister em Auschwitz ou no Vietnã, participaram das sessões de tortura, nos subterrâneos imundos da nação. Ela, não!

OS RIOS ESCUROS

O desalento, lá fora; o mesmo desalento rígido e surdo de gavetas esquecidas, de construções em ruínas, de cantões de distantes léguas. O volume todo do cômodo se transubstanciara numa espécie de cubo de ar viciado, de onde poderia se servir para alguns poucos fôlegos. Vazia de pensamentos, voltava-se para diante e dava com o abajur para leitura, o facho de luz em meio à penumbra. Mirava, com estranheza, as paredes, as quais, misteriosamente, se despiam de todo significado de fortaleza, para converterem-se num sinistro painel, onde criaturas sobrenaturais dançavam uma dança de maldição. *Esses fenômenos têm peso diverso*, foi a abstração que lhe cruzou, sem compreender seu significado. A infelicidade era aquilo ali, a derramar-se sobre a argamassa. Isso até um ruído qualquer, um rastejar, um roçar de vestes, vir despertá-la. Girava na direção do berço: o mosquiteiro ondeava a imperceptível brisa, a filha envolta num manto azul. *Azul*, repetia consigo, para dar firmeza e ênfase. Haviam decidido afrontar as convenções, e a cor das roupas seria a bandeira inaugural. Certo, muitas peças eram brancas, creme — as adquiridas antes do parto. Outras, presenteadas pela avó, em tons de rosa; as demais, que eles adquiriram juntos em lojas de rua, azuis.

Espaireceu, soltou longo suspiro, procurando enxergar, em meio às zonas de sombra, a boquinha angelical de Maria. Um rostinho de anjo! E que lembrava, em demasia, a de Tomás: a boca guardava consigo o formato paterno, os cachos loiros dos cabelos. **Ainda podem escurecer**, alertara-lhe Nina; porém, não perdia a fé de que conservariam a tonalidade dos trigais.

O problema é que você é linda!, puxou da memória, o que, em certa medida, lhe vinha em socorro, ao situar entradas agradáveis. Mas há quanto tempo não se abria aos jardins internos, aos janelões, à baía? O céu ainda se conservava cinzento, nuvens homogêneas e misteriosas fechavam a atmosfera? E, acima, aviões de carreira cortariam os ares? E... a lubricidade, as pulsões eróticas? Acerca disso, se fosse usar de franqueza, admitia que subsistia, dentro dela, uma certa dose de repugnância, um estranho e imprevisto pudor, como se tudo não passasse de abominável perversão.

Bons minutos depois, já se via trazida de novo para o primeiro plano, esforçando-se para dissipar todo o furor, todo o ressentimento: as paredes desvanecidas da alcova, o colchão em desarrumo, as suas coisas às soltas, a cama e o berço vazios.

Alguns dos livros de Tomás, em meio ao imenso caos do cômodo, lhe fizeram companhia. Lembra-se de abri-los, folheá-los... Lia pequenos trechos, memorizava períodos — curtos períodos —, muitos dos quais convertia em lemas e aforismos. Absorvia-se em suas páginas, quase como se os escritos houvessem sido redigidos por ele ou, ao menos, lhe houvessem sido confiados com especial pedido de carinho e desvelo.

Ali se abrigara, talvez como sucedera em Casbá, durante as fugas da perseguição do exército francês. Todavia, o povo argelino o fizera com destemor, galhardia, mirando o amanhã, e medindo a extensão do salto, enquanto ela, ao invés, recolhia-se envolta em mantas, sensível à friagem dos dias de chuva, ao mormaço das tardes de verão. Cobria-se com travesseiros, encolhia-se, protegia-se contra o pavor... a morte, a figura horrenda da morte ameaçando penetrar pelas gelosias.

Ah-ah, que estranho! A felicidade, depreendia, é algo que se desmancha, sob a ação do tempo, enquanto os infortúnios, estes sim, arrastam-se até a exaustão, até o "Fin" acender-se na tela.

ACABE, ACABE A PESTE MATADORA

Numa saída de cinema, decidiram caminhar pela beira-mar, braços passados pela cintura um do outro. Falavam de amenidades, de acontecimentos triviais: de como era ter sido educada numa escola exclusiva para meninas, de ter vivido num ambiente de farturas, de ser filha única, esses assuntos... Em dado momento, notou que Tomás buscava por algo nas algibeiras. Ele sustara a marcha, preservando-se um pouco atrás, tirou do bolso um embrulhinho e, nos cantos, desenrolou-o. Assistiu-o acender o toco de cigarro e tragar longamente; um aroma de chá queimado, de tomates frescos, chegou até ela.

Tomás, pálpebras entrefechadas, virou-se na direção onde as ondas quebravam, onde a ponta da praia de Botafogo, nos limites com o Flamengo, desenrolava seu lençol cinza-perolado, onde as pedras lisas e redondas repousavam. E, por bem compreendido dever de cortesia, vejam bem, discretamente, estendeu-lhe o pequeno cilindro enrolado em papel de seda. Ela nunca havia entrado em contato com tais coisas, nem mesmo com cigarro comum, recuou, ressabiada e fria de espanto. Disse que não, mantendo, todavia, a postura de quem não censurava, tampouco... Os costumes morais... Registrou as poucas tragadas, a fumaça que se evolava no ar e ardia-lhe os olhos, e, em quinze ou vinte segundos, a brasa se apagar.

Talvez... Talvez se tivesse aquiescido, ponderou, enquanto ergueu-se com um movimento lento do canapé... Ainda que levasse ao seu fim, que fosse uma sentença de morte, como se propagava... De momento, os pelos dos seus braços se eriçaram, como se uma friagem incomum houvesse cruzado os ares. Pela vez primeira, refletiu na virtualidade de que, se ambos, juntos, houvessem tragado não "aquilo", mas, ao invés, as piores drogas, as mais aniquiladoras ervas...

As reações de amargura e desassossego se amplificaram e se puseram prestes a fugir do controle. Desfez-se a sua condição humana, desfizeram-se as vozes... O tempo se alongou, deslizante, as divisões dos relógios devoradas pelos arrastados e renitentes ponteiros tracionados por pesos e espirais. Mirou ao redor e nada encontrou, salvo a angústia.

Mãe? Maria? Nina? Nina, uma "válvula de despressurização", por onde extravasava toda a carga de temores que se avolumavam dentro dela; era quase como se estivesse ali, diante dela, recolhida também à penumbra e aos arquejos.

Ruídos no outro lado da parede, que dividia ao meio a construção: arrastavam móveis. Ela então, teimosamente, saiu do entorpecimento. Percebeu-se encolhida, diminuta, e a nervosidade, grande e imponente. Buscou aprumar os ossos, torná-los eretos. *Preciso esvaziar a mente, domar minha natureza.* Passou a mão pelo rosto, como se enxugasse os suores que minavam, da testa ao queixo. *Relaxe... relaxe...* dizia para si própria, girando sobre os pés, aguardando pelo abrandar da respiração, pelos sinais de que o sangue retomava seus caminhos naturais, enquanto fitava os braços longos e pálidos, os joelhos, as pontas dos pés erguidas do chão. **Preciso esvaziar minha mente!**

QUERO VOLTAR OS MEUS OLHOS PARA OUTRO DIVERSO LADO

Aquele seria um período de infindas e penosas noites e madrugadas, de tormentas e incertezas, em que preservava, no palato e nas gengivas, o gosto amargo de bílis; em que tropeçou e caiu; em que praticamente todos os horrendos pesadelos se materializavam. Enclausurada na alcova, de um lado, o corpo principal da casa e o quintal, do outro, o muro que delimitava com o penhasco, ela própria se aterrorizava com as cismas irrequietas que irrompiam e demoravam tão só o fugir de um relâmpago para manifestar-se em sua carne.

Quantas vezes uma voz de sua recôndita natureza lhe trouxe visões em que vivenciava a própria morte ou a de pessoas queridas, quantas assistiu ao corpinho de Maria — ou de uma Não Maria — se...? Quantas uma surda inquietação lhe transmitia a certeza de que o fim se encontrava próximo? Amarrotou a fronte, cerrou os dentes com força, a fim de retalhar a criação medonha que seu interior alinhavava.

O grifo do luto por toda parte. **Mãe!** Nada. **Mããae!** Ninguém. Longínquo ranger de rodas de um carrinho de mão — ouvira que iniciavam a reforma de um solar vizinho —, o tinido de molhos de chaves, o tatalar de portas fechando-se...

Em seu âmago, gravitavam forças que, numa espécie de autoflagelação, incumbiam-se de prorrogar o insulamento, como, de resto, tudo o que a fazia sofrer. Via Maria, enxergava Elena, pressentia suas andanças silentes e flutuantes e, por vezes, acossadas pela casa; quase suportava os seus nervos tensos, quase os fardos, a carga descomunal, que arriava sobre o desvalimento das pessoas. Em sua imóvel existência, a cada crepúsculo, palpava as carótidas a fim de certificar-se de que ainda pulsavam.

Dia ou outro, via-se na contingência de lutar contra as sensações que lhe acorriam, contra as estapafúrdias vagas de abstrações; contudo, tomada pela languidez, não identificava lastros em suas esperanças aéreas e se deixava arriar sobre a cama. Dia ou outro, detinha-se, seminua, diante do espelho e, apoiada à borda da penteadeira, verdadeiramente se assustava ao reconhecer o quanto os anos e as circunstâncias escavavam em sua anatomia. Braços cruzados adiante do peito, ocultava os seios — eles também já despidos dos traços de formosura de outrora — com as conchas das mãos.

De Tomás, as expressões se desfaziam, deliquesciam-se, perdiam a nitidez. Muito ao acaso, muito espaçadamente, vinha-lhe a imagem de seus lábios abrindo-se e fechando-se, imperceptíveis, suavemente. Ele se virava, num vagar, mostrava-lhe as costas, fugia. **Ficarei contigo o resto de minha existência.** *O resto de sua existência!* Um leve movimento do queixo, acento que poderia traduzir tanto reprovação como lamento.

Marília prendeu a respiração, os pulmões estufados de ar vicioso; seguia retendo o peito, figurando o varar dos túneis, o martírio dos afogamentos, manchas móveis e brilhantes à sua frente, o círculo da luminosidade ainda longe, na fralda da montanha, outro lado; um alvo, o furo de uma bala, a última espiadela de um moribundo. A vida enquanto uma gravura humana à beira de falésias. Ela perecendo, suprimindo-se... Aí, na calidez suprema e no instante derradeiro, uma tensão absurda empurrava o ar garganta abaixo e lhe abria os alvéolos insurretos... A matéria quente, de forma progressiva, buscava remansar as vistas, redesenhar as coisas concretas, as manifestações todas da natureza.

Lá fora, estava escuro. Mais que nas demais noites, que em todas as noites. *Quero descansar, preciso descansar.* Trégua. *"Oublier"!* Todavia, uma sequência de entendimentos falsos logo se rebelava, e se erguia, mesclada com miragens, vagueios, fantasias. *É o fim? Essa a representação do ocaso?* Volvia o tórax, apertava aflitivamente as bochechas. *Mas, e Maria?*, interpunha. *Havia uma criança, há uma criança*, repetia, em pensamento, consigo, e isso a fazia adiar toda e qualquer decisão.

Da nascente à foz, todo rio mergulha em cachoeiras, perde-se em corredeiras, debate-se em redemoinhos até se fazer mar. As ideias saltando, sem que tivesse noção de como teriam se originado. Estaria, porventura, enlouquecendo? O que eram aquelas vozes que se enveredavam pelos seus sentidos? Os nervos...! O que havia de insânias, o que de mera saudade?! Cachoeiras, corredeiras, redemoinhos... *Da nascente à foz...*

Sobrevém-lhe momentânea suspensão, quase ausência epiléptica. A apatia e a aridez mantinham o assento nas partes de sua natureza. Entrevê através das frestas das venezianas, reconhece o peso das dores... Mira, sem ver, o que havia na tintura da parede por defronte, os olhos perdidos no vazio, a testa levemente crispada. Deixa-se ficar, enquanto as correntes da sólida tristeza voltam a soar.

E O TEMPO APRESSADO, QUE NADA RESPEITA, JÁ TUDO MUDOU

Março passou, abril, maio ia alto, quase no fim... Na semana em que completaria 27 anos, de modo totalmente imprevisto, amanheceu sob o impacto de espantosíssima metamorfose emocional: uma excitação, um arroubo, que não se poderia compreender. Depois de quase meio ano, foragida em sua fase "sombreada", percebeu-se rejuvenescida, a esperança revigorada. Logo cedo, muito antes do horário habitual, saltou da cama e rumou, a largos passos rápidos, para a cozinha. Aqueceu fatias de pão com queijo, coou café, afatiou um mamão maduro, ao tempo em que preparava a mamadeira. Chegou a cogitar inclusive lavar o vasilhame do dia anterior, mas recordou-se de que, dali a pouco, o serviço iria começar e que o barulho poderia despertar Maria e o restante da casa. Deixou o sabão e a esponja sobre a pia, aliviou, velocíssimo, o apetite e, com todas as velas abertas, voltou ao quarto, os cabelos num coque improvisado, um lápis atravessado servindo-lhe de presilha. O talhe esguio sob a camisola de cetim branca e semitransparente, varada pelos mamilos, excursionou lépido pela sala na semiobscuridade.

No limiar, embasbacada, estancou, de súbito: o olfato, por mistério, despertara e até se amplificara; voltara a distinguir, nítido, patente, inconfundível, o aroma da bebê. Acercou-se, a furta-passo, do berço, afastou o filó do mosqueteiro, tomou a pequenina adormecida nos braços, deitou-a sobre a cama larga e lhe deu de mamar. Ao final, sumamente afetuosa e maravilhada, retirou-lhe o macacão, o cueiro, a fralda, as meias, limpou-a com lenços umedecidos — Maria espreguiçava, gemia, balbuciava sons... apanhou-a, de novo, e, juntas, foram para debaixo do chuveiro. Ensaboou-a, lavou seus cabelinhos de ouro com shampoo Johnson, enxaguou-a, envolveu-a na toalha... De volta ao quarto, deitou-a de comprido sobre a cama, vestiu-a com roupinhas limpas e, ao final, reacomodou-a no berço.

Uma avalanche de felicidade se extravasava, uma sensação extrema de conforto encorajava músculos a se porem em ação; os traços abatidos, a palidez, magicamente cederam lugar a um estado de ânimo miraculoso. Esquecendo-se de que Maria, já de estômago cheio e banho tomado, recuperaria seu sono matinal, puxou ruidosamente a cortina, abrindo-a, e escancarou a janela. O sol abriu seus raios, e um retângulo de luz se espreguiçou sobre o piso e se quebrou na parede contígua.

Ao esticar o lençol da própria cama, recendeu-lhe ao nariz a loção perfumada, o cheiro florestal, há muito esquecido; algo que havia preenchido aquela atmosfera ressuscitara em sua memória olfativa: o cheiro dele, natural, permissível, misterioso... Tomou muito devagar o tecido e o trouxe para junto das asas do nariz; apertou-o contra as narinas, amarfanhou-o, seus dedos se enleando na maciez do linho. Suspensa, absorvia, em pequenos goles, toda a fragrância. Como fora possível preservar-se, durante tanto tempo, como se ocultara por entre os vincos e as rugas, como sobrevivera aos sabões e às sucessivas passadas de ferro?! Afastava o tecido e o trazia de volta às ventas... Impressionante! Reconhecia-o com absurda perfeição. (Em muitos de seus momentos íntimos, inclusive, ela lhe implorara para que não usasse perfumes, nem se banhasse com sabonetes aromatizados, a fim de que nada mitigasse as exalações naturais de seus poros.)

Foi então que alguém escancarou rumorosamente a porta. Virou-se a tempo de flagrar a expressão de pasmo da mãe, a qual, boquiaberta, mão esquerda segurando o cotovelo direito, os dedos deste lado sustendo o queixo, exclamou: **O que vejo eu?!** Marília retornou um sorriso silencioso, porém, amplo, só rompido quando discretos choramingos assomaram no berço. Num gesto, pediu que a mãe silenciasse, para não despertar a criança.

Um a um, o restante do pessoal da casa acorreu: Elza, a primeira a chegar, todas as manhãs, Giselda e a filha — antes até de prepararem o desjejum — e, por último, Flora, a qual se apresentou ainda mais taciturna e impenetrável que o habitual. Um estado de perplexidade estabeleceu-se no recinto. Até o bilioso, o dominador, com seu carão, fez figura por lá. Cruzou, em surdina, a antessala e, ao passar diante, equilibrando-se sobre os pés, e vazio de naturalidade, lançou, leviana e descompromissadamente, discreta mirada para dentro do cômodo. Mãos enfiadas nos bolsos, sacodia a calça sem, no entanto, demonstrar contentamento ou perplexidade. Agiu como em quase todas as oportunidades: não se recordava de mais de meia dúzia de vezes em que a havia levado em conta, e tal falta de apreço — e isso é importante — vinha de antes da gravidez, antes de Tomás atravessar a soleira da porta.

Abriram toda a casa, acenderam os grandes lustres de cristal, espanaram móveis, aspiraram o pó que descansava sobre as prateleiras... Alguém, provavelmente Elena, pôs um disco para tocar, a voz airosa de Caetano Veloso anunciando que iria fazer "uma canção pra ela, uma canção singela".

À hora do almoço, pratos servidos na grande mesa da sala de jantar — durante os meses que durou toda a situação, alimentaram-se cada qual em seu canto —, reuniram-se todos, ainda que visivelmente pouco à vontade, Maria no bebê-conforto no chão, a seu lado. Elena, tomada de habilidade e tato, e em meio à algidez inicial, ia cuidando de servir assuntos amenos, de retemperar a familiaridade esquecida; de adoçar a irascibilidade que, como fruta colhida ainda verde, teimava em fossilizar-se em grandes cestos, os quais as mulheres da casa conduziriam às costas.

As horas que se seguiram, Marília passou-as com a criança sobre os tapetes estendidos, esparramando brinquedos, penteando bonecas, montando conjuntinhos de móveis diminutos, assistindo aos balbucios, às mímicas pueris de Maria Ifigênia, as bochechas brancas e róseas, o vidro paterno preservado em suas íris.

Para o fim da tarde, a luz crua do outono incidindo nas paredonas, a filha aos ombros, saiu para as ruas, espirituosamente, simulando arremetidas de poldros em campinas abertas. Maria, uma amazona gaudiosa, não cabendo em si de contentamento, gargalhava com os saltitos, com os baques, com as mudanças bruscas de direção na marcha. De um momento a outro, a fadiga ou a curiosidade dizendo-se presente, suspendiam o galope e se punham a observar algo que lhes atraísse a atenção, um gramado saturado de seiva, pássaros assustados nas copas das árvores, seixos nas encostas de terrenos baldios... Tudo estava esplêndido *(I see trees of green... red roses too...)*, tudo conspirava para que as agendas se apagassem e as inconfidências fossem deixadas pelos caminhos.

A partir de certa altura, tomada de exaustão, amorteceu a andada. Parou diante de um flamboaiã-mirim e colheu uma flor amarela, oferecendo-a à criança — um gato sonolento as observava, detrás de um portão. Os que transitavam por ali, subindo ou descendo, fascinados com a formosura da criança, dirigiam-lhe sorrisos, discretos acenos, expressões de afago.

Na Almirante Alexandrino, pararam para ver o bonde, que vinha descendo, quase vazio, o gongo calado. Maria, inocentemente, desprendera um de seus bracinhos e lhe percutia a abóboda do crânio; ria, exultava-se, soluçava de rir. Buscando estudar o que se passava na face da mãe, fletia o tronco, debruçava-se sobre o couro cabeludo e enlaçava suas bochechas. A mãe, com todo o cuidado, lhe soltou a outra mão e embraçou-a pelas costas. A criança deixava-se arriar, acomodava-se à nova posição, duas estatuetas fundidas numa só, tal qual, nas matas, dedicadas fêmeas de primatas conduzem, galho em galho, seus filhotes.

Voltaria à vida, prometia-se, enquanto, de relance, contemplava o tabuleiro das ruas, lá embaixo; prometia-se avistar de perto o mar, mergulhar em suas águas, receber os açoites das vagas... o mar, dali de cima, uma colcha pesada desdobrada sobre a esfericidade do mundo, os fantasmas dos guindastes, no cais do porto, os navios escuros, ao largo. Reaprenderia a caminhar pelo Saara, de um extremo a outro, a Alfândega, a Senhor dos Passos, como se se tratasse de algo inédito, aquelas ruas que continuavam cinzentas, mas que, naquela hora, se punham contra um céu azul brilhante; penetraria de novo nos sebos, desde o Catete à Praça Tiradentes, reexploraria as galerias do Museu Nacional de Belas Artes, os grandes salões da Biblioteca Nacional, do Real Gabinete Português de Leitura, voltaria a frequentar óperas e recitais no Teatro Municipal; sentariam, ela e Nina, para trocar conversas e tomar chopes, na Cinelândia, ou café com chantilly e waffles, na Confeitaria Colombo... Remirava, lá do alto, a paisagem perdida na lembrança, o plano urbano do Centro do Rio, os carros, os arranha-céus, que, à distância, eram da cor de cimento... Aviões pousavam e decolavam do Santos Dumont (havia em tudo uma impressão de surreal, de coisas evanescentes).

Caminharam, caminharam, espreitadas pelo riquíssimo sol, desceram até o Largo dos Guimarães, até o Convento de Santa Teresa. Sentaram-se diante da torre sineira entre roseirais-mirins, Maria ao regaço, as costas apoiadas no ventre materno. Um ventinho tremulava as folhas dos hibiscos, o imenso flamboaiã espalhava seus galhos, a fim de guarnecê-las com sombra. Havia pássaros: sabiás fenestravam um mamão de vez, num pé espontâneo, maritacas furiosas em rasantes, andorinhas circungiravam, bem no alto... A tarde era sonora e vibrante, olente. *(Perpetuar a duração daquele instante até se tornar vastidão!)*

As reflexões, ao acaso, chegavam: Nina lhe presenteando com a miniatura de relógio de chão turriforme, com duas gavetinhas, da qual, propositalmente, retirara os ponteiros. Nos pequenos compartimentos, inserira papeizinhos escritos à mão, com palavras carinhosas, as quais, segundo a "irmã", seriam definidoras de suas qualidades espirituais: "afetuosa", "distinta", "leal"... **Por qual razão marcar as horas para alguém que não tem, entre suas preocupações, vigiar a obra do tempo?**, brincou. Um relógio sem as agulhas...! Tão linda, tão amável! Nina e suas aparições, suas inapagáveis manifestações de carinho, seus abraços inteiros, seus gestos de estima todos...

Fez, com a mão, uma ponte sobre os olhos, protegendo o lado esquerdo do rosto. Abaixou o olhar, que passou a descansar sobre a sinuosidade dos cabelos de Maria, e, tomada por repentina comoção, apertou-a de encontro a si. A pequenina voltou-lhe o rostinho ruborizado. Marília deitou o queixo sobre as moleiras da filha, repousou-o sobre o ninho de mechas e franjas. Respirou à larga. Como tudo estava tão bonito!

A razão escoava, vagarosa, levitava, fluía, dando chance a que seus sentidos repousassem. *Não é preciso sofrer além da medida, suportar o látego das lembranças, altear a dor a cada dia.* Por ora, bastava-lhe o desejo de que, uma vez despida de seu traje torvo, não voltaria a vesti-lo de novo. Mais que o desejo, a necessidade de olvidar. *Adieu à la nuit!* O sofrimento, pelo menos em sua roupagem aguda, ficara no passado, as feridas davam mostras de se encontrarem cicatrizadas.

Elevou silenciosamente a fronte: em igual plano de visão, o botão da rosa por se abrir, ao alcance da mão, os portais em pedra, as portas almofadadas, o céu manchado de brancas nuvens. O caule retorcido do flamboaiã, as raízes vorazes, como tábuas em pé, avançando por cima do solo.

Endireitou as formas. Maria agitava-se em seu colo, forçando para descer ao chão. Fez beicinho de quem iria chorar, sacodiu-se, sendo, no entanto, contida com brandura; tomou-a nos braços, ternamente, divinamente, e a deitou atravessada sobre as coxas. Dedinhos pueris brincavam, aleatórios e extasiados, diante de órbitas oculares perscrutadoras. Córneas cinza puxaram de novo o foco para a rosa; aprisionou-a entre os dedos e fez força para arrancá-la, justamente quando o sino principiava a repicar, bem espaçadamente; ela, porém, recusava-se a acompanhar as batidas, a ressonância, os ecos. Nina, com sua natureza, sua argúcia, agira com iluminação: dos relógios do mundo, poderia arrancar os ponteiros, os mostradores nus e implausíveis, de maneira que não se acompanhasse a marcha do tempo; não urgia assistir à contagem das horas, não lhe era vital.

Tomás então irrompe: vinha radiante, avançando em meio ao fulgor, dissolvendo-se em seu campo de visão. Ele estendeu-lhe a mão e relanceou os seus seios; ah, não pairavam dúvidas: seu olhar de hipnotizador, de gente com estranhos poderes, varreu-lhe "aquela" parte do seu peito, o que causou na moça um misto de efervescência com distinto tremor. Convidou-a para beberem algo — "se eu te convidasse para tomarmos um chope, o que me responderia?" Ela fez "sim", abriu-se num sorriso, e saíram juntinhos por ali, sem atinarem com o mundéu de gente, com o rumor pleno que se abafava...

No amor, a gente divide a alma e multiplica a vida (isso se lhe afigurou como deplorável lugar-comum). Um botão de rosa deixado no caminho. Em continuação, disse que era tudo como um sonho doce, desses do qual se desperta e ao qual se assiste prolongar-se pelos instantes; e desliza, pastoreia, navega na imponderável perenidade.

Bem no fundo, como lhe agradara aquela maravilhosa coincidência: Marília e Tomás, Tomás e Marília. Pois "Marília", dizia para consigo, é um substantivo próprio até bastante corrente, "Tomás", pouco menos, contudo, a concomitância dos dois soou-lhe como um vaticínio, um sinal dos céus.

Em três tempos, no entanto, nada daquilo parecia haver existido, de fato; antes, simulava uma obra de ficção, descansava em outro século, animado por melodias executadas por alaúdes, e charamelas, e flautas doces, e tambores graves...

Aguardar o momento em que pudesse voltar a ter belos sonhos, em que não sobreviessem mais dores... Eis a esperança, a chama acesa. Com ar distinto, recostou-se no banco de cimento. Maria ameaçou suspender-se; abriu as íris cor dos mares, agitou os bracinhos ao alto e separou os lábios numa expressão de infinita ternura. Carinhosamente, enxugou-lhe as bolhas de saliva que minavam nos cantos de sua boca, acariciou-a na face, as escleróticas coadas por marejos de lágrimas.

Caía o crepúsculo. Uma sombra comprida da torre do convento havia escorregado até onde estavam, embora uma claridade agradável, quase alucinante, ainda se derramava em todas as direções, sobre o chão do jardim, sobre os prédios, a vastidão do oceano, no infinito longe.

De repente, fez frio. Ergueu a filha de encontro ao peito, abraçou-a, aninhou-a; sua cabeça pendeu para um lado. A mulher, instantes depois, se aprumou, junto com o todo de sua silhueta. Devia permitir que voltasse a ser, desde as vésperas, frágil, indefesa, ou deixar que a vissem como uma esfinge, esculpida em rocha calcária, resistente aos choques e às intempéries?

Maria lhe voltava olhinhos cândidos e vivazes...! O que tem no pensamento? *Venha, venha ver como está linda, envolta nas vestes azuis que reservamos para ela.* "Os sobreviventes devem sustentar as bandeiras", lera, certa feita, na contracapa de um dos cadernos de Tomás, escrito com sua letra nervosa. Quem sobreviveu? Ela? Maria Ifigênia, a semente que deixaram no mundo e que deveria germinar quando, passadas as estações e cessada a tormenta, os ventos da liberdade voltassem a inflar os tecidos de que são feitas essas bandeiras? Ainda mais: tais peças, tais estandartes representativos de nações, não eram confeccionadas justamente para dividir a humanidade e dispô-la em campos opostos de batalhas? Quem eram os sobreviventes, quem deveria erguer, tão vivamente, os mastros? Quem rufaria os tambores?

Sumamente enternecida, interrompe aquelas lembranças, repele-as, com ligeiro retesar de músculos, o coração a bater tal qual se encontrasse à mercê de algo marcadamente ameaçador. Rodou sobre os pés e, sem piscar, redescobriu o mundo profano, lá embaixo. O anoitecer...! A claridade fugia, continente adentro. Pardais se recolhiam, bulhentos. Sobre os Arcos da Lapa, o crepúsculo encompridava seus tentáculos como um incêndio regelado. Ela, dali por diante, se redescobriria elevada e lépida. Põe-se em riste sobre o banco.

Esperar é um feito altaneiro, veio-lhe, sem intenção. Saber esperar, aguardar pela sucessão dos acontecimentos, sem intervir com ações em vão; sem dar corda a relógios desprovidos de ponteiros. O que se passou consigo havia sido uma imposição das circunstâncias. Uma crise! Isso; uma crise, uma borrasca! Oscilou, leve e seguidamente, a cabeça, para baixo e para cima. *Esperar é distinto de quedar-se, recolher-se à cama.*

É DE MÁRMORE E DE JASPE

Veio junho, julho, veio principalmente o inverno. À Álvaro Ramos, retornou outras duas vezes: pedia para o táxi parar diante do grande portão, contudo, não saltava. Quedada no banco de trás do carro, nó na garganta, perscrutava o cenário de desolação e abandono, a severa impressão de ruína: as teias de aranha, na varanda, a fuligem sobre as bandeiras das janelas e portas, cujos ferrolhos aparentavam não mais se abrir, as manchas imensas na pintura da fachada semiarruinada pelas intempéries. Papéis enxovalhados e detritos dispersos por toda parte. Nenhuma peça ou adorno descansava mais na varanda.

Filmava as altas grades pontiagudas de ferro forjado, os mirrados canteiros tomados pelo mato, a passagem de piso cerâmico coberta de musgos, os pés da escada de pedra, que terminava na extensa varanda frontal, a balaustrada enlameada, o chafariz de metal, coberto de azinhavre, sobre uma base de pedra lapidada, bem no meio do laguinho, o qual guardava um tanto de água esverdeada... A sonolência e frialdade das escassas roseiras, que souberam resistir, bem como meia dúzia de vasos grandes de cimento, com coroas-de-cristo abandonadas... As pequeninas escotilhas de meia-claridade do porão cobertas de poeira, duas exibindo as vidraças estilhaçadas. A porta do que supunha ser uma latrina, debaixo da varanda, esboroando-se, fazendo-se em pedaços, dobradiças e parafusos enferrujados. Sobrevivia ao tempo tão só um cheiro repugnante de mofo, de gatos — o cheiro, não os pequenos felinos *(que fim levaram? E os "vovôs"?). A morte...*

Em questão de minutos, indicou ao chofer que podiam retornar. Enquanto rumavam em direção à praia, ao Canecão, desalentada, desvalida, voltava, a intervalos, pelo vidro traseiro, seus olhos de pranto; tinha pressentimentos de que ouvira a sua voz, de que, em gritos e às carreiras, ele a invocava, acenando, precipitando-se em meio ao trânsito. Era assim.

Certa ocasião, inclusive, vindo pela Nossa Senhora de Copacabana, avistou, num ponto de ônibus no Lido, uma silhueta, a qual teve a certeza firme de tratar-se de Tomás. Seu coração disparou. Ordenou ao taxista que parasse, pagou a corrida e, afoita, voltou em disparada. Chegou a tempo de dar com o desconhecido, aguardando que os demais embarcassem no coletivo. Ele subiu os degraus, puxando-se pelos suportes metálicos; a porta se fechou, e, ruidoso e feroz, o ônibus partiu, soltando fumaças muito escuras e deixando para trás a fedentina de óleo queimado. E aquele homem sumiu de suas vistas. Alguma semelhança com seu amor rebelde? Não, assim de perto; era mais velho, ancas estreitas e magras, o nariz alcantilado num rosto esquálido, e, principalmente, um aspecto menos saudável. Lembrava algum tanto o seu amor perdido? Talvez a estatura, a cabeleira igualmente fulva... Algo além? Desesperançadamente, não. Desapontadoramente, não.

Também não deixou de suceder de, num lugar qualquer, deparar com alguém que, de um modo ou outro, lhe atraísse a atenção. É compreensível; podia ainda acertar com a formosura das pessoas, discernir simetrias e proporções harmoniosas de relevos; afinal, não perdera de todo a sensibilidade, o refinamento. Quer dizer, isso não lhe passava despercebido; em todas as oportunidades, entretanto, alguma coisa indeterminada, dentro dela, içava, bem ao alto, o vulto do amado, como um enorme gênio que escapasse das tais lâmpadas mágicas, e o rastilho de uma nova ilusão evanescia antes mesmo de alargar-se.

Afinal — ela se perguntava —, quantas ocasiões de amar são ofertadas a um ser? E logo se apressava em resolver, plena de convicção: a ninguém é dado o direito de se apaixonar, a não ser uma única vez. Uma paixão superior, profunda, queria dizer, não uma de somenos. E, uma vez vivida a fecunda experiência, cada qual desenvolveria uma espécie de imunidade contra a moléstia do amor, e o máximo que se poderia alcançar, doravante, seria uma simpatia, uma benquerença, desprovida, contudo, das loucuras irrefreáveis, dos cios, dos poderes dos cheiros, os quais nos tornam, simultaneamente, o ente mais radiante e infausto sobre a face da Terra.

A Enseada de Botafogo... o mar disforme, levemente crespo — o vento enrugava a sua superfície —, onde flutuavam uns tantos barcos de velas brancas, engolfava-se na faixa de areia... o Cristo Redentor, os prédios da orla... os abricós-de-macaco, os jasmins... os quero-queros, bem-te-vis, a revoada incerta dos atobás, dos maçaricos e tesourões... Os letreiros dos cines Ópera I, Ópera II, Coral e Scala... Algo insondável a impeliu a virar-se novamente para trás: no Pão de Açúcar, um dos bondinhos — tão lento! — se deslocava da Praia Vermelha ao Morro da Urca, e o outro, na direção contrária.

ACASO PODIA JÁ TUDO MUDAR-SE NO ESPAÇO DE UM DIA?

Como era natural, todo o segundo semestre daquele ano foi preenchido por acontecimentos um tanto quanto triviais e estéreis. O escabroso Paranhos havia sumido, desde que fora trocado o calendário preso à chaminé da velha lareira, e nunca mais soube dele; nunca os coturnos, o aparato, nunca a Veraneio cinza estacionada — era cinza ou azulada? Uma nódoa, um estilete que resistia em suas ilações.

Se sucedia de o telefone tocar e a ligação fosse para o alcaguete, este, invariavelmente, atendia no gabinete, fechando-se à chave. Nas primeiras ocasiões, de modo disfarçado, Marília se postava na sombra das cristaleiras de madeira muito escura e vidros grossos, buscando captar uma fala, uma confidência que lhe clareasse algo, abrandasse seu inverno. Arriava os cotovelos sobre o dunquerque, simulando perdida num devaneio, nada havendo de intencional no fato de encontrar-se naquele lugar. Só o que vazava lá de dentro eram rumores surdos, linguagens cifradas, alternadas às vezes com risinhos, ruídos de abrir e fechar de gavetas, e, acima das outras coisas, longas pausas de laconismo e impenetrabilidade. Após convencer-se da nulidade da vigília, suspendeu-a, deixando a "criatura" entregue à sua truculência e desestima.

A par disso, intensivamente, retomou os estudos a fim de preparar-se para concursos, a perspectiva mais razoável e à mão que vislumbrava para encontrar a autonomia e a libertação. Sua tolerância e capacidade de suportar haviam alcançado o limite. Valia qualquer oportunidade que a providência lhe ofertasse. Pelas manhãs, caminhava até a banca de jornais, duas quadras abaixo, e trazia consigo os periódicos do dia. Sondava as manchetes, lia uma ou outra chamada de primeira página ou matéria curta, mas o centro de suas atenções se voltava para a sessão onde se publicavam editais. Virava aquilo, para a frente e para trás, guardando consigo recortes que pudessem lhe ser úteis, e logo se metia com seus livros e anotações. Em sua recôndita natureza, ganhava força a intenção de, inclusive e especialmente, mudar de cidade; meter pernas ao caminho, escapar daquele ambiente, salvar-se. Sim, isso; seria um renascimento. E, assim, algo a princípio fora de cogitação converteu-se, pouco a pouco, numa situação convidativa e favorável. Esse o primeiro movimento.

Em setembro, próximo ao primeiro aniversário de Maria, festejado só entre os íntimos, por intermédio de Nina, chegou-lhe notícia de que, em Minas, o Colégio Arquidiocesano de Ouro Preto andava à procura de professores de língua francesa. Pronto! Acendeu-se o farol. Ainda por cima, Ouro Preto! Obra do acaso ou o invisível, o imponderável, vinham lhe apontar a direção? Na manhã seguinte, aprontou-se e rumou até o posto de serviços da Companhia Telefônica, na rua Alexandre Mackenzie, onde, em meio à de praticamente todas as regiões do país, obteve a lista de assinantes daquela cidade — na capa, a capela-mor do Pilar, com sua claridade, o seu brilho dourado... Na mesmíssima hora, ligou para o número anotado e, já no dia imediato, atendendo a orientações da secretária da escola, postou nos Correios a documentação e o currículo. Nenhuma indecisão a ser vencida, nenhuma relutância. Já se curara da enfermidade e poucas coisas poderiam existir que a seduzissem mais que atirar-se, de corpo e alma, no mundo e na profissão para a qual se preparara.

Claro que, à medida que a expectativa escavava em suas profundezas, sinais de insegurança e certa ansiedade não deixaram de assomar, o primeiro deles, relacionado com Maria Ifigênia. Como proceder com uma criança de colo — Maria daria seus primeiros passinhos exatamente no dia em que completou um ano —, com todas as exigências próprias da faixa etária, estando só e trabalhando fora? Da parte de Elena, multiplicaram-se apreensões: a ruptura, a névoa do ninho vazio... Por dias, Marília acompanhou-lhe o acabrunhamento e a insônia, que assim mudaram de aposento na casa, a inapetência, que trocara de assento na mesa, e as lágrimas, que passaram a correr de outras órbitas. Chegava a ser enternecedor vê-la se desfazendo. Em particular, Marília desenhava estratégias, elaborava artifícios, que viriam a sanar todos os obstáculos: suas preocupações relacionadas aos cuidados com Maria, bem como as aflições que tomaram conta da avó, minimizariam com uma única medida dura, porém necessária: a criança permaneceria no Rio.

Dentro, bem dentro dela, e cada vez com maior intensidade, latejava poderosíssimo sentimento de que, com a decisão de botar os pés no mundo, estaria impingindo ao velho uma modalidade de represália ou de vingança. Ela acreditava, piamente, que, em assim agindo, o levaria, de algum modo, a martirizar-se: o esvaziamento da casa, a condenação à solidão perpétua... Via tal situação como algo bastante real. E sem que lhe restasse o mínimo de remorso. Não. Seria o caso de dizer que os rancores, em Marília, ainda se faziam manifestar, intactos, sobejos; "ela endurecia e perdia a ternura, que eram para ser jamais".

Em outubro, ao regressar de uma de suas viagens a São Paulo, o obeso Geraldo sentiu-se mal durante o voo. Socorrido pela equipe médica do aeroporto, foi conduzido semiconsciente até o Hospital da Lagoa e, pouco depois, transferido para a Clínica São Vicente, na Gávea. Esse primeiro episódio de isquemia cerebral — o segundo o surpreenderia menos de um ano depois, ela já residindo em Minas — imprimiu no corpo do homenzarrão quase imperceptíveis sequelas: uma discretíssima dificuldade na motricidade, sutil modificação no tom da voz e pequeno desvio da comissura labial, nada além.

Um mês depois, na semana seguinte ao feriado da Proclamação da República, ela, Elena e Maria Ifigênia viajaram até Ouro Preto, a fim de acertar os detalhes finais com o colégio e definir o local de morada, um sobrado mobiliado na rua Dr. Getúlio Vargas, a poucos metros da Praça Silviano Brandão.

Na imobiliária, durante a assinatura do contrato de locação, sua mãe, saindo da estagnação e passividade em que normalmente se mantinha, anunciou, em tom categórico, que se responsabilizaria pela antecipação dos seis meses de aluguel exigidos por garantia. Disse isso adiantando-se, afastando-a de lado, com boas maneiras. Abriu a bolsa e retirou, determinada, o talão de cheques, destacou uma das folhas, preencheu-a e a apresentou ao corretor. Ela fazia questão, ressaltava, tal decisão havia sido tomada desde há muito, e dava o assunto por encerrado.

DOS FRIOS GELOS E DO SOL QUEIMADO

Naquela feita, adentraram em igrejas, museus, atropelaram-se em bazares e lojas de suvenires, tomaram assentos em restaurantes que serviam a cozinha da terra, recolhendo-se as três, Maria Ifigênia entregue ao sono, ao hotel, mal entrada a noite, as pernas moídas de tanto subirem e descerem ladeiras. Fascinada com aquele sítio do mundo, que levava jeito de haver emergido de uma utopia perseguida, e com as possibilidades profissionais que se abriam, somente em oportunidades contadas nos dedos estabeleceu vínculo entre o que os seus olhos distinguiam e o que ainda trazia consigo, submerso em memórias. Vagueando pelas ruelas de cascalhos sinuosas, com inédita tagarelice confessou à mãe sua disposição, expôs sua expectante confiança, traçou projetos relacionados ao futuro; enfim, descarregou, esfuziante, o coração com Elena, a qual, com um tom amável e solidário, procurou infundir-lhe ânimo e reforçar-lhe a correção de sua decisão. Seu ponto de vista acerca dos movimentos projetados pela filha amainara após haverem acertado que a neta continuaria no Rio, o que, sabiam ambas, atenuaria o mortificante sentimento de perda.

Em Marília, nenhuma invencível voz interior se fez presente, nenhum clima psicológico especial a contaminou, exceto, talvez, quando se encontrava sob o aconchego dos cobertores; no escuro do quarto, as horas passando, ela não conseguia dormir. Agitada com os acontecimentos do dia — na cama ao lado, Elena ressonava, o berço de Maria entre elas —, ruminava sobre as contingências da vida, sobre o antes e o depois. Em vertiginosos recuos no tempo, sua infância se desvanecia, turvavam-se acontecimentos juvenis, muito embora recordações, que ansiava por sepultar, reminiscências pesadas, ainda punham a cabeça para fora. Punham a cabeça para fora e a mantinham levantada, fitando-a meio de viés, às vezes até mesmo de modo inquisidor. A travessia conturbada se concluíra? Hum?!

A espaços, tal indagação erguia uma ponta do véu, a superfície do espírito repassava as vibrações — as coisas secretas que deixaria para trás, que teria de deixar para trás —, enquanto assistia a seu mundo sensorial impressionar-se por um estranho sentimento de não relação, de desligamento. Filha única!

A horas mortas, passou por um sonho com uma criancinha loira e cacheada, madeixas ensebadas, um brilho plácido nos olhos, os quais se revelavam melancólicos e dolorosos, enfiada num traje rústico cor de palha e sem mangas, com toscos orifícios para os braços e o pescoço, o qual lhe caía dos ombros até pouco abaixo dos joelhos. Em sua angelitude, pés no chão cortante, encontrava-se encarcerada numa cripta úmida e fria, calçada e revestida por pedras. A criatura, em sua puerilidade, um halo circular em torno da cabeça (luz e desclaridade se conjugavam e se temperavam), falava algo sem falar, sem mexer com a boca. Desgrenhada, unhinhas e rosto sujos, a aldeãzinha a seguia em lentas vaguezas, com levíssimo agir dos seus órgãos de ver. Sim, as órbitas, a rasto, moviam-se, enquanto todo o restante permanecia como que imóvel. Em três tempos, e para sua perplexidade, a pequenina tinha todo o ar de Maria Ifigênia, "un ange blonde", o rosto rosado, bochechas e linha do nariz tão perfeitamente delineadas. Foi isso.

Em quatro dias, estavam de volta ao Rio.

NEGROS VENENOS

No ano seguinte, 1973, coincidindo com a mudança de Marília para Minas, sobreveio o segundo episódio de derrame do pai. Dessa vez, restaram como sequelas a paralisia de um dos lados do corpo, acentuado desvio da comissura labial e considerável déficit de memória e fala. Inconsciente e estirado sobre a cama de ferro da UTI, tubos ligados às veias, ao nariz, à garganta, pálpebras imobilizadas por pequenas tiras de esparadrapos... O peito enchia e esvaziava sob a força de máquinas, que sanfonavam ar para os pulmões. E havia os lençóis, o colchão com capa impermeável — era azul-escuro, recordava-se —, os estrilos de monitores que piscavam números e desenhavam traçados, um odor indefinível empestando o ambiente. Seus olhos — os dela — amorteceram sobre o vulto estirado no leito, os cabelos densos, amontoados, a barba por fazer, o cuspe seco nos cantos da boca estranhamente escura... A imagem da morte, o hálito da morte!

Se se viu tomada por culpa, se se deixou abater por algo da mesma natureza que remorso? Mmm... Procurara dentro dela, procurara na atmosfera circunjacente, nas lâmpadas fluorescentes do teto, nas vidraças revestidas por um papel túrbido, fechadas para o mundo exterior... Não tinha a resposta. Não compreendia a si mesma, diante dele, não se sentia. Rebrotaram-lhe, vindos da distância, os berros, os olhos ferais, a quase permanente exasperação que saltava das córneas, genuínas manifestações de seu gênio ruim. O ser atado à cama, rosto intumescido, bochechas violáceas, era o mesmo que penetrara, sabia-o perfeitamente, ereto e despótico por masmorras e porões, assistira a sevícias... Teria, com as próprias mãos...? As páginas de obscuridade, de sangue.

Não, não o odiava. Desprezava-o, desprezava-o fundamente, enxergava-o com uma frieza natural e acomodada. Sim, isso; nada mais, nada aquém. Até porque odiá-lo seria lhe reconhecer importância que, de fato, não enxergava nele. Poderia até parecer cruel para alguém de fora, que adentrasse pela porta e os fitasse naquela distância, mas... Só ficaria em pé a convicção de que jamais se esqueceria daquele cheiro de roupa molhada, da lúgubre bruma oriunda de algum ponto, do murmúrio abafado de vozes e sapatilhas; sobretudo, da grande incomodidade, da estranheza. *O remorso, o remorso ver-da-dei-ro, que deixe lastros, deve ser insuportável!*

Breve pausa.

Os crimes ficam no passado, per omnia saecula saeculorum, e são sepultados junto com os despojos mortais?

Do nada, até como forma de dissidência e alívio, se intrometeu a figura de Elena: frágil, cabisbaixa, comedida, face amargurada, glacial, quase fúnebre. Marília procurou se alongar em tal recolhimento. Adormentou o cérebro numa ausência de ações, as quais procurava cultivar como se, naquela provisoriedade, conseguisse deitar em repouso o espírito. Até sobrevir o delicado e previsível rompimento, as engrenagens das deduções porem seus dentes a rodar e a moer.

Foi num domingo, lembrava-se muito bem, chovia torrencialmente sobre o Rio de Janeiro. Despediu-se da mãe chorosa, tomou um táxi e rumou para a rodoviária Novo Rio, tomando o ônibus com destino a Minas.

QUE DIVERSOS QUE SÃO OS GÊNIOS NOSSOS!

Passada a crise, passados os meses, chegou à rua Dr. Getúlio Vargas uma mensagem breve do pai, quase um bilhete, escrita de próprio punho, tão garranchada e tão pessoal, num envelope contendo, externamente, só o endereço da destinatária, mas não o do remetente. Numa escrita tremida, e que não guardava alinhamentos na horizontal e na vertical, manifestava o desejo de revê-la, reencontrá-la, algo assim; manuscrita, não batida à máquina, como se almejasse dar um cunho íntimo à correspondência. "Passemos uma esponja", ele disse, ele escreveu.

Não era fora do comum?! Mudara o tempo, de ruim para bom, de tempestuoso para ensolarado? Talvez não; talvez ele ainda carregasse consigo as mesmas abjetas convicções, o mesmo desprezo pela humanidade, e se tratasse tão só de um projeto de aparar as pontas aceradas de suas próprias angústias. Uma espécie de rendição, a qual ela considerava inesperada e, até certo ponto, inadequada e imprópria; quase como se implorasse por piedade e compaixão.

A falar verdade, Marília ainda se via perseguida pelas lembranças do carcereiro e suas garras, falanges assombrosas, unhas cortadas rentes — um cortador de unhas jazia ao lado da máquina de datilografia —, sua cara avantajada, redonda, a qual lhe remetia à de ursos velhos, homens das cavernas. Óculos de aros e lentes grossas, cabelos compactos, em permanente desalinho, fortaleciam a expressão belicosa. O membro inválido inerte sobre o tampo da mesa, abrindo as pálpebras pesadas, uma delas somente até a metade do globo ocular. Em seu abandono e ruína, fingia ler os jornais, ou, penosamente, espalhava cartas de baralho, num arrastado jogo solitário e mórbido.

Sua resposta, sua providência, a de Marília? Inteiramente confusa, apalermada, após dias em que a tal folha de papel saltou de um lado para outro, de dentro de um livro para dentro de outro livro, em que a releu pelo menos meia dúzia de vezes e assistiu a suas emoções oscilarem entre os extremos, deixou-a arder na trempe do fogão a gás. Não acreditava na possibilidade de retroceder, não existiam narrativas por serem reveladas. Retroceder a qual ponto da curva?

Por força das circunstâncias todas, optou por agir como se a correspondência jamais houvesse chegado até ela. Não existia maneira mais eficaz de pôr um peso sobre o assunto. Foi isso, foi assim: os Correios não entregaram. Pronto. Fez a escolha de manter-se na mesma rota. A distância e o insulamento costumam solucionar os grandes dilemas.

Havia outra coisa difícil de ser confessada: Marília, por vezes, até mesmo amargava um ditame de piedade por ele, por seu pai: quando o surpreendia descabelado, derreado sobre uma das poltronas de espaldar elevado, ou encurvado sobre a máquina de datilografia, catando as teclas com um dos pesados indicadores, ou completamente segregado, entregue aos seus próprios recursos, por detrás da mesa torva do gabinete. Nessas ocasiões, sentia-se propensa a perdoar. Isso também apontava, isso também irrompia das profundezas; existia tal sentimento ambíguo e brenhoso, talvez pelo estágio miserável em que ele se encontrava, o esgotamento doentio, ou então — e por paradoxal possa soar — por um fosco espírito de cristandade que nela sobrevivia. Se não perdoar, ao menos relegar-lhe os feitos, os quais, até pouco antes, não toleraria sequer suscitar. Que estranho! Não estava diante de uma categórica contradição? Hora, franca hostilidade, porém, nos interregnos, aquilo: uma sombra de comiseração e dó. É possível... é possível que...

* * *

Até os grandes espíritos, receava, em circunstâncias acidentais, incorrem em erros. Acaso o ousado companheiro, em alguma passagem, não traiu, não se deixou trair? Essa uma suspeita pulsátil, que lhe grudara, como temor e trauma. Pois a natureza tem as suas próprias leis: existem, cá fora, à mostra geral, os preceitos de altivez, de galhardia; contudo, na carne e no couro, costumam ditar ordens as dores dos castigos infligidos. Talvez Tomás tenha escolhido sobreviver, e se tornado surdo e estéril, quem o sabe? Ela própria, em situação idêntica, poderia garantir, a priori, uma postura heroica e íntegra, isenta de tibieza? Alguém que, em dado momento, arria os braços e deposita no chão as armas? Quem o sabe?

Num repelão, abortou aquele esboço de trégua. Sentiu estremecimentos nos músculos, arrepios. Algo dentro dela, algo poderoso, ergueu-se e veio renovar a inquietude: os tanques na Cinelândia, o retrato de Che na parede úmida e encardida... A impavidez, a grande energia; mas também o esgueirar-se, a submersão...

Não! Em absoluto, não. Não, não e não. Sagaz, ele se ocultava, aguardando o momento de sentir condições de expor-se novamente à luz. *Todo o restante da humanidade, exceto ele.*

Depois veio um hiato de insonoridade absoluta. **Todo o resto da humanidade**, repetiu, quase em sussurro. As marcas do pesar, presas a ela como grilhões; os que os escravizados arrastaram consigo, por essas estradas e passagens aí. Em definitivo! Com ar ofendido, franziu a testa e apertou com força as arcadas dentárias uma contra a outra. Os dedos encharcados se comprimiram, esmagaram o suor, e foi necessária uma providência deliberada e lúcida para que relaxassem. Deixou as espaldas caírem, as curvas dos braços... Mais diria, erguendo-se: a indignação jamais se calará, e se perpetuará em Maria Ifigênia, e nos filhos dos filhos dos filhos...

* * *

Nada se passa na profundidade do poço de escuridão da escada, nem em parte alguma do mundo. O silêncio...

De longe vem um rumor: "La liberté! La liberté!" Marília iça lentamente a mão direita até a altura da boca e, com o polegar levemente inclinado, desenha o seu contorno; dá conta da reprodução de igual gesto de Tomás, de Belmondo. A fímbria dos lábios cerrada, porém, as maçãs e as asas do nariz não ocultaram o insurgente sorriso. *Haverá, um dia, uma planície para nós.* Seus olhinhos vivos e agudos brilharam, enquanto, aos poucos, todas as evocações, toda a fadiga, iam se desvanecendo.

O TIRANO AMOR RISONHO ME APARECE

Na comprida noite, sinos não tocavam; os badalos silenciados, metais em adormecimento. Se ecoassem, pelo menos seria um desafogo, um revigoramento; um gongo para o boxeador levado às cordas. Ao invés, vinha de fora um som morto, uma latomia surda. As lâmpadas da casa apagadas, as da cidade, relumbrando.

Sim, havia a solidão, como havia o vento, as nuvens levantadas, o lustre do teto, do qual caíam mais que mil pingentes radiosos, a mobília, cujos contornos se dissolviam em meio ao espesso véu das sombras, a madeira lisa das tábuas corridas do piso.

Fazia frio, um frio de congelar. Ergueu-se da suavidade do canapé e se sentou com aprumo. O par de pantufas se abriu, no chão à frente. De novo, e lento, e crepitante, a espera e a mudez. Pendeu ligeiramente o tronco para diante, os cotovelos fincaram-se sobre as coxas; dedos entreabertos espetavam o crânio e se refugiavam em meio aos longos fios de cabelo. A asfixia e a ânsia, em avalanches.

Necessitava urgente recompor-se, afugentar as lembranças graves, as digressões espantadiças. Buscava realinhar o emocional, diligenciar refúgios em cenários criados, arroios de águas límpidas que passeassem e cingissem...

Alongou os braços, as pernas, inspirou profundamente, sucessivas vezes, encheu os pulmões com o ar da noite. As batidas do coração, aos poucos, davam mostras de se desapressarem. Chegou o momento em que soltou um suspiro. Em meio aos instantes silentes, em que se poderia perceber até mesmo o estridular dos grilos, o bater de asas de um besouro pela casa, aguardava por algo que os céus e a eternidade lhe pudessem ofertar; à volta, contudo, o existir conservava-se exatamente como nos instantes anteriores, sem que nada se passasse dentro de sua quadra de tempo.

Quando setembro chegasse, e, com ele, a mornidão das noites, as flores nos campos altos — e os ataques de rinite suscitados pelos grãos de pólen —, deslocaria a mesinha de centro, estenderia um colchonete bem ao meio da sala e, janelas escancaradas, os vidros filtrando luzes, dormiria ali, mirando as estrelas. Aguardaria pelas ondas do adormecimento, ou melhor, procurá-las-ia em meio à atmosfera difusa da cidade, aos jogos que seu inconsciente criava para iludir o desassossego. Isso até as asas do pássaro gigante do entorpecimento e da lentura conduzirem-na às paragens do grande eclipse do sono. Uma vez bem dormida, navegaria por seus inquietantes sonhos, os quais, manhã após manhã, alongariam suas fibras e veias por todas as horas do raiar do sol.

Te procurei, caminhando pelas ruas, interrompendo o longo devaneio. Ruas, para ela, traduziam-se como aquelas estreitas e sinuosas, cotidianas, de pedras imperfeitas, contudo lisas e resplandecentes, que galgavam o Alto das Dores, Cabeças, Liberdade, Antônio Dias... Amuada, prometia-se esperar, perlongar-se no tempo infinito, dando ensejo a que se extinguissem as crenças rebeldes, fragmentárias, perturbadoras: Tomás no vão-livre da faculdade de Letras, as paredes pichadas, cartazes berrando em quadros de aviso. Ele não se move; ele hesita e, fora de seu hábito, dava mostras de não encontrar a primeira palavra. Ou diante do mar. Via-o retirar o tênis, arregaçar a calça e, misterioso e amorfo, misturar-se à semipenumbra, ao longe, na lâmina d'água, secretas ilhotas escuras espalhadas, onde aves noturnas se recolhiam. Aquele homem que, para seu enorme assombro, se tornara desairoso e rude. O Homem-Luz subitamente se eclipsara.

Aí então, saudadas por um cão que latia, raivoso, renitente, ressurgem, calmas, serenas, as batidas das sinetas; cucos badalavam, na redondeza. Nesse horizonte, e estendendo para longe a vista, ansiava para que a boa estrela surgisse e a abraçasse, e a erguesse e, como a dos presépios, enchesse seu coração de suavidade e de aconchego, mesmo que pueris, mesmo que implausíveis e ilusórios.

Te procurei pelas ruas, querido.

PINTA A SAUDADE, À FORÇA DE MINHA ÂNSIA

Ferrado no sono, Tomás, fervilhante, aflito, brusco, costumava balbuciar algo, um fraseado curto e que, no mais das vezes, não fazia o menor sentido. Em outras, chamava-a angustiadamente pelo nome e, em outras ainda, mais escassamente, a décima, centésima parte, urrava de causar arrepios, o que a obrigava a acordá-lo para que não prosseguisse em sua trajetória de furor — os pesadelos lá dele.

Por seu lado, em Marília, pouca coisa havia que exercesse maior eco sobre seu emocional que as matérias dos sonhos, os bons e os ruins. A tal ponto se deixava impressionar que chegava a se interrogar se tal fenômeno seria normal ou beirava a insanidade. Desde o raiar do dia até ali pelas 10, 11 horas, algemava-a o sentimento trazido pelas vivências da noite. Neles, Tomás era fielmente reproduzido, definido, exato. Revia-o embalando Maria, ou montando intermináveis árvores de Natal (as quais, ao final de um comenos, culminavam despidas e cruas), ou, ainda, caminhando por corredores intermináveis... E o mais recorrente de todos: um verdadeiro pôster, ele, fúlgido, punho erguido ao alto, num pátio onírico tão imenso, tão imenso...!

Nada o espantava? Hesitou e disse que não. Era uma fortaleza, apesar do coração de neve. Certa feita, numa horrenda premonição acerca do que lhe reservava o futuro, ouviu dele que se sentia "morto" em épocas de fins de ano. Usou tal expressão: "morto." Com franqueza. Ele defendia que os Natais consistiam em uma historinha repetida, há séculos, até com idêntica trilha sonora e cenografia, a fim de despertar "impulsos consumistas". Claro que, à época, não pôde compreendê-lo, pois nunca lhe passara pela cabeça um ser humano não se sentir tocado pelas Festas, período do ano em que, justamente, as pessoas se punham mais alegres e festivas. Tal incompreensão arrastou dezembros.

A verdade é que não há medalha sem reverso. Deus sabe o porquê, tal estado de espírito, sem tirar nem pôr, acabou se transferindo para ela; de ano para ano, passou também a não enxergar o menor sentido em tudo aquilo, em toda a artificialidade envolvida. De tal modo que, havia um bom par de anos, quando o calendário expirava, via-se igualmente tomada por idêntica apatia, quando não, melancolia; uma reviravolta, uma subversão de sentimentos. Se, para as crianças, esse período é a ocasião de verem acesas as maiores expectativas e o mais exultante contentamento, para Marília se tornara uma circunstância de pesar; pesar, substantivo e verbo: no sentido de desalento e dor, e também no de pôr sobre pratos de balança. E como isso era verdade! As vicissitudes, as agruras todas que os ombros suportaram, só se amorteciam mesmo ao descer, nas folhinhas, os ensolarados janeiros de praias cheias e céus límpidos e azuis, com lufadas de ventos soprando do mar para a terra, da terra para o mar. A vida adultera, subverte, muda o entendimento; a vida dá rodopios.

OS MENTIROSOS SONHOS ME CERCAVAM

Inopinada, sobre-ergue-se então a fisionomia do grandalhão feroz — os fantasmas do imaginário não aguardam ordens do desejo —, a abrutalhada abóboda craniana antepondo-se ao mostrador do relógio de parede, algo assim, a cabeça polvilhando caspas, a cara sombreada pela barba espessa e rude. Mesmo nas oportunidades em que ela não conseguia traçar um delineio perfeito das feições de Geraldo, em que ele, caviloso, se ocultava por detrás dos imensos espaços enevoados e movediços, estava presente sempre uma sombra de inquietação. E que desertos, que desertos de tantas dunas! Ele lá, na distância, desluzido e sem cor, em meio ao duro espavento, à desconfiança.

Cinquenta mil léguas até a linha divisória que os separava. Faltava que soltasse seus berros, seu rugido, que enchesse o cubo da casa com a loucura, com o sangue quente, que expelisse pelas ventas o seu reinado de pavor. Como seriam suas "visões noturnas" — as dele —, como deve derramar de si as reminiscências? Como olvidar tantas culpas? Hum? Sim, pois para isso são projetados os sonhos: para liberar espaços nas prateleiras da memória e consentir que outros registros, outras impressionabilidades, se injetem; um fio terra a servir de fuga a descargas excedentes. Porque cada passagem está ali, ocupando os respectivos sítios, cada coisa em seu escaninho, e é necessário, ciclicamente, intervaladamente, esvaziar-se o cômodo de despejos. Então fazia cálculos: enquanto ele revivia o seu inferno particular, há algo de padecimento ou, ao invés, essa coisa de experimentar prazer com o sofrimento alheio resistia ao tempo e às circunstâncias e não se dissipava?

Marília sabia — como sabia! — que, a despeito da tentativa de reaproximação intentada com a carta-bilhete, ele, de fato, com sua podridão, com a sua qualidade de caráter, nunca a aceitaria como ela era; por seu turno — esse pormenor está certo —, ela jamais se proporia a ceder uma única polegada que fosse. Ah, de maneira alguma. Sobreviveriam, imortais, as rasuras, a desestima gestada, a mágoa, ainda que não deixasse transparecer (ou deixava, mesmo sem o saber?). Perpetuava-se, dentro dela, uma atitude muda e estéril, como as manhãs chuvosas e frias sobre o mar vazio, que anulava a linha do horizonte, esfumaçava o delineio dos navios, ao largo, os pequeninos barcos pesqueiros, a estadia das aves marinhas... Compor a fronte, deixar arriar os braços, murar a tolerância... A infelicidade e o luto violento que ficassem bem guardados no mais secreto de seu âmago. (Seria isso normal, humanamente aceitável?)

Mas e se algo lhe acontecesse, a ele, ao vulto grande? Algo irreparável, queria dizer. Sobreviriam arrependimentos, flagelariam-lhe devastadores sentimentos de culpa? Hum? Um emaranhado de acertos dúbios e claudicantes dançava em suas ruminações: por um lado, a racionalidade sinalizava pela negativa; contudo, ao fim e ao cabo, a alma mergulhava nas profundas incertezas. E isso numa ordem de sucessão demasiado exígua. Por acaso, em seu íntimo, não fazia ecos a invenção de assisti-lo morto? Uma espécie de veleidade, de volição? Borneava, de soslaio, o todo de sua figura — havia muito desenvolvera a capacidade de observá-lo de socapa, evitando o face a face —, e o visualizava estirado num ataúde de luxo, coberto pela palidez exânime; sem nenhuma consternação, sem a mínima comoção, nada. Representava-o como um corpo embalsamado, uma máscara mortuária substituindo a cara volumosa. Vez em quando, embrenhava-lhe até mesmo certa ânsia de que tudo aquilo se consumasse. Por favor, não a censurem nem a condenem às chamas do inferno. Levantava, à calada, os olhos para o velho do quadro, o inquisidor-mor, acima das adagas, e varria o homem suarento, selvagem, indigno. Não obstante não reconhecer quaisquer semelhanças entre o monge decaído da pintura a óleo, rosto tisnado e marcado pelos anos, e o vulto grande, com suas bochechas gordas e redondas e cor de vinho, papadas vultuosas, algo indefinido os fundia numa similitude indecifrável e nebulosa.

A companhia financia aqueles animais. O seu homem, recortado contra os céus de nuvens cinza, um objeto inerte do qual se projetaram tais duras palavras. O rugido feroz da arrebentação, as espumas que se derramavam na praia, a compacidade das pedras escuras, desde a foz do rio Carioca até a curva de Botafogo… Uma espessidão infinda nas águas margeando a cidade, o país, o continente, que se embrenhava em todo o seu âmago e a fazia crer-se cercada de ameaças que prenunciassem qualquer coisa de aterrador e fatal. E o golpe, o breve instante que sua memória preserva como um punhal em meio a escamas de gelo.

VERÁS, VERÁS, D'ALHETA SOPRAR O BRANDO VENTO

O sol indo embora, a lua, no lado oposto, subindo — a minguante descrevia sua órbita. Olhos desvairados fitavam os céus, nestes fins de tardes de abril, carregados com matizes exuberantes de azul, de uma vermelhidão triste e, a um só tempo, esplêndida. A taça de vinho, no chão, quase vazia — um fino anel bordô contornava o fundo do cristal. As horas passavam, ligeiras, o lusco-fusco se antecipava aos relógios das igrejas, aos rumores próprios das horas noturnas.

Sem atinar com a razão, procurou pela torre sineira do Pilar, radiosa, fulgente — um jato potente de luz se projetava sobre o frontispício do templo barroco, contrastando-o com as montanhas. Sobre o prato do toca-discos, um elepê esquecido. Apertou a tecla de ligar e o painel acendeu. Ergueu a tampa de acrílico, tracionou o braço do dispositivo, e o prato principiou a girar; negligentemente, ainda removeu grúmulos de poalha conglobados na agulha. Por fim, deitou-a sobre o vinil; um ronrom grave e estalidos espalharam-se pela saleta, sendo, em breve, abafados pelo atropelo dos acordes de piano. A voz melíflua de Egberto Gismonti:

"José despertou, com
a noite e o nada
apenas uma mulher junto à mesa de jantar."

Arrastou-se, como sonâmbula, de volta até a parte dianteira do cômodo. As mãos repousaram no peitoril amarronzado e liso. O tabuleiro de lâmpadas como luzinhas de presépios. Tomás, "como um cigano dentro da escuridão", de cócoras, seguia, dócil e prestimoso, a efervescência e tagarelice de Elena, que ia abrindo caixas e retirando, de dentro, ramos aramados de árvore envoltos com papéis estriados verdes, fitas multicores, enfeites espelhados, pisca-piscas em formato de gotas pendentes...

"O que fazer, José?
é hora de partir na escuridão,
é hora de fugir..."

A entranhável canção a acalentava em sua nuvenzinha de delícias, os versos e as notas lhe traziam inaudita sensação de suavidade, brindaram-lhe com instantes de paz, que deveriam ser infindos; a brisa úmida esvoaçou seu penteado. Retrocedeu então um passo e entrefechou as folhas da janela. Pela abertura estreita, buscou por algo que se movesse, algo que os ventos gerais trouxessem à sua presença e depositassem a seus pés. Mirou ao longe, através da vidraça fria e embaçada, muito ao longe: a quase sensação de não se encontrar verdadeiramente desperta, mas mergulhada num de seus sonhos. Assistiu àquela ausência, entranhou-se nela. Sentiu desfocar a contemplação; os fluxos visuais se perderam, tornaram-se difusos, sem se fixarem em coisa alguma, enquanto uma afeição extraordinária lhe acariciava: uma simpatia vaga, um sentimentalismo pleno e reconfortador. Placidamente, afugentava evocações que, rebeldes e cotidianas, ameaçavam removê-la do estágio de completude em que se achava.

O relógio do Pilar soou; todavia, absteve-se de contar as batidas. Não dar conta das horas, dos seus registros no despertador (na miniatura de relógio de chão — sem os ponteiros! —, presenteada por Nina), nas torres das igrejas; que, em sua imponderabilidade, os minutos corressem de rédeas soltas.

De bom grado, atreveria a dizer que já se acostumara ao clima dali, ao jeito arredio das pessoas. Descobrira o prazer no deslizar das pantufas macias sobre o soalho, sentia-se afagada pelas vestes, as lãs das madrugadas geladas, os pulôveres e cachecóis... o interlúdio dos carrilhões, sibilos de ventanias nas frestas de telhado. Vestígios de perfumes desprenderam-se do seu xale, as derradeiras moléculas de eflúvios aromáticos; roçou-o sucessivas vezes nas narinas, inspirou profunda e seguidamente, um olor que remetia a essências refrescantes e selvagens. Ela se abraçou, circundou quase toda a sua volta, acolheu o próprio torso e se deleitou com a experiência.

Uma ou outra noite, aprontava-se, maquiava-se e se lançava nos espaços públicos, a rua Direita, a Senador Rocha Lagoa, a Paraná, a Praça Tiradentes... Escassas vezes; de se contar nos dedos. Em algum canto, haveria um bar aberto, o Chico Boite, o Batida do Gogó, a Boite Pilão... Seria capaz de jurar que, apenas e tão somente, almejava registrar a sua estranha curiosidade acerca do que se passava no mundo; assistir ao minuto que viria após o minuto que corria, sem, no entanto, trazer consigo, no retorno para casa, nada que pudesse lhe gerar novos remorsos. Uma coisa que soasse tão somente a um capricho, e não a aventuras, a jogos, jogos de azar; que não guardasse rimas nem razões. Uma bebidinha, tão somente.

Recolhia-se a um canto apartado, de onde, em surdina, poderia acompanhar, por detrás das fumaças dos cigarros, os homens e as mulheres das noitadas. Sorvia uma, duas taças de vinho, ou copos de ponche, ou cálices de aperitivos, ou chopes, na curta estação do verão. E isso era tudo. Hermética, cega e surda, ela se fechava, tornava-se ainda mais hirta e sólida; não estava para ninguém. Pois não eram exatamente essa inexcitabilidade e esse descaso extremo que lhe permitiam um olhar desprendido sobre as pessoas, a única fixidez a que se dava liberdade? Se, porventura, uma divindade lhe indagasse o que estava esperando, ergueria as sobrancelhas e a ponta fina do nariz, desenharia suaves vincos na testa e não teria o que responder.

No momento em que, por fim, via a inquietação do espírito e a vigília vencidas pela ligeira ebriedade, levantava-se e tomava o caminho de volta para casa, revendo as situações a que expusera, desnecessariamente, os rapazes do lugar (por qual razão batiam em retirada, tão facilmente, se tudo não passava de uma provação a que os submetia?).

Recapitulava tais incidentes, vivenciava-os de novo, no visível da pele e na profundidade do espírito. Escorada na arca, mirava uma paisagem suspensa, um cenário que, na instantaneidade, apresentava-se aveludado e irreal — o vinho, a névoa das ruas... (O álcool lhe subia ao juízo.) Daí a um tanto, e medindo cada de seus movimentos, rodava sobre os pés e retrocedia até próximo à eletrola. Virou o disco de lado; novamente, o chiado ríspido nas caixas de som. O sintetizador, as cordas, os sopros, a percussão, o piano... A música subia, o vocal como via condutora da linha melódica...

"Não quero mais o cheiro de dor..."

A dor como um bicho-pau, que reduz a nada galhos em decomposição apanhando sombra no chão da floresta da Tijuca, estercando o mato, eles dois, cobertos de umidade e infindável inebriamento, tomados por bruscas pulsões eróticas, escorados sobre qualquer superfície que acolhesse seus corpos...

Por ora, desligou-se a luz nevoenta da memória. Avançou às cegas em direção à escada. Tateando, temendo por choque elétrico, acionou o interruptor; o filamento da lâmpada incandescente amarelou o adormecido fosso, o tapete limpa-pés de juta de pelos ásperos... Os ocos das mãos circundaram o capitel do corrimão. Estirou o olhar pelo pequeno vestíbulo, lá embaixo, à cata de algo no chão, o envelope pardo; o de sempre, adquirido às dúzias nalgum bazar decadente e empoeirado. Nada! No pequeno quadrado do saguão, só o revestimento de ardósia, a friagem das pedras, a crueza da porta de mesmo tom que as janelas. Ao final de um tempo, apagou a luz.

"... descobrir um país na manhã ao som dos sinos de metal."

Girou lentamente e se voltou para o meio do cômodo. A visão acidental da gaveta, onde guardava as fotos, trouxe-lhe um tudo nada de ansiedade. Conservava-as — as fotos —, de fato, sem compreender as razões. Ou melhor, sabia: por temor de vir a se arrepender, no futuro, associado a um tanto de ânsia; ânsia de saber, de desvendar o mistério. Algo, uma intuição, uma expectativa encantada, a encurralava e não lhe permitia ir além, apesar de, em outros momentos, ver-se atropelada pela compulsão de incinerar tudo, tal qual procedera com o bilhete do pai, assistir, impassível e friamente, às chamas consumirem-nas; afinal, o que de mais operoso existe que o fogo para esvaecer histórias sombrias?

Daí, Santa Teresa. Como se achavam todos lá? O... o coitado...!? (Com não grande esforço o entrevia, uma das pálpebras caídas...) Não era contranatural e desconcertante que pensasse nele primeiro, em vez de em Maria e Elena? Podia vê-lo, claramente, cabelos vastos, cerrados, em desalinho, debruçado sobre a mesa, fazendo palavras cruzadas, ou arrebanhando, a custo, cartas dispersas do baralho, dispondo peças no tabuleiro de xadrez, as quais — em especial o rei — ele, ao final, tombava, como fazem os vencedores, após o xeque-mate.

Via a casa, desenhava mentalmente os compartimentos, assistia à moldura dos brumosos móveis, ao brilho fugaz e amortecido das pratarias... Distinguia os sons mortos, distintamente, os quase imperceptíveis tique-taques dos relógios à deriva, Maria Ifigênia e a avó recolhidas ao quarto, onde se refugiara durante a longa estação em que esteve mergulhada em escabrosa melancolia; a sua "casa de bonecas".

Maria, com tão pouca idade, ainda não compreendia a margem do tempo, nem adquirira sabedoria acerca dos fatos consumados. Nas férias passadas, por exemplo, bracinhos erguidos na direção da porta, dedinhos soltos no ar e aos gritos, desesperara-se quando de momentânea retirada da avó, só acalmando-se quando do seu regresso pressuroso; a presença da mãe não havia sido suficiente. Uma experiência que frustra, sem dúvida, e que ainda não havia de todo caído no esquecimento, apesar de, na atualidade, não reunir a mesma dramaticidade que representara, cinco meses atrás. Dentro de dez anos, talvez, episódios como esse — e o que puder se salvar dos escombros da família — se perderão na memória, ela acreditava. Só teria de esperar.

Em sua última carta, Elena fizera menção de que José, "o coração fraco", adoecera, o quintal e o jardim, em decorrência, relegados ao abandono, a ameixeira e o pé de amora, a romãzeira, na frente da casa...

É bom notar que todas as equações conduziam a semelhantes resultados: Marília estava tomada pelo medo. *O medo é irmão da noite. Com seus glóbulos de veneno, suas sementes de febre e ardor. Como os fluxos da maré, esses ciclos rastejantes e infindáveis da natureza.* O medo, ele se dispersa; porém, de novo, e de novo, adentra quando se alcança o crepúsculo, ao calar a noite, na morna reserva que povoa o lar doméstico.

Braços estendidos lateralmente, apoiados no encosto da arca, sentia-se moderadamente quente; a taça de vinho, junto à garrafa, no chão... Naquela posição, permaneceu por segundos, minutos talvez, abstraída, a vista furtiva.

"O cavalo corre na pedra,
no coração noturno das Minas Gerais."

No coração noturno e embriagante das Minas Gerais, libertas quae sera tamem! No coração noturno e solitário das Minas Gerais, dedos tamborilando sobre o verniz da madeira, simulando o saltar das notas do piano. Um alazão fogoso, desencilhado, ventas abertas, sem freio e viseiras, patas dianteiras lançadas ao ar, a crina e a cauda, a semiesfera dos olhos saltando, desvairadas, das órbitas, irrompeu em sua imaginação febril.

No chão, a capa plastificada do elepê *Água & Vinho*. Deixou sua posição e pisou seus calcanhares naquela direção; ao se acercar, agachou-se e a tomou nas mãos: uma figura humana empertigada, quase um manequim de lojas sem os braços, enfiada em terno de tom pastel, num corredor de ladrilhos hidráulicos.

Ergueu os olhos trôpegos; não se percebia alegre nem triste. O claro-escuro adiante a enterneceu: ela ainda esperava... E tal aspiração arrastou sua alma para o vazio da escada, em busca de ressoares de passadas imaginárias, de arfares de peito, de um eco milagroso qualquer. A longa cortina ondeava, esvoaçava, delicada e furtivamente.

A DOR NÃO SOSSEGA ENTANTO

Da segunda quinzena de março à primeira de abril, próximo de meia dúzia de envelopes, contendo retratos seus, foram achados sobre a soleira do sobrado, mas nunca, nenhuma vez sequer, às quintas-feiras, único dia da semana em que não ia ao Arquidiocesano e permanecia em casa. Quer dizer, o maroto, o solerte, conhecia suas rotinas.

A invariabilidade com que tais episódios se sucediam, apesar de alongar seu martírio, não deixava também de lhe infundir certa dose de suspense acerca de qual flagrante de si depararia, na próxima vez em que desse com o retângulo de papel lançado ao chão. Esse sentimento também existia. No entanto, depois daquele 12 de abril, sobre o sobrado abateu-se longo período de trégua. Nada! Os dias se tornaram como os do ano anterior, 1973: miúdos, rotineiros, regulares.

Em meio a tudo, persistia a forte suspeita de que o autor material de tudo aquilo fosse alguém dali mesmo, um vizinho, talvez. Por essa razão, em todas as vezes que sucedia de cruzar com um deles, nos passeios estreitos, investigava suas ações, reações... Pois, em nenhuma das oportunidades, nada pôde surpreender. As pessoas passavam sem, por detrás das fumaças de seus cigarros, dirigir-lhe nada além de breve e protocolar aceno, quando não lhe voltavam as costas.

Nas tardezinhas, retornando do colégio, já da distância vinha apurando por feições que se repetissem, de um dia para o outro, em especial alguém portando uma máquina fotográfica (o que acabava acrescentando adicional complexidade, pois com o que mais se depara na cidade são exatamente turistas portando as tais). Enquanto se agachava para pegar no chão os tais envelopes, porta escancarada, lançava rápidos circungiros pelas imediações, procurando por fisionomias que se mostrassem atentas; nenhuma presença que já houvera surpreendido em ocasiões anteriores. Nunca, ninguém sobre quem pudesse lançar suas flechas de suspeição. Não se via, em definitivo, diante de missão simples. Estratagemas com o intuito de flagrar alguém acercando-se, furtivo, do sobrado, também se mostraram infrutíferos: na penumbra da sala, pé ante pé, acercava-se do vão da janela e, secreta e apreensivamente, o menos possível de ruído, envolta no tecido da cortina, e tomando como alvo o trecho de calçada adiante da casa, espiava à direita, à esquerda, e... nada. Nada vezes nada. Durante todo o transcurso daquela temporada, foi quase permanente o estado de alerta em que se manteve; pensava naquilo a todo momento, punha-se em alerta, o que acabava por garantir-lhe reservas adicionais de turbulência. De todo modo, após o sucedido em 12 de abril, coisa alguma, de expressivo, se fez presente; o "carteiro" não mais se mostrou.

O NOME QUE HÁ DE TER A MINHA AMADA

Cinco para seis outonos antes, sandálias de corda e roupas estilo psicodélico, Levi Cirne Rigo fazia seu movimento na Feira Hippie, pendurando seus trabalhos em fotografia em cordéis amarrados entre árvores e palmeiras, na Praça da Liberdade, em Belo Horizonte. Isso para o desolo dos pais, ambos médicos da boa sociedade, e menoscabo do irmão e da irmã mais velhos, que persistiam na mesma trilha parental.

As roupas, até os 14, 15 anos, adquiridas pela mãe para o caçula, no trecho da rua Espírito Santo entre a Goitacazes e a Tupis, foram substituídas por outras de tonalidades quentes. Inconstante e aventureiro, transladara-se para Ouro Preto devido ao "espírito do lugar", não sem antes haver peregrinado por Diamantina, São Tomé das Letras e Lumiar. No lado de Antônio Dias, a umas quantas dezenas de metros do Santuário da Conceição, na saleta levemente aclarada pela frouxa luminária de bambuzinhos, reverberava do toca-fitas a sonoridade de Hendrix:

"Anger, he smiles,
towering in shiny metallic purple armour..."

Na parede-meia, avançando até a saleta, dezenas, centenas, talvez, de fotografias, fixadas por tirinhas de esparadrapos, contornavam pôsteres de Led Zeppelin e Jim Morrison, uma mandala e um quadro em madeira com o símbolo da paz; no chão, vasos de terracota, onde hastes secas de capim campeiro se espetavam, e três ou quatro almofadas, sobre uma das quais descansava a Canon.

Diante do painel de fotos, apoiado na parede por um dos cotovelos, atentava para duas delas, a não grande distância uma da outra: na primeira, meio enviesada, a professorinha de província, echarpe ao redor do pescoço; na outra, um pouco à esquerda, a mesma morena, bem feminina, mamas redondas, mecha de cabelo caída na testa, o casario emoldurando-a. Olhando interessado, recuou um tanto a fim de contemplá-la. É ela, a moça! Mirava as fotos alternadamente, retrocedendo um tanto para analisar a graciosidade no deslizar das canelinhas brancas... Encontravam-se ali, desde há muito, sem que tivesse descoberto. Apalpou suas inquietações de espírito; nem ele próprio se sabia capaz de tal metamorfose. Mal pensava que... Boquiaberto, deixava-se contagiar pela surpresa, enquanto as retinas vislumbravam a sombra misteriosa e mágica, a silhueta.

Em meio a extemporâneo raio de luz, assistiu ao desfilar de "Eva" — chamá-la-ia Eva, a primeira mulher... ou Janis —, o sulco entre o lábio e o nariz escorando os materiais que trazia abraçada, livros, cadernos... Havia em seu semblante algo de melancolia, em simultâneo com certa lascívia. Alongou todas as suas fibras e moveu os pés descalços. Avançou silenciosamente e desligou o toca-fitas. Tomado de estupefação, não lhe ocorreu nenhuma teoria, nenhuma concepção especial. Algo dentro dele se "transmutara", o que independia de um desígnio, mas, sim, de uma força externa extrema (Morel foi um vislumbre, que deslizou sobre o tapete de sisal, transpôs o reposteiro sem chacoalhar, nem minimamente, as contas de vidro e volatizou-se na direção dos fundos da casa).

Agitou o corpo, sacolejou-o, como se atravessado por calafrios. O cérebro ligou dispersas ideias, o eixo de sua visão repousava sobre o nada. Flagrou-se cantarolando: "Have another little piece of my heart now, baby." Dedicou novamente extensa e difusa mirada ao longo do painel: ladeiras e praças, montanhas, torres e campanários, minúcias de beirais e vertentes... O Itacolomi, a Casa do Manso, o frontão da igreja de São Francisco... Repassou os episódios do dia anterior e, enquanto eles se revelavam, descolava, com cuidado, as duas fotos, soltando o esparadrapo que as mantinha aderidas à parede. Emparelhou-as, embaralhou-as diante de si. Ao final, sacou um envelope do maço retirado da gaveta de cima do armário de canto, encerrou em seu interior as fotos e o abandonou sob o peso do molho de chaves. Acionou de novo a fita magnética...

"...Orange is young, full of daring..."

Embraçou a Canon e rumou em direção ao lavabo, fechando-se por dentro. Acendeu a lampadazinha rubra sobre o armário de parede, apagou a do teto — não sem antes reestudar as posições das três tinas que continham os reagentes —, calçou luvas e correu a cortina de flanela que cobria o basculante, escurecendo o cômodo. Feito isso, destravou a tampa traseira da máquina, desprendeu o celuloide do corpo da câmera, desenrolou-o e o imergiu no primeiro vasilhame.

Números, segundos saltavam em seu tempo interior (da saleta, os sons lhe chegavam confusos; zumbiam, em surdina, vocalizações indiscerníveis, acordes imprecisos da canção). Mergulhou a película na segunda tina. Em um par de minutos, transferiu-a para o terceiro recipiente. Quando deduziu que tudo já havia se fixado, acendeu a luz do teto, deslizou ruidosamente a cortina e soabriu o cômodo; lavou o negativo sob a torneira da pia. Na sequência, correu a vista pelo filme estendido diante de si e o pôs para secar, sustido por um pregador de roupas.

Em segundos, já se encontrava na copa. Serviu para si um gim com vermute, tomou um gole e, sem apressar-se, retornou ao banheiro. Despiu-se molemente. De novo e sutil, Morel adquiriu corpo, mostrou-se em sua brandura: penteando-se, escovando os dentes...

Ao abandonar a casa, deixou-lhe, na geladeira, um pudim com calda de laranja e mel, um incenso almiscarado ardendo, na sala, e um cravo cor-de-rosa num copo com água (cravos brancos, sabia, remetiam a inocência e amor puro, os vermelhos, amor e paixão, os rosa, felicidade e gratidão). Bem pensado, não se tratava de uma depreciação? Sim, pois gratidão é um valor de segunda ordem. O afeto, o ardor, com todos os seus contingentes... contudo, limitar-se à gratidão!? De certo, um sentimento de se levar em conta, mas, naquilo que supunha ter havido de volúpia, aquela pouquidão, aquela exiguidade!? Pesou, sentiu. Ficasse assim.

Morel, e seus cílios longos, as covas no rosto... Pouco a pouco, foi perdendo o viço até, por fim, emurchecer; quantas vezes deu com ele, olhar perdido, os livros abertos e inertes diante de si, quantas?! Quantas vezes a insônia alegada retardara o momento de ele recolher-se à cama!?

Bom, bom, em Levi, tarde ou cedo, após a separação, o tormento tratou de ir perdendo a força. Após madrugadas insones, "decidiu" não mais padecer. E, assim, pouco a pouco tudo se desfez; a tensão se dissipou. Perdê-lo — a Morel — havia sido como um despetalar de rosas, um estampido que estourara nos ares. Uma morte vaga e inescrutável. Cicatrizes cuidaram de, às avançadas, cobrir as chagas. Às avançadas... Ou não? Ou se enganava e tudo se arrastara além dos limites?

Noite dessas, sonhara com ele: uma torrente medonha, um rio de enchente entre eles dois. Do outro lado, Morel, impassível, nem atinava com os seus gritos, sua conclamação. Em meio à agonia descomunal, absurdamente, Levi afligia-se por lançar-se, em seu socorro, na corrente de água barrenta e atravessar até a margem oposta, a fim de resgatá-lo e trazê-lo a salvo, enquanto Morel, lá, frio, surdo, como se não se encontrasse resvalando para o perigo. Somente esse quadro, que se arrastou, absurdamente real e cristalino.

O que restou, o que ainda sobrevive? De todo coração, almejava que Morel seguisse adiante. Não o veria mais, se não por determinação do destino, mas por deliberada tomada de consciência. E sem que remanescessem amarguras. Nada para endireitar nem para apagar. Nada a perdoar, nada do que pedir perdão. O sonho acabou. "The dream is over". O tufão passara, os serviços de meteorologia de todo o mundo anunciaram. Fez "sim" com a cabeça e fechou os olhos; quando os reabriu, deu com o grande espelho de parede refletindo seu rosto consumido, os lábios exangues, as sobrancelhas ralas e finas, os arcos das costelas desenhando o contorno do tronco.

Retornou à saleta de tanga, nu da cintura para cima. Cessara o canto de Hendrix, as últimas notas caíam da canção. Enfiou-se no roupão e jogou-se numa das almofadas. Apanhou os postais dentro do envelope e os passou. O queimador de incenso sobre o aparador. Num golpe de vista, alcançou a pequena lata de prata lavrada, em cuja tampa, impressas, se reconheciam hastes vegetais entrelaçadas: a "patena". Arrastou-se naquela direção, nádegas e calcanhares, manejando os joelhos, e a alcançou. Abriu-a, retirou de dentro uma pastilha de ácido e deitou-a sobre a língua, como se se tratasse de uma hóstia. Regressou, de arrasto, à posição original, afundando-se no assento acolchoado, assumindo a posição de Buda, braços enlaçando pernas e pés.

Lentidão... lentidão... compassos de silêncio... Segundos saltavam no relógio que governava o mundo... Abriu caminho refrescante sensação, que dele se aguçou e se apoderou, feito inspirasse ares de cachoeiras, que despencassem de serras altas e dispersassem nuvens de gotículas frescas. Sentiu-se outro ser, alguém desprendido de sua substância, os movimentos impressionantemente vagarosos... Uma paz inexprimível, a frescura noturna, a silente neblina lunar... Uma leveza que se confundia com flutuações, voragens... Pupilas avinhadas alternavam-se por pontos da parede, manchas sem luz remexiam-se no esfumaçado do espaço; voavam soltas, expandiam-se e se contraiam, contraiam-se e se expandiam.

Içou uma das mãos e a beijou, com marcante concupiscência; a outra também se elevou e culminou por enlaçar a primeira, envolvê-la, cingi-la, arrastando-a, com licenciosidade, de encontro aos lábios; os braços se trançaram no alto. Sentia desejos. Beijou-a — a moça misteriosa —, conquanto, a intermitências, fosse Morel quem se interpusesse (não distinguia as duas figuras, eram elementos integralizados de indistinta realidade e materialização), enquanto um poderoso sibilo contínuo, qual o de circuitos eletrônicos, principiou a zunir; sua cabeça zumbia. A luz de cada dos trinta lustres chamejava, flambava, inundava a sala, enquanto de lá de fora sobrevinha outro fulgor, milhares de vezes mais vivo, milhares de vezes mais ofuscante, que devia vir dos círios do... da Conceição, dos turíbulos, do ouro reluzente. Eles cantavam, um canto vinha de longe, canalizado em imensos tubos, e reverberava ali dentro em fosforescências verdes, radioativas; o recinto, ancho, o mundo, tamanho, as montanhas, soberbas...

Sede, muita sede, tremia de sede; todavia, algo lhe dizia que, se se erguesse dali, a fragrância, a cachoeira, o eco profundo se esfacelariam. Arriscou-se em abaixar milímetros o queixo, só o tanto de ver-se estirado sobre as pranchas hirtas, colossais, que perfuravam as paredes e alcançavam um céu imenso de estrelas cintilantes. Sua substância se mostrava infinda, os pés, apartados dele, tíbias e fêmures absurdamente alongados. Escarneceu de sua lerdeza, porém algo lhe soprou que era urgente reunir forças a fim de precipitar a penosa propulsão: um movimento, mesmo sem pressa, acabaria por arrancá-lo de onde se encontrava. Retalhar as aquarelas, demolir os totens e os ícones, no retábulo...

O enxame então se dispersou, lábil, abrupto, e um rumorejo de vozes alteou. As centelhas desvaneceram, e novo lume baço e mortiço encheu o cômodo. Ergueu-se a custo pelos cotovelos, aflorou a cabeça; dobrou os joelhos e forçou, dolorosamente, a pélvis para cima. Não conseguindo se equilibrar, desmoronou de novo no piso regelado. Deixou-se assim ficar, não providenciar esforços, que se mostravam inúteis, e aguardar.

Passou o tempo; cessara o pesadelo. Retornaram, pouco a pouco, as batidas leves e fúnebres de sinetas, a luminosidade equilibrada. A custo, suspendeu-se do chão, apoiando-se pelas munhecas. Para além, a nave iluminada, a Matriz às claras, os recitativos da Paixão, os "Anima Christi", os "Miserere"... Os "jacubas", os moradores de Antônio Dias, velavam o Senhor dos Passos. Na manhã seguinte, sobre tapetes coloridos, ares devotos, a Irmandades o conduzirá, em cortejo, até a Praça Tiradentes e lá o devolverá aos do Pilar, à frente, os dois tocheiros e, sob o pálio roxo, murça e capa carmesim, estola púrpura,

Dom Oscar de Oliveira, o arcebispo de Mariana. Morel palmilharia em meio à multidão, que, de joelhos ou na vertical, assistia à procissão. Diante da casa, contrito, dirigir-lhe-ia uma olhadela de quem testemunha uma cena real de passamento e penitência e seguiria adiante.

Morel se foi. No verão passado. Cinco meses. Não pôde, alegou em seu favor, romper o vínculo familiar; havia uma casa, uma mãe e duas crianças: "Tenho de voltar", desculpou-se. "Perdoe-me." Destacou "uma mãe", não "uma mulher", nem muito menos deixou escapar o seu nome, o que suavizou as dores físicas e morais.

Já não sabia desde quando algo de abatimento era perceptível em sua voz, os longos períodos em que mergulhava num silêncio melancólico e sufocante. Deixava de falar por dias, sentava-se à mesa sem muito entusiasmo, o olhar perdido, dando mostras de haver se transformado em mais uma vítima da generalização de que dois seres não suportavam intimidades que se alonguem em demasia. Encontrava-se na rodoviária, prestes a embarcar, e lhe suplicou que nada fizesse na tentativa de mudar o destino. Em termos simples, ainda se achava nas proximidades, a umas quantas centenas de metros, as quais poderiam, acaso desejasse, ser vencidas num pulo. Retê-lo-ia, indiferente às reações do mundo exterior. Todavia, durante o telefonema, ouviu-o acentuar que "ele encontraria algo novo" — ele, Levi — ou "alguém novo", não se recordava. Cogitou interrogá-lo acerca do que significava aquele "algo novo", entretanto, trombudo, inferiu que seria em vão. E ele se foi; o vapor abandonou o porto. Deixou-lhe a casa em ordem, o prato de almoço servido na trempe do fogão, a toalha de banho e as roupas de cama trocadas... (ah, e o pudim e as flores de cravo). Retornou para a família.

Depois, muito depois, convenceu-se de não serem propriamente as afeições que preenchem a completude dos relacionamentos; há outras forças em jogo, singularidades... São assuntos da alma. Para Morel, do mesmo modo, não deve ter sido uma decisão fácil; nem a chegada nem a partida. Afinal, ele também teve suas perdas, em ambos os movimentos. Até que chega o estádio em que novos recuos se tornam sonhos de loucos, e então a resignação acaba se insinuando, e o ressentimento rende-se ao seu coração.

Ficar um pouco sozinho, libertar-se de si mesmo... Desfez-se da linha telefônica, vendeu-a, destruindo a ponte que o poderia ligar ao passado. Chegou inclusive a pensar em mudar de endereço, porém, em verdade, acomodou-se e... Justo!

O lento mover dos astros no céu tratou de ir atenuando as marcas, os aromas, e, desse modo, a presença de Morel se fazia sentir só muito teimosamente nos pufes da saleta, onde, de short ou bermuda, ele se sentava para ler; mais teimosamente ainda na intimidade de colchas, lençóis e da manta verde, que confinavam hormônios, cheiros, e, de longe em longe, no desatino da água do chuveiro caindo.

O tempo traz de volta a imperturbabilidade, era no que acreditava, o tormento cederá, e o abrir e fechar dos dias se encarregará de apontar que nada restou, além do sereno registro das loucas aventuras. Já não sobreviviam os traços do padecimento, a tempestade abrandou. O céu deve se preparar para reabrir, as nuvens, se dissiparem, e as tonalidades do espectro visível retomarem seu posto no firmamento. Não importava o passado. É regra que relações amorosas se degradem, não resistam além de meia dúzia de anos; isso se encontra descrito em qualquer compêndio sobre o tema. Porque as luzes do teatro devem se acender, e a plateia, rumorosa, se erguerá das poltronas. Dali em diante, limitar-se-ia a rememorar as histórias, recordar, simplesmente, como num álbum de fotografias; sem os abalos. É o real. O que nos avisa, o que nos serve de alerta? Um vácuo, uma sensaboria... Um "ele não me 'perturba' mais". A agitação interna que se definhou.

E OS SEUS CABELOS, QUE LINDOS SÃO!

À mesa do bar, surpreendeu-a abraçada a livros, cadernos, a cabeleira oscilando em cada passada, enquanto, dentro dele, aviventaram-se reações absurdamente incontroláveis e desconhecidas: um tufão enlouquecido. Que mulher linda! Como assim?! Que química era aquela?

Como um autômato, apontou a Rolleiflex naquela direção e, mantendo pressionado o disparador, bateu seguidos cliques, até o rolo de filmes expirar. Juntou seus pertences, ergueu-se de um salto, fez um aceno para o garçom, apontando para a nota de dez cruzeiros deixada sob o porta-copo, desceu os óculos da testa para o apoio no nariz e partiu em sua pegada. Reconhecia-se pasmado, e tal sensação se manifestava — como melhor descrever? — como um agito, um ofego. O seu jeito de arrumar as pernas — ia calmamente, um pouco dobrada para diante —, a dança da saia de um tecido leve, as pernas torneadas... A graciosidade nos movimentos — os quadris controlavam a cadência do andar, uma passada seguindo-se à outra —, a magia e o perfume deixados para trás, o embaciado e em que se convertia a atmosfera à sua volta... Inabordável, inacessível. Nem alta nem baixa. Bela, belíssima! Aconchegava seus objetos ao peito como quem resguarda tesouros rapináveis ou dissolvíveis às primeiras gotas de chuva; uma dessas colegiais que, ao final dos turnos, pululava pela cidade e que, até então, misteriosamente, amoitara-se de suas lentes e suas córneas. A perplexidade diante da evidência esmagadora de que... que era... de que são possíveis tantas fórmulas. Sim, claro, óbvio; havia essa novidade. Ele olhava, ele via, a minúcia seguinte libertando a precedente da obrigatoriedade de manter-se gravada na retina. Adivinhava-a sob as vestes, antevia a violência das linhas de seu torso nu.

Ele, a não muita distância, "acariciava" suas pernas grossas, suas panturrilhas de porcelana, os coxins de gordura, as veiazinhas azuis... Corpo de fêmea! Se, cortando a fantasia, não se tratasse de grosseira impolidez... freando o impulso de roçar seus ombros. Deixou as mãos caírem, desarmarem-se, não obstante, nas entranhas, ainda titilassem as chamas escaldantes. *O princípio crucial do humano é saber reprimir os ímpetos; isso nos distingue das feras*, disse uma voz dentro de sua cabeça.

No íntimo, persuadiu-se de que bastava admirá-la assim, da distância. *Uma mulher. Uma mulher!* Quase um palmo mais baixa que ele, o suficiente para abrigá-la sob o queixo, apoiá-lo contra a risca de seus cabelos.

Perpassou-lhe o repente de fotografá-la assim, à queima-roupa, levar consigo tal registro, entretanto, lembrou-se de que não havia chapas nem tempo para inserir novo cartucho — ela já se afastava num quase galope, como se, inconscientemente, desejasse fugir. Mmm-hmm...! Não tinha importância; ali dentro — apertando a máquina contra a cintura —, ela já se encontrava devidamente registrada; se nunca voltasse a vê-la, o já captado desde a mesa do bar seria o bastante para convencê-lo de que não esteve diante de uma miragem.

Foi então que a moça se deteve no vão da calçada; abriu a bolsa a tiracolo, revirou o seu interior, e de lá tirou uma chave, com a qual abriu a porta defronte, e sumiu no interior da construção. Sobre-excitado, correu os olhos pelo rés do chão: a porta pesadona e outras duas mais amplas, de duas folhas, porém lisas, provavelmente de um ponto comercial sem uso. Encompridou o olhar até o andar de cima, onde duas cortinas brancas ondulavam-se, levadas por imperceptível aragem. Sem esperar por novos desdobramentos, todo atabalhoado, girou sobre os calcanhares e se pôs em fuga.

Em casa, após a revelação das fotos, entre as oito tomadas obtidas, selecionou as que julgou mais bem enquadradas e focadas, colocou-as dentro de um envelope e, naquele mesmo dia, subiu ladeiras, desceu ladeiras, transpondo-se até o outro lado da cidade. Ao final talvez de minutos de observação e espera, ao considerar-se seguro, jogou-se na direção de seu alvo, empurrou tudo através da greta da porta e zarpou dali.

Nas demais ocasiões em que se repetiram tais "aventuras", submetia-se às mesmas regras: já de certa distância, migrava para a calçada oposta e de lá ficava namorando a casa. Aplicava os ouvidos em busca de ruídos, de ondas sonoras — com o tempo, aprendeu que, quando ela se encontrava, quase invariavelmente, havia músicas de um disco a tocar.

Daí em diante, passou, quase como um costume, a frequentar os cafés e restaurantes do outro lado — da Conceição ao Pilar, quinze, vinte minutos... Manhãzinha, aprontava-se, pegava uma de suas câmeras, acertava o inseparável Ray-Ban — descobriu-se mais seguro com ele, mais confiante e corajoso, adquirindo quase a sensação de "invisibilidade" absoluta — e incursionava até os limites de lá da cidade.

A cor de suas íris... Eram claras. Azuis? Esverdeadas? Talvez um tom gris raro. Somente baseando-se em sua aparência, fantasiava um timbre veludoso de voz. Admitia que encontrava dificuldades em encará-la de cheio, mas nenhuma, quando vista por detrás; uma espécie de timidez ante a magnanimidade...

Uma manhã, inclusive, tomado pelo gérmen do ciúme (pôs essa hipótese absurda na cabeça, uma vez despertado durante a madrugada, e nada, depois que amanheceu, pôde demovê-lo), postou-se de sentinela a certa distância do sobrado, o suficiente para ver e não ser visto. Assistiu-a sair, pouco antes das 7 horas — um sobressalto poderosíssimo —, ombros curvados, o nariz ereto e reto, delicado. Sentiu-se tomado por estranha animosidade ante a expectativa de que, a qualquer momento, aquela porta se reabriria e, por ela, repontaria um irmão de Caim qualquer, o qual, em imaginação, desenhou como alguém alinhado, de belo porte, diligente e com ares de civilizado. Pois deixou-se ali ficar, a trocar de pernas como base para o corpo. Confrontava as molduras das vastas janelas, as vergas, à procura de um vulto indefinível qualquer por detrás das cortinas (o cérebro ia criando expectativas acerca do que se passava lá dentro). Então, bem: tudo se mantinha aquietado, tudo mergulhado no silêncio; ninguém deu sinal de vida. A moradia aparentava encontrar-se vazia. Era um dia instável; bem cedinho, nuvens densas prenunciaram chuva; entretanto, o tempo mudou e, por volta das 8 horas, o sol voltou a brilhar. Passava das 9 quando, rejubilado, retirou-se dali.

Para mais, as oportunidades de espreitar a pequena "presa" se ofereciam, fortuitas, mormente no princípio, quando a descobria nos espaços abertos da cidade, ou propositais, a partir de certo tempo, após conhecer, plenamente, que a moça cumpria, todos os dias, os mesmos percursos. Uma vez acertado seus horários e itinerários, Levi deixava-se ficar nos locais por onde sabia que ela passaria. A professorinha vinha e ia, inocente, divinal, aparentemente, inatenta ao que se passava ao redor. Ele "filmava" os relevos de suas formas, a pele fresca e levemente rosada, as pontas dos cabelos pretos, bem pretos, lustrosos... a boquinha tênue, as curvas do pescoço, o triângulo de penugens onde a nuca se fundia às omoplatas, os pequenos orifícios dos brincos, nas orelhas... Acompanhava-a, vez ou outra, como a um objeto mágico, tão próximo que podia lhe captar o bálsamo. Estudava-a em seus gestos naturais, roubava-lhe os instantâneos, captava-lhe as flexuras, as quais adquiriram, sobre ele, imortal poder de encantamento. Após a vez na Conde de Bobadela, o acaso ou a premeditação cuidou de exibi-la, vez e outra, às suas lentes, matreiramente apontadas para frontispícios, beirais... Simulando que retratava ao léu, aterrissava o campo de visão da câmera na direção da jovem e clicava quantas vezes a prudência e o senso de civilidade permitiam. Não havia, em tal atitude, nenhuma impropriedade, nenhuma aspereza, fique claro; tão só o sopro e o peso de uma força impossível de ser contida. Isso era tudo.

Bem no fundo, elaborava pormenorizadas técnicas de abordagens, de que poderia dispor, no momento propício; contudo, a bolsa da memória — ou tão somente a garganta, a voz — não lançava mão. Um desastre! E ela passava, os olhos reluzentíssimos, o alçar das madeixas. Passava e parecia exilar-se, pôr-se numa redoma. Indagava-se o porquê daquela sua nervosidade, daquela asfixia. Talvez o estupor e o mistério do desconhecido, do jamais trilhado... E assim, no tempo em que se via mergulhado em tais atordoamentos e entusiasmos, ela se perdia na sinuosidade das ruas.

Recolhido ao espaço doméstico, calçava luvas de borracha, extraía de dentro da câmera a película e a mergulhava nos banhos químicos. Daí, escolhia as fotos que lhe transmitiam alguma forma de "reboliço", envelopava-as e ficava esperando até que a audácia lhe desse a indicação de que chegara o momento de vencer a distância e ele conseguisse proceder como das outras vezes.

Numa ocasião, num dia, aconteceu de seus olhares se cruzarem. Ele, entretido, divisou-a somente quando se encontravam a pequena distância; seus costumeiros sentidos de alarme não haviam ecoado. O rumor das ruas se apagou, veio-lhe o som do nada, o silêncio glacial. É possível, entendam, que ela já o houvesse percebido, porém, não manteve nele as vistas. Passou rente, confinando, por defesa, ainda mais os objetos trazidos abarcados ao peito. Ele perturbou-se, inquietou-se, congelou-se. Inteiramente aparvalhado, ficou observando-a em fuga, até sumir-se na direção que ele, sobejamente, já conhecia.

Levi inferia que presenciava uma história, a pouco e pouco, substituir outra, uma página se virar sobre a anterior. "Encontraria algo novo... alguém novo", aquela sentença ressoando, tracionando-o para a terra densa. Enfim, o que for, soará.

QUE CHEGUE A ENTRAR NO PORTO O NAVEGANTE

O mês quase fechando, as noites tornando-se frias. Nos fins de tarde, arrebóis imensos, pictoricamente, colorem de vermelho e laranja a linha do horizonte, e, manhãzinhas, névoas se adensam e revoluteiam como volutas desde a Serra do Espinhaço. Um vento cortante, vindo do Horto dos Contos, parecia, sopra, flocos e salpicos revoando em indizível lenteza por sobre o vale. O sol vem, vagaroso como voos de borboletas, gélido como morsas do Ártico.

O piso do Largo e o Monumento a Tiradentes, em meio à praça de mesmo nome, mergulhados numa claridade frouxa, presenciam o lento abrir do 25 de abril; as fachadas dos sobrados, o imponente Museu, ali ao lado, e, na extremidade oposta, as muralhas da Escola de Minas se perolizam com a dúbia claridade.

O final de semana se anuncia: hóspedes sonolentos observam das janelas e sacadas salientes das pousadas. Nos restaurantes à meia porta, garçons armam mesas e cadeiras, abaixam toldos. Automóveis descem pela Padre Rolim ou pela Barão de Camargos, embocam na praça e estacionam em qualquer vaga. Pombos alarmados, com seus arrulhos, suas corridinhas garbosas; vêm desde os beirais, das águas-furtadas, beliscam o chão, catam algo; em três tempos, sobressaltados por algum estrépito, saem em bandos pelos ares, retornando aos mesmos beirais, ou refugiam-se, irrequietos, sobre os ombros e a cabeça da estátua do mártir assentada sobre augusto pedestal.

Um soar de horas no relógio do Museu. *(Alguém dá corda nos relógios?)* As pombas da praça sibilam, novamente voam em círculos; e pousam, e revoam do alto dos telhados... No adro da Igreja do Carmo, enregelado, o homem de óculos escuros, Canon pendurada ao ombro, dá uma volta no pescoço com cachecol de flanela xadrez. *Devia ter posto uma blusa; tinha gente muito agasalhada.* Boceja, enclavinha os dedos, espreguiça. Remira o topo plano da colina, que aparta os dois lados da cidade, Pilar e Antônio Dias. Ergue, silenciosamente, o queixo e as sobrancelhas; o rosto dirige-se para cima, a Canon quase lhe acompanhando o movimento. Fotografa, com desinteresse, a fachada, que se eleva acima de si, os pináculos das torres furando o espaço azul e branco do além.

Numa abstração, vem-lhe a capa do álbum homônimo de Black Sabbath: uma bruxa misteriosa e um pouco assustadora, num terreno sujo de mato, aos fundos de velha morada inglesa. Há esse momento de quase imobilidade, em que a mente foge, qual as andorinhas em sobrevoos descuidados sobre a Casa do Noviciado.

Deita o olhar por cima dos ombros: a camisa laranja-avermelhada. *A cor berrante da peça de roupa não... não destoa, na estação? Talvez um lilás, ou um verde carregado...!? Uma ova!*

"Orange is young, full of daring.
My yellow, in this case, is not so mellow."

Para o tempo de segundos, a fim de alcançar novo trecho da canção. Não há ninguém ao redor, pode pensar à vontade.

"My red is so confident, he flashes trophies of war."

Retira os óculos e os prende, por uma das ponteiras, entre as arcadas dentárias. O zelador do templo, um indivíduo modestíssimo e nem tão velho assim, rastelo à mão, acena-lhe, de certa distância.

Não que nada dissesse à sua substância; diz, porém, encontra-se de tal modo contagiado por um enfado, uma monotonia que... Impensável, por exemplo, àquela altura, deslocar-se até a parte baixa, como de outras tantas vezes. Tropeçar ladeira abaixo, descer a Coronel Alves, embicar à direita, retrilhar o trecho entre os Correios e a Casa dos Contos, depois a São José todinha até o Pilar, a Praça da Alegria. Postar-se à distância segura de seu alvo, ou até mesmo "atrever-se" a passar por diante do sobrado, a grande porta cor de ferrugem, as duas janelas arqueadas, as longas cortinas de renda, conforme fazia havia... quanto tempo? Não é recente. Quarenta, cinquenta dias. Aquela historinha ridícula, que se reproduzia, e se reproduzia, sem que nada, absolutamente nada, promovesse com o fito de acrescentar empuxo àquele roteiro, de romper a mesmice e a frustração daí decorrentes. *(Será que está certo?)*

Houve, em todo esse vagar, algo de substancioso? Sua cabeça se inclina para a frente. Uma pequena gota, uma cabeça de alfinete: a vez em que um insubmisso grupinho de células nervosas seu, ou, sabe lá, o alvoroço do coração selvagem tomou para si as rédeas e o precipitou, desembestadamente, em direção a ela. E, em meio aos passantes, deteve-a, empurrou-lhe o envelope com as fotografias e, sem dizer palavra, bateu depois em retirada. Foi a sua maior façanhazinha. Todo o restante foi um somatório de expedientes que considerava indignos e merecedores de reprovação. Até desembocar naquela situação, em que o dito coração e o conjunto de neurônios acabaram por projetar uma impressão despida de fantasia e mistérios. Exatamente isso. A tal ponto que evocações da véspera, da antevéspera, lhe parecessem por demais superficiais e até insossas. Incrível! Aniquilara-se o fascínio assim tão inexplicavelmente? Não se trata de cansaço, a madrugada passada, atravessara-a num sono sossegado, tendo por companhia tão só os tique-taques, tique-taques. Nem melancolia, mas tão somente... fastio, ramerrame. Nem anseia retornar para debaixo de seu teto. O que, raios, pode atraí-lo lá?

Mudar de cidade... (Ciganos não fincam os pés por muito tempo num mesmo lugar.) Uma barbada. Era só se dispor a tal. As contínuas movimentações e deslocamentos são condições personalíssimas dos andejos. Eis aí algo em que não havia, nem por um momento, cogitado, até então; um imobilismo, uma desdenhável sensação de "constância", de disparatada inalterabilidade (até certo ponto). Contudo, em verdade, não quer ir a lugar algum. Não, por ora. Tal a sentença que lhe rege quando, tímido e ainda sem luz, perpassa-lhe vaga e quase apagada criação de "Eva"; a tal ponto que evocações de poucas noites antes lhe soassem, naquele momento, como artificiais, ínfimas.

Talvez, supõe, quando a lua remontasse no céu, lhe retornasse o amor idílico, que tanto já lhe perturbara. Talvez voltasse a ser o adulto de antes, vai saber, e novos dias se apresentariam para desdizer aquele estado em que aparenta lhe faltar ardor e encantamento; que nada, em verdade, se encontra morto. A chegada da querida noite costuma impregnar, nas vísceras, bem visíveis nódoas de dramaticidade e brandura. Claro, claro... Veria restabelecer o entusiasmo, os caprichos da alma louca.

Afrouxa o cachecol e senta-se sobre os calcanhares; abraça as pernas, o queixo apoiado nos joelhos, enquanto as mãos se ocupam com umas coisitas no chão. Rabisca, negligentemente, a terra dura (o portão de ferro daquele lado, diferente do usual, se encontra fechado por corrente e cadeado).

Uma alma louca... Sim, era no que se convertera, erguendo-se com ligeireza e esforço. Seguir à parte uma silhueta, manter obsessivamente o todo de sua silhueta como única fonte de suas fantasias... Uma alma louca!

Estende a vista por sobre o vale, o arruamento que se aparta da igreja. Chupa os nós dos dedos da mão, relanceia feições que vêm subindo: pouca gente, pouquíssima, aquela ruazinha esburacada, aquelas moradias pintadas ou por pintar, a Casa da Ópera, logo à direita, a fachada amarelo-gema *(o que haveria por detrás daquela frontaria, até certo ponto modesta, vista assim, de fora?)*, a rua Cláudio Manoel, que, de tombo em tombo, despenha encosta abaixo e, lá no final, dobra reto na ladeira Farmacêutico "Não--sabia-das-quantas". Passeia o olhar por sobre o vale, enquanto ideias tremidas acerca de viajar, de mudar-se dali, retornavam, em flecha. Não chegara o momento em que seu espírito zíngaro exige, uma vez mais, alçar voo? Afinal, sempre abominara as rotinas, ao contrário de seu pai, cirurgião, da mãe, endocrinologista, do avô, desembargador, do irmão e da irmã...

Desbobina-lhe então o repente de que, mesmo sem se dar conta, voltara a se acercar de Belo Horizonte, das palmeiras da Praça da Liberdade, daquele lugar do mundo pelo qual desenvolvera verdadeira ojeriza (vinha inclusive esquecendo as repartições do lar paterno, os trezentos cômodos, os carrões na garagem). Franze o nariz numa expressão de total ausência de humor. A parentada permanece lá, à distância, quase como nuvens escuras, prestes a desabar, ou como remédio amargo a que se obriga a criançada a ingerir, em ocasiões, um vermífugo ou fortificante obsoletos e inócuos. A "ovelha negra" da família, um caso complicado e perdido.

"Anger, he smiles,
towering in shiny metallic purple armour."

O relógio marcava pouco depois de 8h15.

* * *

No início da Dr. Getúlio Vargas, vestido cor de folhas novas com discretas estampas em ferrugem, ela desce para o nível da calçada. Fecha, com chave, a porta, e a lança na bolsa a tiracolo. Sente-se leve e imersa numa espécie de apaziguamento. Na manhã livre da quinta-feira — um dia exuberante! —, levantara com o pensamento de dar-se um dia inteiro. Voltar, por exemplo, ao Museu da Inconfidência, ou, talvez, adentrar no de Mineralogia, onde nunca pusera os pés, apesar de encantar-se com o prédio, com a arquitetura do mesmo. No almoço, comeria uma galinha ao molho pardo, na Casa do Ouvidor (havia estado lá, coisa de ano e meio atrás, junto com a mãe e a filha), e, na volta, se desse tempo, ainda daria uma passada na Feira do Largo do Coimbra.

Faz frio, o sol está gelado e ainda não subira ao alto — a luz do dia desenha formas geométricas no calçamento e desce pelas paredes —, conquanto temperaturas baixas não lhe causem mais a incomodidade de outrora. Um ventinho colubreia pelo traçado sinuoso das ruas e ondeia a barra do seu vestido de seda, cujo verde podia ser tomado como o do Atlântico, das águas de Noronha, das ilhas de Mangaratiba, onde possuíram residência de veraneio.

À frente, a rua São José serpenteia por entre os sobrados; a Ponte dos Contos (de novo, a magoante afiguração de escravizados conduzindo seus senhores em liteiras). Debruça-se à mureta, assistindo a passarinhos que debicam água fresca e lavam suas asinhas. Há muito não experimenta sensações tão esfuziantes. *Olvidar-se das tristezas! Oublier!* Na fachada da Casa dos Contos, os ornatos dos pórticos, a cantaria, os guarda-corpos do segundo andar, as gradarias das janelas-portas ainda fechadas. Aquelas armações... Foram elas, desvenda, que se revelaram em seu sonho com a aldeãzinha de vestes rústicas; fora dali que a memória extraíra a representação do cárcere: sólida como aquelas, infrangível. Tantos signos assimilara, que, misteriosamente, se converteram nos materiais com que fabricava seus sonhos, dolorosos ou exultantes, como sejam.

Transporta-se então para a longínqua Santa Teresa. Despertam-lhe, de entrada, lembranças vagas, áridas: seu pai lhe vem. O que sabia dele, além de sua aspereza, de seus maus instintos? Não o que fosse fruto de ilações, mas o patente, o real. Vem não como se encontra, no tempo de agora, combalido pelas mazelas todas, o rosto flácido, violáceo — havia engordado além dos limites —, mas o de anos atrás, enquanto desfrutava de inabalável vigor. O que conhece ao claro acerca daquele homem? Que jamais passara por apertos — apertos financeiros, queria dizer —, que era tido em conta por poderosos, que se sentava com as altas esferas burocráticas e — é seguro supor — estava envolvido até o queixo em ações e operações para além de obscuras. Um homem de responsabilidades... Que mais? Será — ela se pergunta, ela teoriza — que só se encontra apta para saber acerca das pessoas em superfície? Ou tantas suspeições deviam-se ao fato de o "mal", amiúde, ocultar-se sob os mais perfeitos disfarces?

Sua mãe... Revira as ideias na cabeça. Com essa dá para saber-se e ressaber-se o seu íntimo, as afeições, os propósitos. Elena e sua indulgência sem limites, sua devoção à família... Aprendera com freiras o suficiente para a educação de filhos — apesar de, por razões que nunca se apresentaram, haver gerado tão somente a ela, Marília. Seus desejos e ânsias, se existiram, em qualquer época, foram cuidadosamente mantidos a furto, esquecidos em cofres e cachepôs; não passaram do que, em verdade, consistiam: ânsias e desejos.

Caminha, distraída, e, por tal razão, sem se dar conta, em vez de tomar a Senador Rocha Lagoa ou a Conde de Bobadela, por onde alcançaria a Praça, passa reto pela agência dos Correios e erra pela íngreme ladeira Farmacêutico Vieira de Brito; daí, dobra à esquerda e desemboca na Coronel Alves. Sobe, a passos curtos, vence a aclividade da ruela silenciosa.

Jamais subira por ali, naquele ano e meio, a rua esburacada, cortada por depressões provocadas pelas águas das chuvas. Além de tudo, mesmo em se tratando de um dos logradouros que conduzem à praça principal, lances de passeios deitados abaixo dissuadem qualquer cristão que ali não resida. Isso sem se considerar que se trata do único passadouro do Centro Histórico que não abriga nenhum atrativo, nenhum ponto comercial sequer.

Num nível acima, os flancos da igreja do Carmo, o muro velho e escalavrado cingindo o adro. Ao longe, encimando a crista da cordilheira, extenso, extenso perfil de corpo inteiro de uma mulher, na horizontal; lá a inefável silhueta feminina mirando, sem cessar, a abóbada celeste; tão longe que era quase breu.

Ninguém nas cercanias. Sentindo-se levemente extenuada, petrifica-se ao viés da encosta; enrola os cabelos, espirala-os em coque pouco acima da nuca e os ata com presilha. Uma nuvem branca, enorme, estende sua sombra sobre a paisagem urbana. Passeia o olhar ao redor, vago e maquinal: as casinhas baixas, caiadas de branco, esmirradas, praticamente escoradas umas às outras. *Já não tenho medo*. Às suas costas, o poente; defronte, o restante da ladeira. Uns metros a mais e despontaria a torre do Museu da Inconfidência, a imperiosa construção com seu relógio...

Não tenho medo, ciciou, segura de si. Uma nova mulher havia nascido, dentro dela. Nada da fragilidade de que ela própria, muitas vezes na vida, se vira vestida. Tais demonstrações, misteriosamente, haviam cessado, como se se tratassem de pesadelos e dos subsequentes despertares.

De um caixilho no desnível da rua, vem-lhe uma voz fraca, em carregado sotaque de Portugal:

"Grandola, vila morena,
terra da fraternidade..."

No tempo de alguns segundos, a voz emudece e, àquela quietude, incorpora-se outra, a da redondeza como um todo, pouco depois rompida por rumores ásperos de uma agulha de toca-discos arriando-se sobre um vinil; a voz plangente de Chico Buarque irrompe e ressoa:

"a minha surpresa é só feita de fatos,
de sangue nos olhos e lama nos sapatos,
minha fortaleza..."

Lindo!, exclama. Volta a mover-se, galga o arruamento, a triste melodia a segui-la. Tenta retomar de cor a canção, no entanto, os versos começam a se perder em sua memória; somente aquela passagem se repete: **minha fortaleza... minha fortaleza...**

Você é muito forte! Obstinada!, grita-lhe a voz da consciência. *Veja como estou mudada, Nina. Precisa vir me ver, querida*, estirando para frente os braços.

O meu moço, um brilho.

Veio me ver? Sim, te ver. Adoro te encontrar feliz.

Forte, corajosa e obstinada. Nunca conheci uma mulher assim.

Ele cuidará de mim.

Divisa aqueles lábios se abrirem e pronunciarem cada das palavras; divisa, mais que ouve.

Então seu coração dá um pulo; não pode acreditar em seus olhos. *Quem está ali...!* Lá do alto, na porta do Carmo, cotovelos abertos em asas, o sol batendo em cheio no rosto, o "Tal" à tocaia; a mesma calça Lee, a camisa cor de fogo, os mesmíssimos óculos verdes... Eleva o indicador ao queixo, num acento que até poderia traduzir certo ressentimento, todavia, nenhuma dose de apreensão, de vacilação. Estranhamente, ela não está com medo, o medo agudo. Não! Nenhuma sombra do passado a aflígia. O sentido de conspiração, de tortura, se lhe perpassou, teve a duração de mero lampejo. Onde o sobressalto, os horrores de noite após noite, onde as agruras, que converteram dias ensolarados em sinalizações de insípidos invernos?

Não clama por fugir, não entra sequer em cogitação recuar; inexiste inquietude ou hesitação em arrostá-lo, em "contrastar o perigo". Seria de bom senso que batesse em retirada, a distância lhe favorece, ele lá na altura, um estirão de respeito entre eles, e a sua — dela, de Marília — sobejamente conhecida destreza e agilidade... Tudo o que necessita é deixar-se levar pela força da gravidade. Ao invés, não faz esforço algum em abrir caminho; era apenas uma camisa, nada mais. Nada importa. Nada importa, de verdade. Nenhuma fortaleza ordinária poderia detê-la. Recorda-se de tudo, claro, porém, esse "tudo" não é suficiente para trazer-lhe qualquer forma de padecimento.

Faz dele rápida avaliação visual: os traços suaves, nariz afilado, a cara rapada, a ponto de afigurar-se imberbe, os cabelos mais compridos do que os que traz na memória. Nem tão robusto, não revela nem a mínima severidade no semblante, mas até de certa candura, certa inocência natural... Nada que remetesse a vulcões ou brasas. Nenhum desespero, não há perigo, não pressente nenhuma aspereza ou hostilidade; descobre-o inocente e, até certo ponto, frágil; uma criaturinha viva sem garras, presas ou peçonhas. Há quanto tempo se encontra ali? Mais: achar-se naquele ponto elevado teria sido obra do acaso ou se deixara ficar, propositadamente?

Ele, de seu posto, espicha o pescoço; sorri, quase idiotamente, diria, desataviado, segurando os maxilares. Inopinadamente, dá um pulinho, gira sobre os calcanhares e, cheio de maravilhamento, embala na direção da praça (faltou pouco para, da distância, ele fazer-lhe acenos como se quisesse salientar "espere, espere"). Segue-o com as vistas por quase todo o trajeto, o gramado verde, o muro pintado de branco... Como um cavalinho lépido troteando, o que também passaria como algo um tanto quanto pueril, ele desce embalado a escadaria, o rosto trigueiro e plácido, e um sorriso desarmado nos lábios.

Impávida, estoicamente, prevê-o contornar lá nas imediações do Museu. Não necessita temê-lo. É fácil entender. A não muita distância, o rosto bem talhado e expressão dez mil vezes suave, retocando, todavia, faces encovadas e lívidas... Cinzeladas. Isso. Tal qual as das esculturas em madeira de Aleijadinho, nos Passos da Basílica de Congonhas, malares delicadamente aplainados, lisos e brilhosos, quase feminis. Onde a impressão de venenosidade e rijeza de outrora?

O primeiro toque dos sinos. Seguem-se outros; no alto da torre, ressoam, bimbalham... Ele vinha, máquina fotográfica pendendo do ombro, o braço erguido como se almejasse tocá-la já da distância, ou como se insistisse naquele “espere”. Puxadas pelos óculos, suas mãos descem, lentas, trêmulas, sustentando as hastes dobradas adiante do peito.

O que tinha a dizer não iria esperar até outro dia.

Este livro foi impresso nas oficinas gráficas da Editora Vozes Ltda.,
Rua Frei Luís, 100 – Petrópolis, RJ.